Lancer of Regina

1

여왕의 창기병 1
권병수 판타지 장편 소설

초판 1쇄 찍은 날 § 2001년 5월 10일
초판 1쇄 펴낸 날 § 2001년 5월 20일

지은이 § 권병수
펴낸이 § 서경석
펴낸곳 § 도서출판 청어람
편집 § 문혜영·허경란·박영주·김희정·권민정
마케팅 § 정필·강양원

등록번호 § 제1081-1-89호
등록일자 § 1999. 5. 31
어람번호 § 제1-0102호

주소 § 경기도 부천시 원미구 심곡1동 350-1 남성B/D 3F ㈜420-011
전화 § 032-656-4452   팩스 § 032-656-4453
e-mail § eoram99@chollian.net

ⓒ 권병수, 2001

값 7,500원

※ 잘못된 책은 바꿔드립니다.
※ 저자와 협의하여 인지를 붙이지 않습니다.

ISBN 89-5505-097-6 (SET) / ISBN 89-5505-098-4 04810

Lancer of Regina

1
ABYSM

n. 심연. 끝없이 깊은 구덩이. 나락. (천지 창조 이전의) 혼돈

권병수 판타지 장편 소설

목 차

서문을 대신하는 영양가 제로 잡담 / 6

Chapter 0 바람의 노래 / 11

Chapter 1 The Wind / 15

Chapter 2 기억의 무게 / 131

설정 자료집 / 281

서문을 대신하는 영양가 제로 잡담

운명이라는 것을 논한다면 조금 거창할까요?

아무도 읽어주지 않던 글을 혼자서 묵묵히 써내려 가던 때를 생각해 봅니다. 과연 그때 나는 지금의 나를 상상하고 있었을까? 잘 모르겠습니다. 아마도 그런 것은 아무래도 좋았을 겁니다. 그저 글쓰기 자체가 좋았던 것 같습니다.

모두들 대학 입시라는 열병을 통과 의례로 치르던 고등학교 시절, 그때 저는 교실 한켠에서 '토마스 만'이나 '레마르크' 같은 독일 작가들의 세례를 흠뻑 받으며 지냈습니다(이들 두 작가는 여전히 저에게 최고의 작가들입니다). 친구들이 '수학 정석'과 '성문 기본 영어'와 씨름하는 동안에 저는 참고서만큼이나 두꺼운 '원고지' 뭉치를 묵묵히 채우고 있었습니다. 아무도 읽어주지 않던 글이죠(웃음).

〈별들에 관한 아주 오랜 이야기〉가 그때 첫 번째로 붙여진 제목이었습니다. 그때가 1989년, 제가 고등학교 1학년 때의 일입니다. 지금과는 아주 많이 다른 이야기였죠.

지금 〈크로니클 이야기〉라고 이름 붙인 세계는 이때부터 구상되기 시작했습니다. 아주 짧은 이야기에서 시작했지만 이제는 정말 긴 이야기의 시작이 되었습니다. 크로니클 이야기는 어쩌면 여러분이 상상하고 계시는 것보다 훨씬 긴 이야기가 될지도 모릅니다.

여러분이 읽고 계시는 이 책은 그렇게 긴 이야기의 작은 첫 디딤입니다. 남들이 겪는 입시 열병을 함께 치러가며 대학을 진학했고, 그동안 크로니클의 이야기는 점차 살이 붙고 뼈대를 붙여가며 저와 함께 성장했습니다.

그리고 1996년 PC통신 하이텔에 〈인형의 나라〉라는 이름으로 연재되었지만 곧바로 연재 중단의 아픔을 경험했습니다. 준비가 미숙했던 거죠.

이후부터 비로소 '크로니클 이야기'는 구체화되기 시작했습니다. 연재 중단이 저에게 좋은 공부가 되었던 것 같습니다.

가지를 뻗어 나간 이야기들은 점차 세분화되고 현재 3부작으로 구상된 상태입니다. 정말 긴 이야기라고 하겠죠. 아래는 크로니클 이야기 3부작들의 제목입니다.

제1부 여왕의 창기병(Lancer Of Regina)
제2부 녹해, 내 바다의 노래(Green, Green Sea)
제3부 여명의 비가(Lementations of Dawn)

이 글 〈여왕의 창기병〉은 그 첫 번째 이야기입니다. 두 번의 실패 끝에 2000년 6월부터 연재되기 시작한 이 글은 다행히 많은 분들이 아껴주셨고 이렇게 출판까지 하게 되었습니다. 1989년에 처음 기초가 구상되고 아주 오랜 시간이 지나 버렸습니다.

처음에는 단순한 러브 스토리였던 글이었는데 '크로니클 이야기'라는 이름을 붙이는 시점을 계기로 제 글이 좀 더 다른 생명력을 갖고 스스로 움직이기 시작했습니다.

제 소설에서는 세상을 구하는 영웅이 없습니다. 또한 엘프도, 드워프도 없습니다. 손가락 하나로 하늘을 가르고 땅을 부수는 인물도 없습니다. 그저 사소한 현실에 힘들어하는 인간들만이 있습니다.

하지만 생각해 보면 '판타지'란 무엇일까요? 꼭 '엘프'가 나와야만 하는 걸까요? 판타지의 본질은 극단적으로 '자유로운 상상력'이라고 생각합니다. 물론 문학 자체가 상상력을 토대로 하고 있습니다만, 판타지는 그 상상력을 한계점까지 끌어올려 사용하는 것이라고 생각합니다. 그런데 우리는 어느새 뾰족한 귀에 늘씬하고 아름다운 '엘프'가 등장하고, 절대적인 권위와 힘을 가진 '드래곤'이 등장해야 한다는 강박 관념에 시달리기 시작했습니다. 그런 소설들 자체를 부정하는 것이 아닙니다. 다만 '모든' 소설을 그래야 할 필요가 없다는 거죠. '엘프'가 상상력을 제한하는 것이 아니라 엘프가 나와야 한다는 '생각'이 판타지를 제한하고 있다고 생각합니다.

판타지나 SF 같은 장르 문학이든 순수 문학(이란 게 있다면)이든 문학이라는 것은 본질적으로 '사람이 살아가는 이야기'를 써야 한다고 생각합니다. 그리고 그중에서도 극한의 자유로움을 추구하는 '판타지'를 선택했다면 그 자유로움을 극한까지 써먹어야 한다고 생각합니다. 굳이 형식이라는 굴레에 몸을 끼워 맞추면서 판타지의 장점을 희생시킬 필요는 없겠죠.

단순한 러브 스토리로 구상되었던 이 글은 이만큼의 오랜 시간이 지나면서, 그리고 제가 모자란 인격이나마 조금쯤 성장하면서 생각을 달리하게 되었습니다.

'사랑'도 결국은 사람이 살아가는 이야기 중에서 아주 작은 부분에 지나지 않다는 것을 깨달은 거죠. 그렇습니다. 저는 진짜로 살아 숨 쉬고 호흡하는 사람들의 이야기를 써보고 싶었던 겁니다. 그래서 제가 해야 하는 공부는 아직도 많다고 생각합니다.

    사람이 살아가는 이야기를 쓰기 위해서 저는 판타지를 선택했습니다. 판타지 자체를 쓰기 위함은 아니었습니다. 판타지가 가지는 그 절대적인 자유에 매력을 느낀 거죠.

    그래서 저는 '대륙'을 만들고 '국가'를 만들었습니다. 좀 더 사람이 살아가는 냄새가 나도록 보다 '리얼한' 세상을 만들기 시작한 거죠. 크로니클 이야기들의 배경 세계는 얼마나 화끈하고 멋지냐 보다는 얼마나 현실적인 세계로 보이는가에 초점을 맞추어 구상되었습니다.

    작가가 필력이 딸리면 설명이 길어진다던가요? 이쯤에서 그만 접도록 하겠습니다. 여러분께서 읽으시는 이 책 〈여왕의 창기병〉이 말하고자 하는 주제가 무언지는 여러분께서 찾으셔야 하겠지요. 아니, 상관없습니다. 그저 힘든 현실의 틈바구니에서 잠시나마 제 글이 편안한 휴식을 제공할 수 있다면 기쁘겠습니다. 문학은 교훈보다는 재미를 먼저 주어야 한다고 굳게 믿고 있습니다.

    끝으로 이 책을 내기까지 도움을 주신 모든 분들께 감사를 드립니다.

    우선 저와 함께 하이텔 창작 연재란의 원로원을 이끌고 계시는 백호님, 야랑님…

    차기 원로원 후보이신 하주완님과 조재원님…

출판하는 데 결정적인 도움을 주신 장상수님과 조진행님…

가우님, 이환님, 카르온님, 세이지님, 케이지님, 여린님, 펜릴님, 아리언님, 털팽이님, 치천사님, 나미브님, 울보황소님, 천류님, 마인님, erppc님, 아울님, ju님, 재욱님…

창기병을 꾸준히 정리해 주시는 아벨님, 최초의 독자이신 세레니얼님, jesfan님, 제라임님, kristin_v님, akiwimi님, 신동관님, a6529님…

제 글을 인터넷에 퍼주셨던 lanian00님, 그리고 나우누리로 묵묵히 퍼나르시는 정해원님과 천리안으로 퍼나르시는 분(죄송합니다 성함을 잊어먹었습니다)께 진심으로 감사드립니다.

벌써 10년 지기 친구들이 되어버린 내 친구들, 민 팀장님과 영주 씨, 또한 제주 S여고의 피피님과 린님, 민냐님. 그리고 야니님에게 감사하는 마음을 전하고 싶습니다.

제 기억력이 미천해서 명단에서 빠지신 분들 너무 노여워 말아주세요.

생각해 보니 이렇게나 많은 분들이 제 주변에서 저를 도와주었습니다. 이 소설은 저 혼자만의 소설이 아닙니다. 바로 지금 이렇게 이 글을 읽어주시는 여러분들의 글이기도 합니다.

항상 제멋대로 위태로운 아들 때문에 걱정만 하시는 아버님, 어머님, 그리고 제대로 형 노릇을 못해 고생하는 내 동생에게 사랑한다는 말을 전하고 싶습니다.

인천에서 권병수(늑대호수)

바람의 노래

서풍이 불어올 때,
어떤 자는 길을 떠나고,
또 어떤 자는 길을 돌아온다.

북풍이 불어올 때,
어떤 자는 과거의 아픔에 눈물 흘리고,
또 어떤 자는 미래의 슬픔에 아파한다.

동풍이 불어올 때,
어떤 자는 힘겨웠던 호흡을 놓고,
또 어떤 자는 힘겨울 호흡을 시작한다.

남풍이 불어올 때,
어떤 자는 피를 흘리고,
또 어떤 자는 피를 흘리게한다.

Chapter 1

The Wind

〈 1 〉

어디선가 들꽃의 향기를 머금은 바람이 불어왔다. 바람은 몸을 비틀어 숲 사이로 파고들어 왔고, 겨우내 잔뜩 긴장하고 있던 숲을 어루만졌다. 고단하도록 추웠던 겨울의 짐을 벗어버린 숲은 가볍게 몸을 떨었다.

하 이언(Haj Khiiean)은 고개를 젖히고 하늘을 올려다보면서 미소를 지었다. 무성의하게 손질한 검은 머리가 다시 한 번 바람에 헝클어졌다. 그는 나른한 얼굴로 기지개를 켜고는 하늘을 보고 누웠다. 뻥 뚫린 숲 사이로 남부 지방 특유의 푸른 하늘이 보이고 있었다. 그는 나른한 미소를 지으며 하늘을 올려다보았다.

"여행을 떠나기 좋을 것 같은 바람이야."

그의 목소리는 느긋하고 편안한 울림을 만들어냈고, 거기에 화답하듯 다시 한 번 바람이 주변을 스치며 맴돌았다. 목소리 자체만 본다면 이언의 목소리는 그다지 듣기 좋은 목소리는 아니었다. 낮고 평탄한 억양의 목소리는 어딘지 사람을 불편하게 만들었다.

"헛소리를 하는 거 보니까 드디어 미쳐 버렸구나?"

레미 아낙스(Remi Anax)는 의아한 눈으로 이언을 바라보면서 말했다. 짙은 갈색 머리를 가진 그녀는 수수하고 평범한 회색 원피스를 입고 있었다. 가난한 농부 집안의 여자가 입을 옷은 아니었지만, 그렇다고 비싸고 화려한 드레스와는 거리가 멀었다.

단정한 자세로 풀밭에 앉아 허리를 꼿꼿이 펴고 있는 레미의 몸가짐은 시선을 잡아끌 정도로 절제된 습관이 배어 나왔다. 그러한 몸가짐이 하루 이틀에 생겨나지 않는다는 것은 누구나 잘 알 수 있었다.

"부탁인데, 노처녀의 짜증은 다른 곳에서 풀어줘. 난 사양하겠어."

"뭐?"

"여기서 반경 10킬로 이내에 있는 모든 마을을 통틀어서 29살이 되도록 결혼하지 않은 여자는 너 혼자뿐인 거는 알고 있어? 결혼 적령기를 10년이나 넘긴 주제에."

"그게 어때서? 게다가 난 '기사들의 투구' 같은 인간들과는 결혼하지 않을 거야."

"투구? 아하! '오, 신이시여. 정녕 어찌하여 저치들에게 머리를 선사하여 주셨나이까!' 이 구절을 말하는 거겠지?"

이언은 미소를 지으면서 나직하게 대꾸했다.

"저치들은 신께서 선사하신 머리를 모자 쓰는 용도로만 사용합니다."

이언과 레미는 거의 동시에 고개를 돌렸다.

케이시 튜멜(Keisey Tuemell) 남작은 가까스로 두 사람의 대화에 끼어들었고, 아주 만족한 표정을 지었다. 젊은 귀족인 튜멜은 가볍게 헛기침을 하면서 이언을 바라보았다. 단정하게 다듬은 머리칼을 가진 튜멜은 조금 밋밋하고 매끈한 인상을 가진 사내였다. 미남과는 거리가 먼 지극히 평범한 인상을 가진 젊은 귀족이었다.

"에, 아마도… 헤롤리우스(Hearollius)의 비극 연작에서 나오는 구절이지?"

"알고 있군. '아이오스의 최후' 3막 2장."

이언은 튜멜에게는 시선도 두지 않은 채 시큰둥하게 대꾸했다. 튜멜은 가볍게 헛기침을 하면서 그의 주의를 끌었다. 하지만 튜멜은 이언이 자신에게 시선을 돌리지 않자 어금니를 깨물었다. 그는 이언이 은근히 자신을 무시하는 그런 일련의 태도가 짜증스러웠지만, 그것을 쉽게 트집 잡지 않을 정도의 자제력을 교육받은 사내였다.

"흠… 헤롤리우스까지 읽었다니, 대단하군."

'저런 무사태평한 떠돌이가 어떻게 헤롤리우스를 읽은 거지?'

튜멜은 그런 생각을 하면서 그를 바라보았다. 이언은 다시 한 번 길게 하품을 했고, 게으른 태도로 뭉기적거리며 자세를 고쳐 누웠다.

"저지 미노트 어(Nieder-Minot)를 가장 아름답고 완벽하게 구사하는 헤롤리우스를 읽지 않는다는 건 죄악이니까. 지옥에 떨어져 마땅한 일이지."

"어떻게 너 같은 떠돌이 건달이 그런 고대어를 하는 거지?"

레미의 말투에는 어이가 없다는 감정이 노골적으로 머물고 있었다. 이언은 비스듬히 누운 채 고개를 꺾어 그녀를 올려다보았다. 하지만 그의 얼굴은 여전히 별다른 감정이 머물지 않는 무심한 표정이었다.

"어이, 난 떠돌이 건달이 아냐. 단지 삶의 정수를 마음껏 맛보기 위해 대륙을 주유하면서 편력 수업을 쌓고 있는 거야."

"같은 말이잖아? 늦은 아침 식사와 이른 점심 식사가 뭐가 다르지?"

레미는 눈을 가늘게 뜨면서 이언의 말에 쐐기를 박았다. 이언은 혀를 차더니 눈을 감고 똑바로 누워버렸다.

"Dis Lieb waar nict versthere iemer ihn folhge."

저지 미노트 어였다. 레미와 튜멜은 황당한 얼굴로 이언을 바라보았다. 짧은 저지 미노트 어 문장을 중얼거린 이언은 그대로 잠이 들어버린 듯 아무런 표정도 없이 눈을 감고 누워버렸다. 그의 발음은 저지 미노트 어를 모르는 사람이 들어도 감탄하기에 충분할 만큼 매끄럽고 듣기 좋았다.

갑작스러운 침묵 사이를 비집고 들꽃 향기가 감도는 바람이 다시 불어왔다. 바람이 세 사람 사이에서 보이지 않는 소용돌이를 만들다 사라지는 동안에 누구도 입을 열지 않았다.

그다지 크진 않았지만 제법 나무가 많은 숲은 튜멜의 개인 영지로 소속된 사유지였다. 영주민들은 특별한 사유가 없는 한 함부로 이 숲으로 들어오지 못했다. 그렇기 때문에 세 사람은 한가하고 조용한 분위기 속에서 피크닉을 즐기고 있었다.

수수한 옷차림에도 어딘지 귀족적인 레미 아낙스와 지극히 평범한 외모에, 지극히 평균적인 사고방식을 가진 젊은 영주 케이시 튜멜은 몇 달 전부터 영지로 들어와 빈둥거리는 떠돌이를 노려보고 있었다. 튜멜의 입술이 느리게 열렸다.

"…'삶은 여전히 몰이해의 연속이다'. 내가 맞게 해석했는진 잘 모르겠군. 뜻밖이야. 저지 미노트 어에 굉장히 능숙한데?"

'어떻게 저런 얼간이가 저지 미노트 어에 능숙한 거지? 저지 미노트 어를 배웠다면 행색은 저렇다고 해도 어딘가의 고급 귀족일 거야. 대륙을 떠도는 젊은 귀족이라… 여자들에게 인기가 많겠어.'

튜멜은 못마땅한 심기를 솔직하게 얼굴에 드러내면서 검은 머리의 떠돌이 사내를 바라보았다. 그 떠돌이는 튜멜의 감정에는 아랑곳하지 않은 채 느긋하게 눈을 감고 누워 있었다. 그리고 그런 태도는 튜멜의 기분을 한층 더 불편하게 만들었다.

"자네가 어디 출신의 귀족인지는 모르지만, 귀족이라면 좀 더 귀족처럼 예의를 지키며 행동하는 게 어떨가? 자유 분방한 것도 도가 지나치면 무례가 되는 거니까."

무심결에 그렇게 말을 내뱉은 튜멜은 흠칫 놀랐다. 몇 달 전부터 이언이 자신의 영지에 머물기 시작하면서부터 하고 싶었던 말이긴 했지만, 그 스스로가 생각하기에도 지나치게 빈정거리는 말투로 들렸다. 예의에 벗어나는 말을 했다는 생각에 튜멜은 얼굴을 붉히기 시작했다. 그런 튜멜을 더욱 무안하게 만든 것은 이언의 대답이었다.

"쉬운 말로, 보통의 사람들이 이해하기 쉬운 상식적인 말로 해주지?"

"예, 예를 들자면 언제까지 아낙스 양에게 그렇게 무례한 말투를 사용할 건가? 아, 물론 자네가 내 영지를 지금처럼 멋대로 드나드는 무례 정도는 내가 이해할 수 있어. 하지만 숙녀 분께 그런 실례를 범하는 건 쉽게 납득하지 못하겠어."

튜멜은 잔뜩 긴장하고서 가볍게 말을 더듬고 있었다. 하지만 이언은 그런 튜멜의 말을 무신경하게 귓가로 흘려들었다. 대신에 그는 미간을 좁히면서 숲 저편을 물끄러미 응시하고 있었다. 자신의 말이 무성의하게 무시당했다는 것을 느낀 튜멜은 얼굴을 붉히며 어금니를 으득 깨물었다. 레미는 찻잔을 내려놓으며 두툼한 책을 한 손에 들고서 어색한 표정을 지었다. 그녀는 책을 읽는 척하고 있었지만, 껄끄러워진 분위기 때문에 살짝 눈살을 찌푸렸다.

"한가한 봄날 오후에 짜증나게."

"무, 물론 내가 말을 심하게 한 건 인정해. 그 점은 사과하지. 하지만……."

"시끄러. 말 장난할 분위기 아냐."

"뭐? 무슨……."

튜멜은 갑자기 이언의 싸늘한 말투에 긴장하기 시작했다. 이언은 차갑게 가라앉은 얼굴로 숲 저편을 노려보았다. 튜멜은 자신의 지적 때문에 이언이 짜증 내고 있다고 생각했다. 그래서 좀 더 다른 분위기에서 부드럽고 완곡하게 지적했어야 했다고 후회했다. 하지만 그의 그런 생각은 금세 멈춰지고 말았다.

숲 저편에서 사람들이 공터로 걸어나오고 있었던 것이다. 튜멜은 혀를 차면서 그들을 바라보았다.

"이 좁은 영지에서도 영주의 사유지를 지키는 경비병을 둬야 하나? 뭐야, 저 무례한 놈들은?"

'이 떠돌이가 내 영지를 교회 앞 광장 드나들듯 하는 것도 지겨운데.'

튜멜은 그런 생각을 하고 있었다.

숲에서 나타난 사내들은 겉보기에는 평범한 복장을 하고 있었다. 조금 다른 점이라면 그들이 모두 검을 지니고 있다는 것뿐이었다.

"튜멜 남작, 누군가에게 원한을 살 만한 일을 했나? 예를 들어서 마을 처녀를 강제로 끌고 왔다던가……."

"그, 그런 짓을 할 리가 없잖아?!"

"그럼, 레미는? 예전에 청혼을 하던 남자를 칼로 찔러 죽인 일이 있어?"

"없다고 생각하지만, 지금 한 사람을 그러고 싶어."

"흐음, 그럼 누구를 찾아온 걸까?"

이언은 천천히 엉덩이를 털고 일어서면서 중얼거렸다. 레미와 튜멜은 얼떨결에 이언을 따라 일어섰다.

4명의 사내들은 무표정하게 튜멜 일행을 바라보았다. 평범한 복장에, 평범한 얼굴들이었다. 하지만 그들의 무표정은 절대로 평범하지 않았다. 게다가 그들의 얼굴은 지나치게 평범해 오히려 부자연스러웠다.

튜멜은 뒤늦게 조금 이상한 것을 느끼고 이언에게 다가갔다.

"누구지? 저 인간들은?"

"적어도 내 소꿉 친구는 아니라고 생각해. 상식적으로 검의 용도가 뭐라고 생각하지?"

"갑자기 무슨 소리야? 그거야 검이라는 건 기사도를 상징하고, 또한 기사들이 결투나 전투를 하기 위해서……."

"쉽게 말해서 누군가를 찌르기 위해서잖아? 아무리 봐도 자기들끼리 결투할 장소를 찾는 걸로는 안 보여. 저 자식들, 우리를 바라보는데?"

"그렇다면?"

"바보 아냐? 우리 셋 중 누군가를 노리는 셈이지. 혹은 우리 모두를 원하던가."

"겨, 경비병을 불러와야 해."

"누가? 어떻게? 등을 돌리는 순간에 죽을걸? 게다가 그 떨거지들도 경비병이냐? 스피어(Spear) 하나 똑바로 쥐지 못하는 놈들을 불러다 뭐 하려고?"

이언은 길게 하품을 하면서 어깨를 털었다. 아직도 잠에 취한 듯한 이언의 그런 행동을 보고 있던 레미와 튜멜은 불신에 가득 찬 눈으로 그를 노려보았다. 레미는 불안한 얼굴로 들고 있던 책을 가슴 쪽으로 끌어당겼다. 마치 소중한 보물인 것처럼.

"그렇게 태연한 이유가 뭐야?"

또다시 길게 하품을 하던 이언은 어깨 너머로 레미에게 빙긋 웃어 보였다. 검은 머리가 눈가로 흘러내려 어두운 그늘을 만들고 있는 그의 웃음은 어딘지 모르게 사람을 불편하게 만들었다. 레미는 긴장 때문에 들고 있던 책을 으스러져라 끌어안았다.

"살아오면서 이보다 험한 꼴을 지독할 정도로 겪어봤지. 겉멋으로만 대륙을 떠돌아다닐 수 있는 게 절대 아냐."

'뭐지? 이 인간은?'

이언이 어깨 너머로 빙긋 웃으면서 그렇게 말했을 때, 두 사람은 거의 약속이나 한 듯이 섬뜩한 전율을 느꼈다. 이언의 미소에 담겨진 정체 모를 그늘은 서릿발만큼이나 싸늘했다. 가까이서 그 얼굴을 지켜본 두 사람은 목덜미가 얼어붙는 듯한 느낌을 받고 있었다.

숲에서 걸어나온 사내들은 잠시 주변을 관찰했고, 묵묵히 걸음을 옮기기 시작했다. 그들은 대화를 나누지도 않았고, 눈짓이나 수신호를 주고받지도 않았다. 그럼에도 불구하고 마치 한 사람이 움직이는 것처럼 호흡이 맞고 있었다. 그들은 약속이나 한 듯 동시에 검을 뽑아 들었다. 차가운 한광이 흐르는 검신이 봄날 오후의 햇살을 한껏 머금었다. 사내들은 숏 소드(Short Sword)로 무장하고 있었다.

"숏 소드? 초보자거나 전문가라는 소린데… 발걸음을 보아하니 전문가로군. 제기랄."

"어떻게 전문가라는 거지?"

"무게 중심 이동이 빠르고 보폭이 규칙적이야. 넌 그런 것도 안 배웠냐?"

이언은 고개를 절레절레 내저으며 한 걸음 나섰다. 뒤에 남겨진 두 사람은 어이없는 눈으로 이언을 보고 있었다.

'무기도 없이 상대하겠다는 거야?!'

앞으로 나선 이언은 하품을 하면서 뒷짐을 지고 섰다. 그런 태도는 두 사람에게 신뢰감 대신 불신감을 심어주기에 부족함이 없었다.

'미친 떠돌이 녀석!'

튜멜이 거기까지 생각했을 때, 그는 놀란 눈으로 입을 쩍 벌렸다. 믿을 수 없는 광경이 눈앞에서 벌어졌다. 뒷짐을 지고 있는 이언의 두 손으로 희미한 빛이 떠돌기 시작하고 있었다. 레미는 책을 들어 입을 가렸고, 튜멜은 뜨악하는 표정으로 이언의 뒤통수를 바라보았다. 멀쩡한 사람의 손에서 빛이 나기 시작하는 것은 한 가지 의미였다.

'마, 마법사?! 세상에! 마법사가 진짜로 존재했었나? 설마… 믿을 수 없어.'

그런 튜멜의 생각과는 달리 이언은 지루한 얼굴로 하품을 하면서 뒷짐을 지고 있었다. 뒷짐을 지고 선 이언의 손에서 일어나는 변화를 모르는 사내들은 여전히 같은 속도로 걸어오고 있었다. 한 손에 숏소드를 늘어뜨린 사내들은 서두르지 않았지만, 느리지도 않는 속도로 걷고 있었다.

이언은 상대와의 거리가 급속도로 줄어드는 것도 전혀 개의치 않고 있었다. 마법사가 기사나 칼잡이보다 우세를 점할 수 있는 한계는 상대가 가진 검의 공격 반경 바깥쪽에 머물 수 있어야 함을 의미했다. 아무리 시동 시간이 짧은 마법이라도 검이 허공을 날아오는 속도보다는 빠를 수 없었다. 이언은 그런 거리적 이점을 스스로 포기하고 있었다.

사내들이 대여섯 걸음 바깥까지 접근했을 때, 이언은 입을 열었다.

"실례지만 혹시 잘못 찾아온 건 아닌가요? 돈을 떼먹고 달아난 페우스 백작이라면 바로 옆 영지에 살고 있는데……."

"멍청이! 농담할 때야!"

네 명의 칼잡이가 멈춰 서는 순간, 등 뒤에서 레미가 차갑게 쏘아붙였다.

튜멜은 등 뒤로 돌려진 이언의 양손에서 붉은빛이 어지럽게 일렁거리는 모습에 정신이 팔려 아무런 말도 하지 못했다. 순간적으로 멈춰 섰던 사내들 중 한 명이 앞으로 나서는 순간, 이언은 한 손을 앞으로 뻗으며 나직하게 중얼거렸다.

"불꽃."

튜멜은 태어나서 처음으로 마법을 눈으로 목격했다. 그것은 별로 유쾌하지 못한 상황에서, 유쾌하지 못한 광경으로 시작되어, 유쾌하지 못한 결과를 낳았다. 이언의 손바닥 근처 허공에서 불길이 치솟았고, 눈으로 쫓기 힘든 속도로 앞으로 뻗어 나갔다.

"크아악!"

앞으로 한 걸음 나섰던 사내는 허리가 꺾이며 나뒹굴었다. 허공에서 날아온 화염은 사내의 옷과 피부를 단번에 태우며 육체를 잠식했다. 사내의 심장과 폐가 불꽃 속에서 오그라들면서 불타 버렸고, 피부가 녹아내렸다. 풀밭 위에 길게 눕혀진 사내의 시체는 불에 타면서도 반사 신경은 여전히 살아남아 꿈틀거리며 사지를 흔들고 있었다.

"우에엑!"

레미는 등을 돌리며 주저앉아서 모든 것을 게워내기 시작했다. 태어나서 처음으로 사람이 죽는 것을 목격한 튜멜도 신경이 얼어붙어 손끝 하나 움직이지 못하고 있었다.

끔찍한 침묵이 숲을 지배하는 동안에 불에 타고 있는 시체가 버둥거리는 소리가 여전히 섬뜩하게 들려오고 있었다. 사람의 살점이 타는 소리와 냄새는 한층 더 끔찍했다.

튜멜이 무릎이 풀려 주저앉는 순간, 남아 있던 사내들은 땅을 박차고 있었다.

"물러서!"

이언은 싸늘하게 소리 지르며 반대쪽 손을 다시 허공으로 뻗었다. 이언의 손에서 일렁거리던 붉은빛은 화염이 되어 앞으로 뻗어 나갔다. 허공을 가로지른 화염은 사내의 목에 명중했다. 불붙은 사내의 머리가 허공으로 날아올랐고, 어깨만 남아버린 사내의 몸은 불이 붙은 채 무너졌다.

"……!"

사내들은 어설픈 초보자들처럼 '죽어라!' 라는 식으로 고함을 지르지 않았다. 그들은 딱딱하게 굳은 얼굴로 묵묵히 검을 휘둘렀다.

그리고 그만큼 예리하게 검이 날아왔다. 이언은 허리를 비틀어 반원을 그리며 움직였다. 서로 엇갈리는 형태로 동시에 날아드는 검은 빈틈이 없었다. 이언은 '네 녀석은 오늘 끝이다!', 또는 '죽여 버릴 테다!' 라고 소리 지르며 덤벼드는 얼간이들은 무섭지 않았다. 하지만 이들은 입을 꾹 다물고 검을 휘두르고 있었다. 전투 중에 수다를 떨어서 호흡을 흐트리지 않는다는 것은 그만큼 전문가들이라는 의미였다.

'군인? 용병?'

이언은 아슬아슬하게 머리카락이 잘려 나가는 동안에 몸을 굴렸다. 사내들은 숏 소드를 쓰는 데 능숙했기 때문에 좀처럼 그가 원하는 대로 거리를 벌리지 못했다. 그들은 정확하게 숏 소드의 사정 거리까지만 그에게 접근하면서 움직이고 있었다. 그들이 숏 소드를 쓰는 데 익숙하다는 증거였지만, 이언은 몸을 피하는 것도 벅찼기 때문에 그런 것을 생각할 여유가 없었다. 목으로 찔러 들어오는 검을 몸을 비틀어 피하면서 이언은 또 다른 사내의 무릎 관절을 걷어찼다. 무릎이 부러진 사내는 검을 놓치며 꿇어 앉았고, 곧바로 이언은 손바닥을 사내의 얼굴로 뻗었다.

"불꽃!"

미처 비명을 지를 틈도 없었다. 이언에게서 뻗어 나간 화염은 초근거리에 있던 사내의 머리를 산산조각으로 날려 버렸다. 사내의 머리는 으깨진 과일처럼 부서지며 불길을 날려 보냈다. 마지막 남은 사내가 주춤거리는 순간, 이언은 상대의 다리를 걸어 넘겼고 재빨리 사내의 목젖을 발로 밟았다. 사내는 이언의 발을 뿌리치고 검을 휘두르려 했지만, 이언은 그의 목젖을 힘주어 밟으며 한 손을 치켜들었다. 붉은빛이 어지럽게 일렁거리는 모습은 사내의 전의를 확실하게 꺾어놓았다.

"하아하아……."

이언은 잠깐 동안의 움직임으로도 땀에 흠뻑 젖어버린 얼굴로 비죽 웃었다. 그가 고개를 돌렸을 때 레미는 이미 기절한 후였고, 무릎이 풀린 튜멜은 주저앉아 있었다. 이언은 땀에 젖은 검은 머리칼을 쓸어 올리며 헐떡거렸다.

"질문은 단 한 번뿐이다. 누가 시켰지?"

"……."

누워 있던 사내는 버둥거리지는 않았지만 대답하지도 않았다. 이언은 신경질적으로 왼쪽 얼굴을 찡그렸다. 그의 이마에서 흘러내린 땀방울이 힘겹게 앞 머리칼에 매달렸다. 그는 어깨를 숨 가쁘게 들썩거리면서 사내를 노려보았다.

"대답하지 않으면 넌 죽는다. 누가 시켰지?"

"……."

"잘 가라."

"자, 잠깐! 우아악!"

가슴 한복판에 화염을 맞은 사내는 사지를 버둥거리며 비명을 질렀다. 이언은 재빨리 한 걸음 물러서면서 주저앉았다. 온몸이 불길에 휩싸인 사내는 처절한 비명을 지르며 펄떡거리고 있었지만 이미 늦었다.

"비협조적인 포로는 죽는다. 전쟁터의 법칙이지."

이언은 땀방울들을 털어내면서 히죽 웃었다. 숲은 다시 침묵이 찾아들었고, 네 구의 시체들은 불에 타고 있었다.

"우라질! 역시 힘들어. 이런 건 내 전공이 아냐. 절대 아니야."
"너, 너, 너는 누구냐?!"
이언은 어둡고 지친 얼굴로 고개를 돌려 어깨 너머로 튜멜을 응시했다. 튜멜은 무릎이 풀려 주저앉은 채 움직이지 못하고 있었다.
"세계 정복을 시도했지만, 이마에 영웅이라고 써붙인 정의감에 불타는 기사에게 패했지."
"사, 사람을 죽여놓고 그런 소리를! 이건 살인이야!"
"시끄럿! 살인인 건 나도 알아. 말했잖아? 멋으로 대륙을 떠도는 게 아니라고. 이것보다 더 지독한 지옥도 건너왔어. 인간의 존엄성 같은 농담은 듣기도 싫어."
'저지 미노트 어를 하는 떠돌이 귀족에, 마법사? 그것도 살인에 익숙한 마법사?! 신이시여!'
튜멜은 망연자실하게 주저앉은 채 말을 잇지 못했다. 잠든 것처럼 풀밭 위에 기절해 있는 레미와 튜멜, 그리고 이언에게 따스한 봄날 햇살이 쏟아지고 있었다.
이언은 힘겹게 몸을 일으켜 저만치 굴러다니던 와인 병을 집어 들었다. 무섭도록 고요한 침묵이 흐르고 있었다.
"제기랄! 조만간 이짓도 관둬야지. 힘들어 죽겠어."
이언은 병째로 와인은 벌컥거리면서 투덜거렸지만, 튜멜은 거기에 아무런 말도 반박할 여유가 없었다. 그는 자신이 지극히 상식적이고 평범한 지방 귀족이고, 지극히 상식적인 인생을 살게 될 거라고 생각했다.
'내, 내가 왜 이런 떠돌이 때문에 이런 일을 겪어야 하는 거야?'
튜멜은 순간적으로 정체 모를 울컥하는 기분을 느끼며 그를 감옥에 집어넣는 일을 고려해 보았다. 하지만 스스로가 내린 결론도 '불가능하다'였다. 우선 튜멜은 비슷한 시골 지방 영주가 그렇듯 성도 없고, 당연히 감옥도 없었다. 이 고장 출신 사내들로 구성된 30명의 경비병들이 그가 가진 유일한 군사력이었다.

방금 엄청난 광경을 목격한 그는 경비병들이 이언을 체포할 수 없을 거라는 것을 알고 있었다. 게다가 레미 아낙스가 이언을 친구로 생각하고 있다는 것을 알고 있는 튜멜로서는 더 더욱 아무것도 할 수 없었다.

"이들은 누구지? 왜 우리를 노리는 거지?"

"사냥꾼. 회색 곰이 아니라 인간을 사냥한다는 게 문제지만……."

"어떻게 그걸 알지?"

"숏 소드를 쓰고 있었으니까. 숏 소드를 쓴다는 건 잘 훈련된 전문가이거나 어설픈 풋내기야. 하지만 이놈들은 풋내기가 아니야. 숏 소드의 거리를 잡는 데 능숙했어. 게다가 여럿이 떼지어 덤비는 숏 소드 특유의 밀집 대형을 구사할 줄도 알더군. 숏 소드는 길이가 짧으니까 검을 숨기고 다니기도 편하지. 용병이나 군인일 거야."

"군복도 갑옷도 없는데?"

"멍청이. 저건 군용 숏 소드야. 대륙에서 날을 저렇게 집요하게 세우는 건 군대밖에 없어."

이언은 풀밭 위에 버려져 있는 숏 소드를 턱으로 가리키며 피식 웃었다. 그리고 고개를 젖히면서 와인 병을 입에 물었다. 숨 가쁘게 그의 목젖이 움직이며 독한 와인을 목구멍으로 넘겼다. 땀에 젖은 그의 머리칼 사이로 바람이 불어왔다.

"뭘 어디서부터 손을 대야 하지? 맙소사! 내 영지에서 살인 사건이라니…….."

뒤늦게 사건 처리 문제가 떠오른 튜멜은 인상을 찡그리면서 안절부절못했다. 그가 테일부룩(Teilburg)의 영주가 된 이후로 첫 번째 살인 사건이었다. 튜멜은 이런 경우 영주가 어떤 조취를 취해야 하는지 전혀 알지 못했다.

대도시의 경우에는 살인 사건이 특별한 일도 아니었지만, 국경부근에 위치한, 이렇게 작은 영지에서는 거의 일어나기 힘든 사건이었다.

이언은 비스듬하게 몸을 젖히며 하늘을 올려다보았다. 푸른 하늘이 있었다.

"여행을 떠나기엔 좋은 날씨야."

아무도 이언의 말을 듣지는 못했다. 하지만 이언은 굳이 불평하지 않았다. 그는 피곤한 얼굴로 차갑게 웃으며 와인 병을 기울였다. 피처럼 붉은 와인이 그의 입가를 타고 흘러내렸다.

〈 2 〉

　화창하기 그지없는 봄 날씨였다.
　남쪽에서 불어온 바람은 중앙산맥의 산비탈을 따라 힘겹게 올라왔다. 바람을 받은 키 큰 풀들과 이름없는 들꽃들은 세차게 몸을 흔들며 바람을 피해 북쪽으로 몸을 뉘었다. 풀꽃들은 이 거센 바람에 익숙하다는 듯 그저 얌전히 몸을 눕히고 바람이 지나가길 기다리고 있었다.
　사방을 둘러보아도 끝없이 계속되는 산비탈과 회색 빛으로 젖은 산들이 어깨를 붙이고 앉아 있었다. 말 그대로 산 이외에는 아무것도 볼 것이 없는 풍광이었지만, 아름다운 산악지역의 감동을 주기에는 산세가 너무 험했다. 그저 고산 지대 특유의 거친 지형이 끝도 없이 이어졌다.
　그런 험준한 풍경 속에서 일요일 오전의 마을 교회 앞에는 사람들로 북적거렸다. 대륙에서 가장 아름답고 웅장한 교회라는 대성당 상트 엘리스(Sant Elis)와는 상당히 거리감이 있는 모습이었지만, 마을 사람들에게는 물론 마을에서 첫 번째로 소중한 건물이었다.

이 소박하고 자그마한 목조 건물 정면에 붙어 있는 작은 십자가가 아니라면, 아무도 이 건물을 교회라고 생각하지 않을 터였다. 목조로 지어진 교회는 이 마을의 다른 건물들과 마찬가지로 가파른 산비탈에 지어져 있었고, 때문에 지붕은 건물 뒤쪽의 산비탈에 맞붙어 있는 형태를 취했다.

산비탈에 달라붙은 이런 볼품없는 구조만이 중앙산맥의 혹독하기 짝이 없는 겨울 동안 세찬 바람과 엄청난 적설량 속에서 사람들을 보호해 줄 수 있었다. 다른 마을의 교회에서 볼 수 있는 높은 종탑 따위는 절대로 한 해 겨울을 넘기지 못했다.

일요일 오전의 성무를 마친 마을 사람들은 교회 앞에 모여서 서로 인사를 나누고 있었다. 집안일과 마당의 텃밭을 손보는 걸로 정신없는 한 주를 보낸 아낙네들은 모처럼 만난 이웃 아낙네들과 함께 무서운 속도로 수다를 소모하기 시작했다. 아침부터 억센 어머니의 손에 붙잡혀 머리 빗기와 세수라는 악랄한 고문에 지쳤던 사내아이들은 눈을 반짝거렸다.

길고 지루한 성무 시간 동안 꾸벅거리며 조는 횟수만큼 어머니에게 호되게 꼬집힌 옆구리가 아직도 욱씬거렸지만, 사내아이들은 늠름하게 그런 육체적 고통을 극복했다. 사내아이들은 어머니가 굉장한 집중력으로 수다를 소모하는 빈틈을 노려, 평소에 마음에 들었던 계집아이들에게 적극적인 애정 표현을 했다.

사내아이들은 애정이 듬뿍 담긴 시선으로 계집아이들의 머리채를 잡아당겼고, 계집아이들은 그에 합당한 애정의 선물이 무엇인지 알고 있었다.

계집아이들은 아직 기사도를 배우기에는 어린 사내아이들의 엉덩이를 숙녀다운 우아한 동작으로 걷어차 주기 위해서 과감하게 어머니의 손아귀에서 벗어났다. 사내아이들과 계집아이들의 추격전은 소박하고 평화로운 산골 마을의 일요일 오전을 적당히 시끄럽게 만들어주었다.

"흐음, 벌써 이런 바람이 불어오나? 계절이 바뀐지도 몰랐군."

마을의 젊은 신부 리온(Lyon)은 마치 늙은이 같은 말투로 중얼거렸다. 신부다운 짧은 머리의 리온 신부는 햇볕에 그을린 검은 얼굴에 근육이 잔뜩 달라붙은 팔을 가지고 있었다. 일주일의 대부분을 교회에 딸린 텃밭을 가꾸는 것으로 살아가는 리온 신부의 외모는 마을 주민들과 과히 다르지 않았다.

"올해는 계절이 조금 빠른 게 아닌가?"

"네?"

카라(Kara)는 의아한 눈으로 리온 신부를 바라보았다. 그녀는 창백할 정도의 하얀 얼굴 위로 쏟아져 내린 얇은 곱슬머리를 쓸어 넘기며 리온 신부의 얼굴을 응시했다. 그녀의 곱슬머리는 흐트러지듯 어지럽게 물결치며 어깨 위로 흘러내렸다. 그녀는 다른 마을 아낙네나 처녀들과 별로 다르지 않게 코르셋에 가까운 가죽 조끼에 풍성한 주름 스커트로 된 제엘(Zeel) 족 특유의 전통 의상을 입고 있었다.

고산 지대의 강렬한 햇살 때문에 검게 그을린 마을 사람들과는 대조적으로 카라의 얼굴은 얼굴에 실핏줄이 보일 정도로 희고 투명했다. 리온 신부는 며칠째 면도를 하지 않은 턱을 쓱쓱 문지르며 카라를 바라보았다.

"새삼 느끼는 거지만 자네는 계절 감각이 둔해. 역시 자네로서는 어쩔 수 없는 건가?"

"뭐, 인정하죠. 그건 사실이니까요."

"올 여름은 한 달 정도 빠르지 않을까 싶어. 하하, 나도 이 고장 사람이 다 된 모양이네, 이런 소리를 다 하다니."

"게다가 이 고장 어른신 흉내까지 내고 계시죠. 신부님, 올해 나이가 31살이라고 하지 않으셨나요? 마치 말투는 여든 먹은 노인네 같아요."

카라는 피식 웃으며 다시 한 번 얼굴로 흘러내린 머리칼을 쓸어 올렸다. 교회를 나선 마을 사람들은 하나둘씩 흩어지기 시작하면서 리온 신부와 카라에게 작별 인사를 했다.

"그럼 신부님, 안녕히 계십시오."

"살펴 가십시오. 그분의 은총이 그대에게."

"어이구, 아가씨도 잘 지내구려."

"네에, 막내는 요즘 어떤가요?"

나이가 지긋한 아낙네는 아들 얘기가 나오자 대번 얼굴에 화색이 돌며 무섭게 수다를 풀어내기 시작했다.

"허, 말도 말구려. 그 천하의 몹쓸 악동 녀석이 아가씨에게 글을 배우기 시작하고서부터는 싹 변했다우. 아침에 제일 먼저 일어나 물을 길어다 놓지를 않나, 그렇게 싫어하던 닭장 청소에 모이 주기까지 하고서야 아침 식탁에 앉는다우. 게다가 일 끝나면 얼마나 공부에 열심인지. 이게 다 아가씨 덕분이라오."

"후후, 그거 다행이네요."

카라는 언제나처럼 예의 바르고 다정하게 웃으면서 적당한 선에서 아낙네의 수다를 멈추게 했다.

"언니, 다음번엔 언제 그 이야기를 마저 해주실 거예요?"

"어? 내가 어디까지 이야기해 줬지?"

"언니이! 그야 물론 나이트 엘리오가 자신의 연인 샤넬을 위해서……."

"아아, 그랬나? 다음번에 해줄게."

카라는 매력적인 미소를 지으며 이제 처녀 티를 내기 시작하는 여자 아이들에게 손을 흔들어 보였다. 마을 사람들이 모두 떠나고 나자 카라는 교회 동쪽 산비탈에 위치한 자신의 오두막을 향해 발걸음을 옮겼다.

"왜 그러시죠?"

카라는 자신과 나란히 걷기 시작한 리온 신부를 바라보며 물었다. 리온 신부는 카라를 보지 않았다. 끝없이 이어진 가파른 산비탈과 그곳에 다닥다닥 모여 있는 오두막 지붕들을 바라보고 있었다.

"그냥, 얘기나 해볼까 해서."

"신부님이 저와 오붓한 대화를 하는 데는 두 가지 문제가 있어요. 첫째로 젊고 건강한 신부와 이렇게 아름다운 젊은 여자가 단둘이 있는 건 절대로 바람직하지 않아요. 이상한 소문이 돌지도 몰라요. 둘째로 만약에 중앙 대교국에서 신부님이 저 같은 존재와 대화를 나누는 모습을 본다면 당장 신부님을 99번쯤 화형에 처할걸요?"

카라는 바람에 흐트러지는 곱슬머리를 아예 두 손으로 긁어 올리며 말했다. 그녀의 말투는 조용했고 별다른 감정이 없었다. 리온 신부는 한숨을 내쉬었다.

"그래, 이곳을 떠난다고?"

"네, 일이 생긴 것 같아요."

"난 자네라는 존재를 도무지 이해하지 못하겠네. 자네는 내가 가진 상식을 모조리 뒤집어엎어 버리는군."

"상식이란 건 보통 선입견을 동반하기 마련이거든요."

"어떻게 이 마을을 그렇게 쉽게 버린다는 거지? 이 마을은 따지고 보면 자네의……."

리온 신부는 헛바람을 삼키며 말을 끊었다. 산비탈 아래로 내려다보이는 마을의 모습을 바라보는 카라의 눈은 얼음처럼 차가웠다. 보통의 담력을 가진 사람은 감히 눈을 맞추지도 못할 만큼 차가운 시선이었다. 헝클어지듯 흘러내리는 곱슬머리가 만들어낸 그늘은 그녀의 차가운 분위기를 한층 더 무겁게 가라앉히고 있었다.

'이, 이게 같은 존재? 조금 전까지 주민들과 환담을 나누던 존재와 같은 존재란 말인가?'

카라의 눈에는 아까 마을 사람들과 대화를 하던 명랑하고 따스한 눈빛은 깨끗하게 쓸려 내려가고 없었다. 낮고 허스키한 음색의 카라는 억양이 씻겨 나간 건조한 말투로 말하고 있었다. 차가워진 눈과 허스키해진 목소리는 리온 신부로 하여금 오한을 느끼게 만들었다.

"이런 궁색한 마을 따위는 나에겐 그저 심심풀이용 장난이죠. 이런 장난이라도 하지 않는다면 인생은 너무나 지루할 테고, 자칫 삶에 대한 집착이 희미해져 버릴지도 모르니까요."

"이 모든 것이 장난이라는 의미인가? 그렇다면 나라는 존재는 어떤가? 수행 중이던 젊은 수사로 하여금 작은 산골 마을에 정착하고, 교회를 세우고, 신앙을 일구어내게 했던 일은?"

"그건 신부님, 당신의 공적이에요. 난 아무것도 한 게 없어요. 수사의 길을 버리고 신부가 된 건 신부님의 선택이지 내가 강요한 게 아니에요."

"자네가 방해했다면 난 아무것도 이루지 못했을 거네. 그리고 나는 결국 자네의 적이네. 어째서 내가 마을에 머물게 놔둔 거지? 그리고 나에게 그 힘을 쓰지 않은 것은? 내 아무리 신앙심이 깊어도 자네의 그 힘에는 무력할 거라는 것을 안다네. 내가 자네의 진정한 모습을 알고 있는데도 그냥 놔두는 이유가 뭔가? 내가 중앙 대교국에 고발하면?"

"후훗, 공생 관계를 아시나요?"

"뭐?"

"전 그저 자극을 원했을 뿐이에요. 나를 견제하는 적과의 팽팽한 긴장감. 그래서 신부님이 필요했던 거죠."

"나라는 존재도 결국은 자네의 그 유희를 위한 자극에 불과했나?"

카라는 자신의 오두막 문을 열면서 어깨 너머로 리온 신부를 바라보았다. 그녀는 눈을 가늘게 뜨고 지나가듯 입을 열었다. 고개를 돌리는 그녀의 입가로 희미한 미소가 스쳤다.

"…아주 오랜 그리움 때문이라고 해두죠."

카라는 두꺼운 나무 판으로 만든 창문을 열었다. 오전의 눈부신 햇살이 작은 오두막 안으로 쏟아져 들어왔다. 만년설을 닮은 빛이 무거운 어둠으로 채워져 있던 오두막 안을 직사각형으로 도려내고 있었다.

"대접은 못해 드리고, 거기 차나 끓여주실래요? 전 지금부터 준비를 해야 해서."

리온 신부는 잔뜩 긴장한 얼굴로 머뭇거리며 카라의 오두막 안으로 들어갔다. 카라는 집 안을 뒤지기 시작하면서 건성으로 벽난로 겸 화덕으로 쓰이는 곳에 걸려진 낡은 주전자를 알려주었다. 리온 신부는 어색함을 떨치지 못하고 쭈뼛거리면서 화덕 앞에 서서 집 안을 둘러보았다.

카라의 오두막은 좁고, 어둡고, 먼지가 많다는 것을 제외하고는 별로 특징이 없었다. 구석에 마른풀을 쌓아서 만든 침대와 조잡한 나무 탁자가 있었고, 이런 시골 농가에는 절대로 어울리지 않는 책들이 상당히 쌓여져 있었다.

'책을 읽는단 말인가?'

리온 신부는 새삼 놀라고 있었다. 곰곰히 생각한 리온 신부는 자신이 카라의 집을 방문한 것이 이번이 처음이라는 사실을 깨달았다. 그리고 그것을 이제 알았다는 사실은 그에게 심한 당혹감을 주고 있었다.

그는 그녀의 존재 자체에 정신이 팔려서 정작 이런 일상적인 면을 전혀 의식하지 못했다는 사실을 스스로도 믿을 수 없었다. 하지만 카라가 지배하는 이 마을은 평온하고 지루했지만 항상 일상적인 면에서 어딘가 어긋나 있었다. 리온 신부가 우연히 이 마을에 머물게 된 것도 그 어딘가의 묘한 어긋남이 지배하는 마을과 그 원인이 되는 카라라는 여자 때문이었다. 리온 신부는 지금도 특징이 없는 마을의 기묘한 어긋남에 위화감을 느끼며 살아가고 있었다.

"후후, 제 집에 처음 들어왔다는 사실이 놀라우신 거죠?"

"뭐? 그렇군. 그래, 그러고 보니……."

"한 마을에 살고 있고, 그렇게 오랫동안 마주쳤는데 제 집에 와본

적이 없다는 사실을 이제야 깨달은 게 신기하신가요? 와본 적이 없다는 것조차 깨닫지 못한 게?"

"그러고 보니 어떻게 그럴 수가… 혹시 나에게……."

"웃기지 말아요. 난 신부님을 유혹할 정도로 타락하지는 않았어요."

카라는 시큰둥한 얼굴로 바쁘게 오두막 안을 헤집고 있었다.

리온 신부는 고개를 절레절레 저으며 화덕에 불을 피웠다. 그녀의 신경을 건드리는 것은 오직 끊임없이 흘러내리는 앞머리뿐 인 듯이 보였다. 그녀의 머리는 좀처럼 하나로 묶이지 않았다. 리온 신부는 이곳에 교회를 세우고 정착하는 동안에 한 번도 카라의 집을 방문한 적이 없다는 사실이 당혹스러웠지만 묵묵히 입을 다물고 있었다.

그녀가 지배하는 이 마을은 이런 식으로 미처 깨닫지 못하는 미묘한 균열이 있었다. 리온 신부는 카라가 대화를 하면서 자신을 이곳으로 데려왔기 때문에 그 사실을 깨달을 수 있었다는 사실이 혼란스러웠다. 그녀가 평소처럼 대화를 거부했다면 그는 설사 몇천 년이 지난다고 해도 이 집을 방문하지 못했다는 사실을 깨닫지 못했을 것이다. 리온 신부는 그 사실을 알고 있기 때문에 당황하고 있었다.

기묘하게 어긋난 위화감에 불편해진 기분으로 주변을 둘러보던 리온 신부의 시선은 금세 멈춰졌다. 이런 시골에서 보기 드문 광경이 펼쳐진 탁자 때문이었다. 탁자에는 어디서 났는지 도저히 이해하기 힘든 잉크와 깃털 펜이 있었고, 질 좋은 종이 몇 장과 두툼한 가죽 장정의 책이 있었다. 대도시도 아니고 중앙산맥의 이름없는 촌락에서 잉크와 깃털 펜, 그리고 종이 뭉치가 있다는 것은 흔한 광경은 아니었다. 리온 신부는 호기심을 이기지 못하고 힐끔거렸다.

…앞서 기술한 바를 이유로, 제국 시대 이전의 역사 기술을 그대로 신뢰하는 것을 지극히 회의할 수밖에 없다. 금속 활자를 이용한 조판 기술이 개발되기 이전 시대의 저서들은 각 종파 교단의 수도원에서 연구에 정진하는 수사들의 손에 의존한다. 물론 수사들의 겸허한 생활 태도와 그 치열한 학구열에는 경탄을 보내는 바, 하지만 이 시대 기록 전승의 방법론적 문제에 대해서는 지극히 회의적인 입장을 보이게 된다. 손으로 이전 시대의 기록들을 채록, 필사하는 과정에서 각 종파에 따라서 동시대 사건에 대한 상이한 입장을 발견하게 된다. 예를 들면 동일한 원본을 어느 종파에서 필사했느냐에 따라서 현 시대의 우리는 전혀 다른 결과물을 읽게 된다. 앞서 예를 들었듯이 109행에 걸친 소중한 기록이 필사를 거치며 단지 소속 종파의 종교적 교리 때문에 삭제되는 예는 너무나 흔할 지경이다. 그렇기 때문에…….

리온 신부는 꼼꼼하고 정성 들여 쓰여진 카라의 필체에 감탄할 여유가 없었다. 망설임없이 꼼꼼하게 써내려 간 글씨체는 분명히 그녀의 글씨였다. 교회의 연례 보고서를 이따금 그녀가 대필해 주었기 때문에 그는 카라의 필체를 알고 있었다. 리온 신부는 목덜미가 축축하게 젖어드는 느낌을 받았다.

꼼꼼한 필체로 적혀진 원고는 저지 미노트 어로 씌여져 있었다. 종교에 몸담고 있는 그조차도 상당수 문장의 의미를 해석하지 못할 정도로 전문적이고 어려운 저지 미노트 어로 쓰여진 글이었다. 게다가 그 내용도 결코 쉬운 내용이 아니었다. 리온 신부는 다시 한 번 카라에게 압도당하는 기분을 느끼며 공포에 젖었다. 그녀가 보통 여자가 아니라는 사실은 알고 있었지만 이것은 그의 예상을 넘고 있었다. 리온 신부는 카라가 갖고 있는 어휘와 지식 체계에 대해 감탄하지 못했다. 그것은 그에게 공포로 다가왔다.

"이거… 자네가 쓴 건가?"

카라는 머리를 벅벅 긁으며 무언가를 찾다가 투덜거리며 탁자로 다가왔다. 그녀는 리온 신부가 알아듣지 못할 정도로 희미하게 중얼거리며 종이를 집어 들었다. 카라의 눈은 빠르게 종이 위를 달리며 문자를 쫓았다.

"어휴, 뭘 이런 걸 읽고 그래요. 이거 저번에 혼자 술 마시다가 생각난 걸 적어둔 거예요. 안 쓰다 보니 내 저지 미노트 어 실력도 개판이군. 이따위 조잡한 낙서가 뭐 그리 대단하다고 그렇게 놀라는 거예요?"

카라는 눈살을 찌푸리며 흘러내린 앞머리를 긁어 올렸다. 리온 신부는 힘겹게 침을 삼켰다. 그녀는 흥미를 잃은 듯 종이를 내던지고는 다시 자신의 일로 되돌아갔다.

"솔직히 난 그 내용을 평가하는 것은 고사하고 문장 자체도 읽기 힘드네……."

"공부 좀 하시죠. 명색이 성직자인데 술 취한 여자가 끄적거린 낙서를 못 읽는다는 게 말이나 된다고 생각해요? 뭐, 지독한 악필 때문이겠지만……."

"언제부터 이런 연구를 한 건가? 목적은 뭔가?"

"연구요? 아아, 설마요. 이 책을 읽다 보니 한심해서 끄적거린 낙서였어요. 어디 있더라? 으음, 아! 여기 있다."

카라는 한 손에 낡은 드레스를 들고서 책 사이를 오가다가 지독히 낡은 책을 집어서 탁자로 던졌다. 책을 집어 들고 제목을 살피던 리온 신부는 자신의 눈을 의심했다.

신학적인 관점에서의 종족학

"이 책 어디서 났나?! 오, 신이시여!"
리온 신부의 갑작스러운 외침에 바닥에 엎드려 침대 밑을 뒤적거리던 카라가 고개를 들었다. 리온 신부는 두 손으로 책을 집어 들고서 흥분해 있었다. 검게 그을린 그의 얼굴은 흥분 때문에 적갈색으로 물들어 있었다.
카라는 뚱한 얼굴로 머리를 긁적거렸다.
"누가 줬더라? 아아, 아마 제 애인이 줬을 거예요. 꽤 오래전 일이라 기억이 가물가물하네요. 확실하지는 않아요."
"이런 희귀한 책이! 대부분 소실된 지 100년은 지났을 거야! 중앙 대교국의 상트 호엘(Sant Hoel) 대도서관에나 소장되어 있을 책이야! 어떻게 이런 걸 자네가 갖고 있는 거지?"
"왜요? 그게 중앙 대교국에서도 인정하는, 저 지극히 경건하고, 영광되고, 하나이신 분의 은총을 올바르게 이해한 책이라서요? 제 애인은 그 책이 너무 웃긴다고 읽어보라고 했는데요? 실제로 읽어보니 재미있던데요? 근데 신부님은 나를 마녀쯤으로 생각하는군요? 창틀에는 까마귀가 앉아 있고, 가마솥에는 맛있는 스튜 대신에 고약한 냄새를 풍기며, 독사의 피와 두꺼비의 피부와 온갖 잡다한 흉악한 재료들이 끓고 있고, 방 안에는 저주와 흑마술에 관한 책들이 가득해야 하나요? 난 그럼 마녀들의 뾰족한 모자까지 써야 되는군요? 기분 나쁘게 누굴 마녀 취급하는 거예요!"
카라는 여전히 바닥에 배를 깔고 엎드린, 숙녀로서는 품위에 어긋나는 자세로 턱을 괴고 말했다. 그녀의 목소리는 그저 심드렁했고 태연했다. 리온 신부는 오두막 바닥에 엎드려 턱을 괴고 있는 그녀를 마치 처음 바다를 보는 사람처럼 보고 있었다.

"그 책 가져가요. 내가 보기에는 지나치게 사물을 경건하게 보려 해서 관점이 너무 편향적이고 경직되어 있어요. 학문이 가져야 할 유연성은 눈 씻고 찾아봐도 없던데요? 아까 그 낙서는 그 책을 읽다가 느낀 걸 술김에 끄적거린 거예요."

리온 신부는 순간적으로 온몸이 얼어붙는 충격을 느꼈다.

'도대체 저 여자가 세상을 보는 관점은 뭐지? 이런 난해하고 심도 있는 책을 저렇게 단순화시킬 수 있는 힘은 뭐지?'

리온 신부는 세상에 50권도 남아 있지 않았을 것이라는 희귀본을, 그것도 난해한 내용으로 악명이 높은 책을 마치 아이들용 옛날이야기 책처럼 평가하는 카라의 존재에 질려 버렸다.

"제기랄! 여기다 처박아뒀었네."

카라는 침대 밑에서 커다란 나무 상자를 끄집어내면서 욕설을 내뱉었다. 마치 리온 신부의 존재는 안중에도 없다는 듯한 태도였다.

얼마나 오랫동안 침대 밑에 넣어두었는지 나무 상자는 먼지가 하얗게 내려앉아 있었다. 상자를 꺼내던 카라는 거칠게 기침을 하기 시작했다. 하얀 먼지가 햇살을 타고 거슬러 올라가면서 기묘한 무늬를 그려냈다. 카라는 기침을 하면서 손을 휘저어 먼지를 걷어내고 있었다.

"콜록! 캑! 우~ 제기랄! 누가 보면 한 500년쯤 침대 밑에 처박아둔 줄 알겠다. 세상에 이 먼지! 콜록!! 집 청소 좀 해둘걸……."

카라는 격하게 기침을 하면서 여전히 손을 휘휘 내저었다. 그리고는 천천히 나무 상자를 열기 시작했다. 나무 상자 뚜껑에 내려앉았던 먼지들이 우수수 바닥으로 쏟아져 내렸다. 그 덕분에 카라는 다시 한 번 격렬하게 기침을 쏟아냈다.

"어디로 갈 건가?"

"나도 몰라요. 방향이 북서쪽이라는 것밖에는."

"방향?"

"메세지가 날아왔어요. 아! 신부님은 마법을 모르지? 메세지라는 마법이 있어요. 먼 거리에 떨어져 있는 상대에게 의사를 전달하는 방법이지요. 거리가 멀고 상대의 위치가 불확실할수록 전달할 수 있는 단어의 숫자가 적어져요. 물론 상대의 위치를 전혀 모르면 보낼 수도 없지요. 에이, 설명해도 이해하지 못해요. 하여간 그런 메세지가 날아왔지요. 딱 한 마디뿐이었죠. '이리 와'. 정말 간단하죠? 하여간 변함없이 미치광이라니까. 무려 10년 만에 불러놓고서는 이리 와… 라니. 암튼 부르니까 가봐야죠."

"누구인가? 자네에게 그런 마법을 쓴 사람은?"

"알아서 뭐 하게요?"

카라는 상자를 뒤지던 손길을 멈추고 물끄러미 리온 신부를 바라보았다. 리온 신부는 머쓱한 기분으로 시선을 돌렸다.

"자네가 떠나고 나면……."

카라는 다시 한 번 먼지에 눈살을 찌푸리며 리온 신부를 올려다보았다. 리온 신부는 고개를 옆으로 돌려 다른 곳을 바라보고 있었다.

"난 이 마을을 원래대로 되돌릴 생각이네. 아무리 힘들다고 해도 그건 나의 의무라네."

"맘대로 해요. 이런 구질구질한 마을 따위는 이미 내 관심에서 벗어났으니까."

카라는 어깨를 으쓱하면서 대수롭지 않게 말했다.

〈 3 〉

'파란 개구리'는 테일부룩에 있는 유일한 술집이자 여관이었다. 교회를 광장 너머로 마주 보는 위치에 있는 낡은 2층짜리 목조 건물이 파란 개구리였다. 지붕을 덮은 밀짚은 오래되어 검게 썩어 있었지만 전반적으로 낡지만 깨끗하게 손질된 건물이었다.

나무가 썩지 말라고 타르 칠을 해둔 기둥은 맨질맨질하게 닳아 있었고, 시골 특유의 무성의하지만 실용적인 손길로 발라둔 회벽은 세월의 더러움을 씻지 못하고 있었다. 개구리가 그려진 여관 간판이 봄바람에 의해 이따금씩 삐걱거리는 소리를 내면서 흔들렸다. 멋들어진 라이어른 어로 쓰여진 간판은 이 건물이 여관이라는 사실을 유일하게 증명하는 물건이었다.

여관 주인은 그 간판이 자신의 증조부의 할아버지가 가게를 처음 열 때 만든 물건이라고 자랑스러운 얼굴로 말하곤 했다. 대륙 어디를 가나 마찬가지였지만, 간판은 귀족들의 문장처럼 중요한 것이었다. 대개의 간판들에는 처음 가게를 열게 된 연도와 장소가 표기되어 있었다.

여관 주인은 자신의 선조가 여관을 열면서 마침 지나가던 집시 패거리에게 보기 드문 호의를 베풀었다고 말했다. 때마침 집시 패거리 중에는 화가가 있었고, 여관 창고에서 재워주고 따스한 귀리 죽을 대접한 답례로 마침 창고에 굴러다니던 널빤지로 간판을 만들어주었다고 했다. 그 이야기의 진의는 확인할 길이 없지만 집시족 특유의 섬세한 솜씨로 잘 만들어진 간판이라는 것은 확실했다.

여관 파란 개구리 주변으로는 검게 썩은 밀짚 지붕과 타르 칠을 한 기둥, 더러운 회벽이 발라진 집들이 광장을 중심으로 무질서하게 모여 있었다.

테일부룩 주변으로는 평지다운 평지가 없는 야트막한 구릉이 계속 이어져 있었기 때문에 마을도 그 구릉에 순응하는 형태로 지어져 있었다. 지극히 소박하게 지어진 교회에 딸린 목조 종탑이 테일부룩에서 가장 높은 건물이었다. 마을의 규모도 작고 변경 영지였기 때문에 다른 곳처럼 마름돌이 깔려진 포장 도로는 없었다. 마을 광장도 그렇고 마을을 관통하는 도로도 배수성이 좋은 검은 흙이 깔려져 있는 것이 전부였다.

비가 오면 지독한 진창이 되지만 날이 개면 금세 도로는 마르기 마련이었다. 시장도 서지 않는 마을이었기에 마을 광장을 힘들게 돌로 포장할 필요는 없었다. 그저 몇 년에 한 번 꼴로 영지민 회의를 할 때 마을 주민들이 모이는 정도의 용도로 사용되고 있었다. 다만 마을의 개구쟁이 꼬마들의 놀이터로써는 일 년 내내 그 기능을 충실히 수행하고 있었다. 테일부룩은 그렇게 평범한 변경 영지였다.

"도대체 네 머리 속에는 뭐가 든 거지?"

테일부룩 영지의 주인, 케이시 튜멜 남작은 핏대를 세워가며 고함을 질렀다. 바에 의자를 가져다 놓고 졸고 있던 주인 사내는 그 소리에 놀라서 바에 턱을 부딪히며 잠에서 깨어났다. 주인 사내는 벌써 몇 달째 자신의 여관에서 머물고 있는 검은 머리의 떠돌이 사내와 이 고장의 젊은 영주인 남작을 힐끔거리고는 입맛을 다시며 다시 잠을 청했다.

테일부룩은 작지만 건실한 마을이었고, 떠돌이를 제외하면 대낮부터 술을 마시는 인간은 전혀 없었다. 새벽까지 마을 주당들을 상대하다 자신도 꽤나 얼큰하게 취했던 주인 사내는 오늘 밤 장사를 위해서 필사적으로 잠을 청하고 있었다.

검은 머리의 떠돌이 사내가 매달 초에 굉장히 후한 여관비를 한 달 치 선불로 지불하지 않는다면, 혹은 튜멜 남작이 이 지방 영주가 아니었다면 주인 사내는 둘 다 멱살을 잡아 밖으로 내동댕이쳤을 것이다. 튜멜은 자신도 모르게 고함을 질렀다는 사실에 얼굴을 붉히며 헛기침을 했다.

"자네도 한잔하지 그래?"

이언은 커다란 맥주 잔을 기울이며 탁자 너머에 앉은 튜멜에게 말했다. 튜멜은 다시 한 번 고함이 터져 나오려는 자신을 가까스로 억제하고는 심호흡을 했다. 어금니에 힘을 주고 자제력을 발휘하는 젊은 영주의 매끈하고 샌님다운 얼굴은 붉게 달아올랐다.

"내 영지는 작지만 근면하고 성실한 마을이다. 대낮부터 생업을 접어두고 술을 마시는 인간은 없다. 하물며 영주인 내가 술집에서 술을 마셔야겠나? 게다가 난 이런 평민들 술은 마셔본 적도 없고, 앞으로도 마실 생각은 없다."

"유감이군. 이 집 맥주 맛은 그다지 나쁘지 않아."

튜멜은 다시 한 번 소리를 지르려는 자신을 가까스로 억제하고는 낮은 목소리로 입을 열었다. 그의 목소리는 가늘게 떨리고 있었다. 여전히 자제력을 발휘하기 위해 애쓰고 있다는 증거였다.

"그 정체 불명의 암살자들이 습격한 게 불과 일주일 전인데 어떻게 그렇게 태평하지? 그자들이 우리들 중 누구를 노리는지도 모르는데 이런 곳에서 대낮부터 술이나 마실 상황인가?"

"글쎄, 우리로서는 알아낼 방법이 없잖아? 누군지, 목적이 뭔지. 방법이 없는 문제를 고민하는 건 시간 낭비야. 난 내가 해결할 수 있는 문제만 고민해. 이를테면 오늘 저녁 메뉴는 뭘로 할까? 이런 문제라면 나도 고민하고 심사숙고하지. 그건 살아가는 데 아주 중요한 일이야. 어디서 사람 몇 명이 죽어버린 게 그렇게 중요해?"

튜멜은 이언과 대화를 시도하는 자신의 지성을 진지하게 의심하기 시작했다. 이언은 암살자들의 시체를 깡그리 태워 버려 아무것도 남기지 않았고, 튜멜은 그 사건을 침묵이라는 가장 효과적인 수단으로 마무리했다. 단지 저택 경비병들에게 요즘은 소문이 흉흉하니 경비를 좀 더 철저히 하라는 지시를 내렸을 뿐이었다.

물론 그것은 그의 생각이 아니었다. 그는 단지 이런 일에 능숙한 이언의 조언을 받아들였을 뿐이다. 덕분에 튜멜은 영주가 된 이래 최초로 발생한 살인 사건의 해결책을 고민할 필요가 없어졌다. 하지만 레미는 그때의 충격으로 한동안 불면증과 신경과민으로 고생을 해야 했고, 튜멜은 소화 불량까지 덤으로 얻어서 고생하고 있었다.

이언만은 여전히 마을 여관에 머물며 태연하게 낮 술을 마시거나 잠을 자는 것으로 시간을 보내고 있었다. 튜멜은 영주가 된 이후로 한 번도 와보지 않은 여관 겸 술집 파란 개구리까지 출입하면서 이언을 만날 필요가 없었다는 결론에 도달했다.

이언과의 대화에서 아무것도 얻을 것이 없다고 생각한 튜멜은 기분 나쁜 장소에서 한시 바삐 벗어나기 위해 자리에서 일어섰다. 튜멜은 무언가 몇 마디를 입속으로 웅얼거리다가 딱딱하게 굳은 얼굴로 활짝 열려진 출입 문을 나갔다.

헤이, 호, 마을 처녀 산트릴라
그녀의 도톰한 입술을 보면
내 가슴은 두근두근.
헤이, 호, 마을 처녀 산트릴라
그녀의 봉긋한 가슴을 보면
내 몸은 남자가 된다네…….

이언은 튜멜이 들었다면 천박하다고 길길이 날뛰기에 충분한 노래를 흥얼거렸다. 대도시 뒷골목 술집에서는 흔히 들을 수 있는 노래였다. 그늘진 앞머리 아래로 무감각한 눈동자를 가진 이언은 별로 흥이 나지 않는 듯 금세 노래를 멈춰 버렸다. 그 덕분에 산트릴라와 키스를 하면서 옷을 벗기고 사랑을 나누는 가사는 계속되지 못했다. 이언은 온몸이 저릿한 피로를 느끼고 있었다.

'이젠 이따위 짓은 관둘 거야.'

무거운 발자국 소리와 함께 활짝 열린 파란 개구리의 출입 문 너머로 누군가 들어왔다. 이언은 무언가 골똘히 생각하고 있었고, 주인 사내는 열심히 장사 준비, 다시 말해서 잠을 자고 있었기 때문에 누구도 문 쪽으로 주의를 기울이지 않았다. 뚱뚱한 체구의 주인 사내는 오늘 밤에도 장사를 해야 한다는 굳은 신념 아래서 좀처럼 잠에서 깨어나지 않은 채 장사 준비에 충실했다.

"……."

발목까지 끌리는 두껍고 투박스러운 로브를 입고, 로브에 달린 두건을 깊숙이 눌러쓴 존재는 천천히 안을 둘러보았다. 그다지 미적 감각이 고려되었다고는 보기 힘든 의상이었지만 여행을 하기에 적당한 의상이었다. 온몸을 감싸주는 두꺼운 로브는 여행 도중 만나게 되는 비바람과 먼지, 햇볕, 추위 따위를 막아주기에는 충분했다. 바닥에 가볍게 끌리는 로브는 원래 색깔을 구분하기도 힘들게 변색되어 있었고, 더러웠다.

거친 손이 움직여 천천히 먼지와 햇볕으로 변색된 두건을 벗었다. 희끗희끗한 짧은 머리에 텁수룩한 흰 수염을 기른 중년의 사내는 물끄러미 파란 개구리 안을 둘러보았다. 오랜 세월의 깊은 침식을 견딘 인간이 갖게 되는 골짜기가 사내의 이마와 뺨에 길게 그어져 있었다. 튀어나온 광대뼈에 눈 주위가 움푹 꺼져 음울한 그림자를 던지는 중년 사내의 눈동자가 이언에게서 멈춰 섰다. 햇볕에 그을리고 주름진 얼굴에 노인처럼 흰 수염이 가득한 중년 사내였다. 이언은 맥주 잔을 든 자세로 멈춰 서서 다소 어이가 없다는 표정을 지었다.

"실례지만, 이 마을에 하 이언이라는 사람이 묵고 있다던데. 자네가 아닐까 싶군."

이언은 딱딱하게 굳어버린 차가운 얼굴로 천천히 자리에서 일어났다. 그는 얼마 전 튜멜 영지의 숲에서 보였던 싸늘한 눈동자를 내리깔고 허리를 굽히며 예를 취했다. 중년 사내는 묵묵히 이언을 보고 있었다.

"어서 오십시오. 하 이언이라고 합니다. 귀하를 오라가라 해서 죄송합니다."

"미안하지만, 우리가 전에 만난 적이 있던가?"

"세월이란 건 워낙 길고 지루하니까요. 어디선가 만났을지도 모르죠. 어쨌거나 여기 앉으시죠. 케멤 알피스(Kermemn Alfis) 경."

케멤 알피스라고 불리운 중년 사내는 눈동자가 보이지 않을 정도로 눈을 가늘게 뜨면서 이언을 바라보았다. 짧지만 예리한 침묵이 흐르고 중년 사내는 피식 웃었다.

"파일런 디르거(Fahilan Dirger), 지금은 그런 이름을 쓰고 있지."

이언은 가볍게 휘파람을 부는 시늉을 하면서 놀란 표정을 지었다.

"실례지만, 귀하는 이름을 도대체 몇 년 단위로 바꾸시는 겁니까? 5년? 10년? 제가 알기로는 15년 전에 당신은 케멤 알피스라는 이름이었지 않았나요? 물론 그전에는 또 다른 이름이었던 걸로 기억하고 있습니다만."

"사람의 이름이란 게 그렇게 가치가 높은 건가? 나 같은 인간이야 이름이란 별 의미가 없다네. 하지만 자네는 어떻게 케멤 알피스라는 옛 이름을 알고 있는 거지?"

파일런 디르거는 탁자 맞은편에 앉은 채 지긋한 눈으로 이언을 쏘아보고 있었다. 숨 막히는 압박감은 없었지만, 한 치의 빈틈을 찾아보기 힘든 눈길이었다. 흰 머리와 주름진 얼굴을 가진 파일런이었지만 이언보다 키도 크고 어깨도 넓었다. 그리고 눈썰미가 있는 사람이라면 그의 주변을 맴도는 묘한 중압감에 숨이 막힐지도 모른다.

이언은 태연한 얼굴로 그런 시선을 온몸으로 받아내며 미소를 지었다.

"살아 있는 전설을 뵙게 되어 영광입니다. 진심으로 당신을 존경하고 있습니다."

"하 이언이라고 했나? 묘한 행색으로 돌아다니는군. 언젠가 들어본 적 있는 그 이름이 맞는다면."

"아닐 겁니다. 전 그저 빈둥거리며 떠도는 게으른 녀석일 뿐입니다. 명성을 날릴 만한 짓은 하지 않았습니다. 악명을 날릴 만한 위업은 제법 쌓았지만."

"난 농담을 별로 좋아하지 않는다네."

"이 집 술 맛이 좋은데, 어떻습니까?"

"대낮부터 술을 마시기 위해 자는 사람을 깨우기는 싫군."

파일런은 팔짱을 끼고 앉아서 지치지도 않고 꾸준하게 이언의 눈을 응시하고 있었다. 이언은 그런 무거운 시선을 굳이 피하려고 하지 않았다. 그는 어딘지 사람을 짜증스럽게 만드는 미소를 지으며 일어서서 주방 쪽으로 사라졌다. 파일런은 온몸을 긴장시키며 여관 안을 감도는 인기척에 귀를 기울였다. 조금만 움직여도 바닥에 깔아놓은 마룻바닥이 삐걱거리는 비명을 지르는 구조였다. 누군가 은밀하게 움직이는 것 자체가 불가능했다. 하지만 파일런은 긴장을 풀지 않았다.

"이거, 이 집 주인장이 알면 부엌칼로 찌를지도 모릅니다. 저번에도 혼자 찾아서 마시려고 했더니 눈에 쌍심지를 켜면서 길길이 날뛰더군요. 마치 생전 처음 후추를 먹어본 사람처럼 고래고래 비명을 질렀거든요."

이언은 참나무로 만든 술통을 탁자 위에 내려놓았다. 그리고는 싱긋 웃었다. 여전히 불편하고 신경 거슬리는 미소였다.

"단검 좀 빌려주시죠."

파일런은 서너 번의 호흡이 오갈 정도의 침묵을 지키다 로브 자락 안으로 들고 있던 단검을 거꾸로 쥐어서 내밀었다.

"알고 있었군. 역시 자넨 초보자가 아니야."

"당신 같은 분은 그저 앉아 있는 것만으로도 숨이 막힙니다. 옷자락 안에 단검 하나 빼 들지 않고 계실 리가 없을 테죠."

이언은 태연하게 싱글거리며 단검 끄트머리로 뚜껑을 열었다. 무겁고 진한 곡물 냄새와 독한 알콜 냄새가 폭포수처럼 쏟아져 내렸다.

"솜씨가 좋군."

파일런은 묵묵히 잔을 비우고 나서 한참 만에 입을 열었다. 귀리와 밀겨 찌꺼기를 발효시켜 만든 곡주는 위스키보다 독한 술이었고, 찌꺼기가 둥둥 떠다니는 탁한 모습이었다.

대륙 어디를 가나 술을 만드는 양조권은 수도원이 독점하고 있었다. 수도원과 지방 귀족들에 의해서 엄격히 곡물이 관리되고 있었기 때문에 평민들은 술 마시는 것도 좀처럼 쉽지 않았다. 하지만 지역마다 나름대로 불법적으로 술을 빚는 방법이 꾸준히 전해져 내려오고 있었다. 지방에 따라 옥수수나 귀리, 혹은 숲에서 따온 잡다한 과일로 술을 빚는 건 흔한 풍습이었다. 물론 엄연한 불법이었지만 마을 단위로 자체 소비하는 이런 밀주는 수도원에서도 눈감아주고 있었다.

"성실한 마을입니다. 영주도 성실하고, 마을 주민들도 성실하고,

이 집주인이 귀리 주를 빚는 작업도 성실합니다. 어설픈 머저리들은 와인이나 홀짝거리며 와인이야말로 신의 은총이고 진짜 술이라는 엿 같은 농담을 하죠. 하지만 멍청이들이 이런 진짜배기 술 맛을 이해하는 것은 무리라고 생각합니다."

"찌꺼기를 모아 만든 술이니까. 그리고 가난한 자의 돈을 털어서, 혹은 입심 좋은 인심에 호소해서 얻어먹는 술이지. 이들에게는 이것도 생활이겠지. 뭐, 그런데 이런 쓸모없는 잡담이나 지껄이자고 나를 부른 건가?"

"흥미로운 여행이 시작될 겁니다."

이언의 말에 파일런은 가볍게 눈살을 찌푸리며 술잔을 기울였다.

"나 정도로 세상을 오래 살게 되면……."

파일런은 세 번째 잔을 받아 들기 위해 말을 잠시 끊었다. 그는 다시 채워진 잔을 만족스럽게 기울이고는 말을 이었다.

"더 이상 아무것도 흥미롭지 않다네. 어차피 세상 돌아가는 이치는 뻔하거든."

"예외도 있습니다. 아주 독특한 경험이 될 거라고 생각합니다만."

"겨우 그런 일로 나를 불러낸 건가? 용건은 끝난 건가?"

파일런은 여전히 무거운 시선으로 이언을 보고 있었다. 그의 시선에는 살기나 적의가 실려 있지 않았지만, 한 치의 빈틈도 허용하지 않을 시선의 무게는 분위기가 흐려지는 것을 절대로 용납하지 않을 듯했다. 물론, 이언은 결코 기죽지 않았다.

"솔직히 귀하가 어떤 분인지 알고 싶기도 했습니다. 사실 조금은 놀랐습니다. 설마 살아 있는 전설께서 남쪽 대륙 사막 도시에 은둔하고 계실 줄은……."

"난 그런 나를 찾아낸 자네가 더 신기하더군. 날 어떻게 찾아낸 거지?"

이언은 머리를 긁적이며 씨익 웃었다. 웃고는 있었지만 그늘진 머리칼 아래서 안광을 반짝이는 그의 눈은 파일런의 일거수일투족을 쫓고 있었다. 파일런도 독하고 퀴퀴한 냄새가 감도는 술을 마시면서도 좀처럼 이언에게서 시선을 떼지 않았다.

"워낙 대륙을 오래 떠돌다 보니 각지에 친구들이 제법 많습니다. 그 친구들 힘을 빌렸습니다. 뒤를 캐고 다닐 생각은 없었습니다. 그런데 귀하의 흔적을 찾아낸 친구는 살아 있습니까? 아! 그냥 단순히 궁금해서 물어보는 겁니다."

"그 쥐새끼 같은 놈을 말하는 거라면… 죽었지. 내 뒤를 캐묻고 다니길래 사막 한가운데로 끌고가 배를 갈라 버렸지. 불만있나?"

"천만에요. 그렇게 죽어도 충분한 놈이었죠. 고작 유부녀들을 등쳐먹던 놈이니까."

"어쨌거나 모처럼 세상으로 나왔는데 그냥 돌아가기도 그렇군. 그럼, 어떤 일인지 들어볼까? 하지만……."

파일런은 말을 끊고서 이언을 지그시 바라보았다. 이언은 술잔을 기울이던 자세로 멈춰 서서 멀뚱히 그를 바라보았다. 아무런 적의도 없었지만 이언의 싸늘한 눈은 웃고 있었다.

"별로 쓸모없는 이야기라면 각오하도록. 내 옛날 이름을 안다면 내가 어떤 인간인지도 알 거라 믿네."

"살아 있는 전설, 걸어다니는 성채, 불사의 검, 끝나지 않는 진혼곡, 자유의 기사, 평원의 사신, 싸움에 환장한 미친 늙은이, 철혈의 기사……."

"…그만 하게."

"아직 30여 개 정도 더 남았는데요? 상당히 독특한 센스의 별명도 있습니다만?"

"그만 하라고 했네. 나도 기억 못하는 것을 잘도 주워섬기는군."

파일런은 피곤한 얼굴로 한숨을 쉬었다. 이언은 여전히 싱글거리며 웃었다.

"도대체 인간이 어떤 인생을 살면 그렇게 거창하고 엄청난 숫자의 별명을 얻게 되는지 궁금했습니다."

"평생 동안 전장만 찾아다녔으니까."

"명성이든 악명이든 노력없이는 얻지 못합니다."

"일 이야기나 해주겠나? 쓸모없는 과거는 기억하고 싶지 않다네."

"아예, 하지만 급할 건 없으니까 우선은 천천히 술이나 드시죠? 제 생각에는 꽤 긴 이야기가 될 것 같습니다."

"부디 내가 자네의 히죽거리는 머리를 베어버릴 일은 없기를 바라네."

파일런은 또다시 술잔을 채우며 말했다.

〈4〉

 튜멜은 신경질적으로 책을 내던졌다. 텅 빈 서재에는 아무도 보는 사람이 없었지만, 그는 자신의 행동에 찔끔하고는 주변을 둘러보았다. 보는 사람이 없어도 귀족으로서의 행동 규범은 그에게 중요한 의미를 부여하고 있었다. 그는 짜증스러운 한숨을 쉬면서 집어 던졌던 책을 곱게 집어 들었다. 한순간의 감정을 자제 못하고 책을 던진 자신의 꼴이 우스웠다.
 "하! 잘만하면 귀족 최초로 여인숙을 개업하겠군 그래. 아무짝에도 쓸모없는 떠돌이 마법사는 그렇다고 쳐도, 나이 든 칼잡이는 또 뭐야?"
 튜멜은 한숨을 쉬면서 서재를 서성거렸다. 서재라고 했지만 평범한 응접실에 책장을 몇 개 가져다 놓은 것뿐이었다. 테일부룩은 변경의 작은 영지였고 군사적으로 아무런 가치가 없는 지방이었다. 그렇기 때문에 해자를 깊게 판 외성 벽도 없었고, 영주의 성도 없었다. 그저 목장 한쪽에 싸구려 대리석으로 지은 단순한 외관의 저택이 전부였다. 물론 그 저택조차도 대도시의 귀족 저택처럼 높은 담벼락은 없었다. 아니, 조잡하게 만든 나무 울타리도 없는 저택이었다. 그저 야트막한 언덕 위 풀밭에 덩그러니 지어져 있었다.

튜멜은 예의를 중요시하는 귀족이었지만 사치에 눈먼 귀족은 아니었다. 저택의 내부는 지극히 평범하고 단출했다. 고급 가구도 없었고, 신비스런 동방의 태피스트리나 값비싼 스테인드글라스, 남쪽 대륙의 융단이나 오래된 그림도 없었다. 그는 뛰어난 자질의 기사도 아니었고, 그렇다고 학문적으로 특별한 귀족은 더 더욱 아니었다. 그저 평범하고 흔해 빠진 지방의 이름없는 귀족이었다.

창가를 스치던 튜멜은 문득 창밖을 내다보았다. 2층 서재의 창문으로 튜멜은 1층 바깥에 마련된 테라스를 내려다보았다. 이언은 저택에 딸려 있는 테라스의 대리석 난간에 누워 낮잠을 자고 있었고, 이언이 데려온 중년의 사내는 레미와 무언가 대화를 나누며 차를 마시고 있었다.

"제기랄, 저 늙은이 잘도 아낙스 양과……."

튜멜은 얼떨결에 욕설을 내뱉고는 머쓱해져 헛기침을 했다. 그는 자신이 마음에 들지 않았다. 요즘 들어 필요 이상으로 흥분하는 일이 잦았고, 귀족으로서의 몸가짐을 곧잘 망각하고 있었다. 튜멜은 다시 서재를 서성거리면서 심호흡을 했다.

'침착해라. 너는 귀족이다.'

튜멜은 자신에게 타이르듯 중얼거렸다. 오랜 시간이 걸려서야 간신히 마음을 완전히 가라앉힌 그는 천천히 서재를 나왔다. 현관을 나서던 튜멜은 눈부신 초봄의 햇살에 눈살을 찌푸렸다. 따스한 봄날 햇살은 하얀 보석이 되어 쏟아져 내리고 있었다. 그는 그 눈부신 보석의 홍수를 받아내듯, 혹은 밀어내듯 한 손을 눈가로 가져가 그늘을 만들었다.

"어서 오세요, 남작님."

레미는 튜멜을 발견하고는 미소를 지으며 말했다. 튜멜은 귀족 예절에 맞게 우선 레미에게 세련되진 못했지만 단정한 동작으로 인사를 했고, 곧바로 몸을 돌려 새로운 손님인 파일런에게 간단하게 목례를 보냈다. 푸른 빛이 감도는 실크로 만든 프록 코트는 화려 하진 않았지만 지방 영주다운 수수함이 있었다. 그리고 튜멜 본인은 의식하지 못했지만, 그런 옷차림과 몸가짐은 잘생기지는 않았지만 말끔한 인상의 그와 잘 어울렸다.

"안녕하십니까, 어디 불편하신 곳은 없습니까?"

"갈 곳 없는 본인에 대한 환대에 감사드립니다, 튜멜 남작."

"아, 네."

'저 무례한 떠돌이 마법사만 제외하면 그래도 예의를 아는 인간이군.'

튜멜은 별로 자연스럽지 못한 미소를 지으며 자리에 앉았다. 레미는 손수 그의 찻잔에 차를 따르면서 살짝 웃었다. 튜멜은 표정 관리에 그다지 능숙한 사내는 아니었다. 그가 긴장하고 있고, 약간 은 짜증스럽다는 것은 그의 얼굴에 드러나 있었다. 물론 파일런은 그런 튜멜의 표정에 별로 개의치 않았다.

"저어, 디르거 경은 어디의 기사이십니까? 혹시 실례되는 질문이 아니라면……."

파일런은 고개를 돌려 젊은 귀족을 바라보았다. 레미는 책에서 눈을 들어 두 사람을 번갈아 바라보다가 다시 책으로 돌아갔다. 레미는 자신이 독서를 하고 있다고 알림으로써 그들의 대화에 끼어들 의사가 없다는 것을 예의 바르게 표현하고 있었다. 파일런은 온화하지만, 어딘지 그늘진 미소를 지었다.

"예전에는 어딘가의 기사 생활도 했었지만… 지금은 은퇴했습니다. 때문에 기사 계급도 없습니다. 그냥 시골에 눌러앉아 책을 읽는 것으로 소일을 하는 몸입니다."

"하지만 제가 보기엔 아직도 한창이실 것 같습니다만?"

"모르시겠지만, 전 15살 때부터 검을 잡았습니다. 거의 평생을 검을 쥔 채 전장에서 보냈습니다. 그러다 보니 쉽게 지쳐 버렸지요. 전장을 옮겨 다니며 검을 휘둘러서 얻는 건 아무것도 없습니다. 그저… 허무할 뿐이죠. 검을 잡게 되면 조금 끔찍한 허무감에 빠지게 되었습니다. 기사로서는 적신호죠. 더 이상 검을 잡는다면 조만간에 죽을 겁니다."

파일런은 그렇게 말하며 조용히 웃었다. 이언에게 언질을 받은 파일런은 나름대로 행동과 표정 관리에 조심하고 있었다. 아무런 훈련도 받은 적 없는 레미와 튜멜은 그 덕분에 파일런에게서 뿜어 나오는 위압감을 느끼지 못했다. 레미가 고개를 들어 힐끔 파일런을 바라볼 즈음, 튜멜은 어색해진 분위기를 돌파하기 위한 방법을 고민하기 시작했다.

"그래도 그런 삶을 스스로 선택하지 않으셨나요?"

파일런은 레미의 질문을 받고는 빤히 레미를 응시했다. 레미는 무덤덤하게 그의 시선을 받으며 시선을 피하지 않았다.

'스스로 선택한 삶이라… 예전에 누군가도 그런 소릴 했었지. 누구였는지 잊어먹었군.'

파일런은 당당한 자세로 앉아서 조금 쓰게 웃었다.

"스스로 선택한 삶이라… 누가 자신의 삶을 스스로 선택할 수 있을까요? 삶이라는 제한된 조건 속에서 무엇을 선택할 수 있을까요? 아낙스 양께서는 지금 스스로 선택하신 삶을 살고 계신가요?"

"레미, 그냥 레미라고 부르세요. 글쎄요? 스스로 자신의 삶을 선택하든, 혹은 그렇지 않든 별로 중요하지 않겠죠. 하지만 스스로 선택한 삶이라고 생각하는 편이 나을 것 같아요. 그렇지 않다면 삶이 너무 비참해지지 않을까요?"

"레미 양, 인간은 타의에 의해서 태어났고, 자연의 섭리라는 타의에 의해서 죽음이 결정되어 있습니다. 삶 자체는 시작부터 끝까지 타의에 의해 결정되어 있습니다. 그 중간 과정에 얼마쯤 자의의 선택이 들어가 봐야 달라지는 것이 무얼까요? 교수대로 끌려가는 사내가 자의에 의해서 왼발을 질질 끌면서 걷기로 했을 때, 달라지는 것은 뭐가 있겠소? 결국에는 교수대의 밧줄이 그를 매달기 위해 기다리고 있을 뿐이지. 왼발을 끌며 걷든, 혹은 그가 바닥을 기어서 가든 결국에 기다리는 것은 교수대의 밧줄이오. 삶이란 그런 거요."

"신랄한 비유라는 것은 인정하지만, 비유의 대상이 조금 조야하군요. 실례했습니다만."

"그게 삶이라는 말을 하고 싶은 거요. 조야하다는 것. 애초부터 삶이라는 것에는 원대한 의미 따위는 없었소. 자신을 기다릴 교수대가 두려운 인간들이 그 삶이라는 것에 의미를 부여하지. 예를 들면……."

파일런은 음울하지만 깊은 눈동자를 갖고 있었다. 그리고 레미는 차분하게 앉아 우아한 동작으로 찻잔을 기울이고 있었다. 대화에서 소외된 튜멜은 어떻게든 대화에 끼어보려고 했지만, 두 사람이 나누는 주제는 그에게 너무 난해했다. 그는 살아가면서 한 번도 그런 주제로 고민해 본 적도 없었고, 설령 고민했다고 해도 그의 성격상 그런 것을 조리있게 표현할 능력도 없었다. 그는 빈틈없는 대화가 오가는 두 사람을 보면서 한숨을 쉬었다. 언제나처럼 그는 또다시 소외받고 있었다.

"예를 들면 가장 끔찍한 삶은 교수대 밧줄에 매달려도 죽지 못하는 자요. 교수대까지 걸어가는 동안 그자는 갖가지 삶에 의미라는 것을 부여했소. 다른 사람들과 마찬가지로. 주군에의 충성도 있었고, 아름다운 여인에 대한 사랑도 있었고, 종교적 믿음도 있었고, 친구와의 우정도 있었고, 심지어는 정의라는 정말 조야한 의미도 있었소. 하지만 교수대 밧줄에 매달려도 그는 죽지 않았소. 교수대 밧줄에서 내려와 단두대로 끌려가면서 사내는 다짐했지. 다시는 삶에다 '하찮은 이유'를 붙이지 않겠다고."

레미는 입을 다물었다. 주름진 얼굴에 흰 수염을 기른 중년의 사내는 산처럼 굳건했다. 도저히 뚫고 들어갈 틈이 없는 그를 보면서 레미는 그저 한숨을 쉬었다. 그때, 누군가 말을 타고 정원을 가로질러 달려왔다. 말발굽이 어수선하게 정적을 밟으며 저택으로 다가왔다.

'이젠 저놈들까지.'

튜멜은 눈살을 찌푸리며 자신이 벌써 몇 번이고 정원에서는 말을 몰지 말라고 지시했던 것을 기억해 냈다. 조금 엉성한 제복 차림의 경비병은 정원을 거의 가로질러 와서야 말의 속도를 줄였다.

"내가 분명히 예전부터 너희들에게 다짐시켰을 것이다. 정원에서는 말을 몰지 말라고."

튜멜은 계단 위에서 허리에 손을 얹으며 차갑게 말했다. 말에서 내린 경비병은 고개를 숙이며 예를 취했고, 그 자세 그대로 고개를 숙인 채 입을 열었다.

"죄송합니다, 남작님. 하지만 아낙스 양 앞으로 편지가 왔습니다. 그런데 가장 빠른 시간 내에 전달하라는 지시가 있어서."

튜멜의 미간이 순간적으로 좁아졌다.

'편지? 누가?'

"아낙스 양에게? 누가 가져왔다더냐?"

"모릅니다. 통상적인 연락수는 아니었다고 합니다. 온통 검은 옷을 입은 처음 보는 연락수였는데, 마을 교회에 편지를 남겨놓고 최대한 빠른 시간 내에 전달하라고 하고는 사라졌다고 합니다. 교회 사람이 알려와서 지금 가져오는 길입니다."

"그런 걸로 호들갑이냐? 내가 너희들에게 항상 강조하는……."

"그게, 편지 봉인이 처음 보는 문장이었습니다. 그래서……."

'처음 보는 문장?'

순간적으로 튜멜은 의아한 표정을 지었다.

라이어른 맹약국(Reiern Confhederaziate Straaten) 내에서 쓰이는 귀족들이나 기사대의 문장은 특정한 패턴을 갖고 있었다. 아무리 시골 영주의 경비병이라고 해도, 어디에서 쓰는 문장인지는 몰라도 최소한 라이어른의 문장이라는 것은 구별할 수 있었다. 그렇다면 낯선 문장이라는 것은 외국 문장이라는 의미인 셈이었다.

튜멜은 호기심을 느꼈지만 손짓으로 편지를 레미에게 전달하라는 지시를 내렸다. 귀부인에게 온 편지를 자신이 먼저 만져 볼 수는 없었다. 그녀는 고개를 갸웃거리며 편지를 받아 들었다.

튜멜은 그녀가 이 저택에서 머무는 지난 1년 동안, 그녀가 어디와도 편지 왕래를 하지 않았다는 것을 알고 있었다. 전혀 없다는 점이 이상해서 의문을 갖고 있던 참이었다. 마치 세상과의 인연을 끊은 것처럼 보였다.

"이상하네, 이런 문장은 처음 보는데. 내 이름을 정확히 알고 있는데 어디의 누굴까? 어떻게 내 이름을 아는 거지?"

레미는 한참 동안 고민을 하면서 문장을 들여다보았다. 그녀로서도 그 문장은 낯선 문장이었다. 마침내 그녀는 편지 봉투를 이언에게 내밀었다.

"떠돌이, 이거 어디에서 쓰는 문장인지 알아?"

"떠돌이가 아니랬지."

'어째서? 어째서 저 인간이지? 왜 아낙스 양은 저자에게 먼저 물어보는 거지?'

튜멜은 차가워진 눈으로 이언을 노려보았다. 이언은 하품을 하면서 지친 얼굴로 봉투는 쳐다보지도 않고 귀찮다는 몸짓으로 편지를 돌려주었다.

"몰라, 나라고 모든 걸 아냐? 디르거 경에게나 물어봐."

레미는 이언의 무신경한 태도에 화가 났지만 눈살도 찌푸리지 않은 채 파일런에게 자신의 편지를 건넸다. 파일런은 편지를 받아 들자마자 우선 손끝으로 가볍게 종이를 만져 보았다. 그의 흰 색 눈썹이 미세하게 움직였다. 레미와 튜멜은 파일런의 손끝에 주의를 빼앗기고 있었다.

"이런 식의 얇은 종이는 종이 생산이 발달한 크림발츠(Krimwaltz)나 혹은 베일 칸토연합(Veil Canto Unoin)에서도 만들지 못해. 이렇게 얇은 종이를 만들 수 있는 나라는… 흐음, 아마도 동방제국 발헤니아(Valhenia)나 파니온(Panion)의 기술력이 아니면 절대 불가능해. 그리고 이 문장은 적어도 대륙 국가들이 쓰는 문장은 아니군. 검이 들어갔다면 기사 가문이나 기사단 문장이라는 의미겠고, 그 이상은 알 수 없군요, 아낙스 양."

파일런은 레미에게 편지를 건네주면서 힐끔 이언을 바라보았다. 이언은 피식 웃으며 하품을 했다. 그녀는 조금 찜찜한 표정을 지으며 봉인을 뜯고 편지를 펼쳤다. 그리고 그녀의 눈이 빠르게 종이 위를 달리기 시작했다.

친애하는 데임 파시아(Herzliechte Deim Phatia)
레미 아낙스 양이라는 호칭을 사용하지 않은 무례를 용서하실길. 저로서는 귀하를 '파시아'라고 부르는 편이 나을 것 같습니다.
발트하임(Waldheim)에서의 생활은 어떠신지요?
귀하께서 그곳에서 지내신 지도 벌써 1년이 될 것 같습니다. 발트하임은 라이어른 맹약국들 중에서는 그나마 온건하고 조용한 곳이라 안심이 됩니다만, 그래도 걱정스럽군요. 라이어른 맹약국들 중에서 가장 호전적이라고 할 수 있는 페임가르트(Peimgart)와 국경을 맞대고 있는 나라니까요. 인간들은 신기하게 같은 피의 맹약으로 맺어진 국가끼리도 전쟁을 하곤 하지요.
그곳에서의 생활도 좋으시겠지만, 한번쯤 기분 전환 삼아 여행을 떠나시는 것을 제안합니다. 제가 알고 있는 정보에 의하면 귀하를 원하는 존재들이 조만간 귀하가 계신 그 작은 마을의 위치를 알게 될 것 같더군요.

불미스런 상황을 피하실 겸, 제가 초대를 하고 싶습니다.

이곳으로 한번 오시는 것은 어떻겠습니까? 인간들 예법으로 말해 보자면, 누추하지만 귀하께서 몸소 찾아주셔서 이 초라한 곳을 빛내주신다면 영광으로 알겠습니다.

몇 가지 의논드릴 일과 미천한 제가 한두 마디 정도 쓸데없는 조언을 하고 싶습니다.

그리고 귀하께서 그리워하실 '새벽의 기사'에 관해서도 대화를 나누고 싶습니다. 그럼 기다리고 있겠습니다.

모든 번영과 영광이 그대와 함께하시길.

마족 왕국 카민(Kamin) 중앙 기사단 흑색친위대
총기사단장 티이르(Thierr) 2세.

"마, 마족이라고? 마족 친위대 총기사단장? 아낙스 양?"

레미가 건네준 편지를 읽어본 튜멜은 심장 부근을 감싸며 더듬거렸다. 얼굴이 붉어진 것이 그가 흥분하고 있다는 증거를 여실하게 드러내었다.

'마족 친위대 총기사단장? 오! 신이시여.'

튜멜은 심장 발작이라도 일어난 듯한 표정을 짓고 있었다. 이언은 그런 튜멜의 얼굴을 보면서 피식 웃었다.

"어이, 중앙어(Mid Minot)도 할 줄 알았어? 이 편지 중앙어로 쓰여 있는데?"

"그게 중요한 게 아니잖아?!"

튜멜은 이언을 보면서 절망적인 어조로 소리를 질렀다.

'마족 왕국 카민이라고? 마족 친위대 총기사단장? 그 악마의 수호자? 신이시여!'

튜멜은 속으로 신을 찾으며 부르짖었다. 무언가 골똘히 생각에 잠긴 레미를 중심으로 무겁게 불편한 침묵이 조용히 원을 그리며 소용돌이치고 있었다. 파일런은 희끗거리는 텁수룩한 턱수염을 쓰다듬으며 무겁게 입을 열었다.

"티이르 녀석이 아낙스 양을 아는 건 둘째 치고, 어째서 라이어른 맹약국의 맹약 종주국인 발트하임으로 편지를 보내면서 라이어른 어(Reieritch, Hoch Minot)가 아닌 중앙어를 사용하는 거지? 마족 놈들이 언제부터 그렇게 언어에 무지했었지?"

"아마도 중앙어가 대륙 공용어 같은 성격을 가진 탓이 아닐까요? 실제로 1차와 2차 광명의 원정 때 대륙 연합 기사단이 공용어로 채택한 것도 중앙어잖습니까? 마족 입장에서는 대륙어 중에서 가장 친숙한 언어이겠죠."

이언은 편하게 앉은 자세로 그렇게 말했다. 파일런은 그런 이언을 쳐다보지도 않은 채 대꾸했다. 무거운 목소리였다.

"내가 듣기로 티이르 녀석은 대륙에서 쓰이는 8가지 주요 언어와 덤으로 저지 미노트 어까지 능통하다던데? 거의 현지인들처럼 언어를 구사한다더군. 몰라서 중앙어로 쓴 건 아닌 거 같은데?"

"중요한 건 그게 아니지 않습니까? 중요한 건 어떻게 마족 친위대장이라는 악마가 아낙스 양을 아느냐 이겁니다. 게다가 파시아라는 해괴한 호칭은 또 뭡니까? 마족어(Dunklrisch) 같은데?"

튜멜은 편지 때문에 흥분한 나머지 평소에 자부심을 갖고 있던 자신의 언어 예절도 잊은 채 말했다. 레미는 미간을 찌푸리며 고개를 저었다.
"저는 이런 사람이 누군지 몰라요. 어떻게 저를 알고 있는 걸까요?"
"아낙스 양, 마족은 인간이 아닙니다. 그들은 악마의 사생아들입니다."
튜멜은 흥분한 채 항의조로 말했다. 이언은 하품을 했고, 파일런은 그런 튜멜을 무시한 채 레미에게 입을 열었다.
"제법 거물에게서 초청장이 날아왔는데 어쩔 겁니까, 아낙스 양?"
레미는 입술을 깨문 채 생각에 잠겨 있었다.
'새벽의 기사.'
레미는 새벽의 기사가 언급되자 더 이상 고민할 필요가 없다고 느꼈다. 그녀는 아무런 망설임이나 동요도 필요하지 않았다. 단지 그것으로 충분했다. 그녀는 고개를 들어 모두를 바라보면서 무거운 표정으로 말했다.
"좋아요. 찾아가 보겠어요."
그녀의 목소리는 짧았지만 단호했다. 그리고 그녀의 목소리는 어딘지 반박하기 힘든 무언가를 갖고 있었다. 파일런은 묵묵히 고개를 끄덕이는 걸로, 꾸벅거리며 졸기 시작한 이언은 조용히 코를 골면서 뒤척이는 걸로 자신의 느낌을 표현했다. 그리고 튜멜은 비틀거리며 대리석 난간을 붙잡는 가장 역동적이고 극적인 모습으로 자신의 감정을 표현했다.

⟨ 5 ⟩

"나는 도저히 이번 여행을 찬성할 수 없어."

튜멜은 모두가 들으라는 듯이 항의조로 말했다. 따스한 봄볕이 튜멜의 붉게 상기된 얼굴을 비추어주고 있었다. 이언은 힐끔 고개를 돌려 그를 바라보았다. 이언은 그의 성실할 정도로 집요함에 혀를 내두르는 참이었다.

"지금 와서 그런 소릴 해봐야 소용없잖아?"

"늦지 않았어, 돌아가기에는."

튜멜은 무릎까지 묵직하게 출렁거리는 허버크(Hauberk)를 입고, 그 위에는 브레스트 플레이트(Breast Plate)와 폴드론(Pauldron)과 폴린(Poleyn)을 갖춰 입었다. 그리고 그런 갑옷들 위로는 격식에 맞게 서코트(Surcoat)까지 완벽하게 차려입고 있었다. 그의 서코트는 튜멜 남작 가문의 문장이 들어간 화려한 것이 아닌, 기사들이 수련 여행

기간 동안 입는 검소한 회색이었고 아무런 장식도 없었다. 그의 허리에는 롱 소드(Long Sword)가, 말 안장에는 석궁과 랜스(Lance)까지 매달려 있었다.

"그렇게 전쟁을 하려는 준비까지 갖추고는 별로 설득력이 없는 말인데? 투석기만 있다면 완전 무장일 텐데. 설마 우리 몰래 어디 공성전이라도 하러 가는 건 아니지?"

"무, 무슨 소리야?! 이건 기사라면 당연히 갖추어야 할……."

"흐음, 그래? 하긴, 용감하고 성실한 케이시 튜멜 남작이 저주받을 마족 왕국 카민으로 들어가는 것을 두려워하지는 않겠지."

이언은 눈을 가늘게 뜨면서 웃었다. 튜멜은 입술을 깨물며 그를 노려보았다. 튜멜의 얼굴은 서서히 붉게 달아오르기 시작했고, 갈라진 목소리가 흘러나왔다. 목소리가 울릴 때마다 그의 관자놀이는 힘겹게 실룩거렸다.

"방금 그건 튜멜 가문과 기사도에 대한 모독이다."

쥐어 짜내는 듯한 힘겨운 목소리였다. 하지만 이언은 차갑지만 태연한 얼굴로 하품을 하는 것으로 대답을 대신했다. 그런 태도가 결정적으로 튜멜의 신경을 긁어놓았다.

"설마 결투라도 신청할 건가? 난 검도 없는데?"

튜멜은 얼떨결에 마른침을 삼켰다. 눈가로 흘러내린 그늘 아래로 보이는 이언의 눈동자는 얼어버린 강물처럼 차가웠다. 그리고 그 웃음은 똑바로 바라보기에 편치 않았다. 튜멜은 머리 속으로 재빨리 자신의 무장을 되새겨보았고, 이언을 상대할 수 있을지 따져 보았다.

"아낙스 양의 얼굴을 봐서 이번만은 내가 안내하겠다. 두 번 다시 나를 모욕하지 말아라. 그때는 너에게 결투를 신청하겠다."

튜멜은 애써 태연한 목소리를 내려고 노력하면서 이언을 쏘아 보았다. 하지만 그는 전혀 동요하지 않은 채 느긋한 얼굴로 마부석에 앉아 웃고 있었다.

"다만 카민의 국경을 넘을 때, 마족 병사들이 제3차 광명의 원정이라고 생각하지 않기를 빌겠어. 그러면 진짜 곤란해."

"그러는 자네야말로 조금 문제가 있지 않을까? 복장이 그게 뭔가? 마치 소풍이라도 가는 차림으로."

이언은 셔츠와 가죽 바지 위에 낡고 더러운 로브를 뒤집어쓰고 있었고, 아무런 무기도 지니고 있지 않았다. 튜멜은 예전에 자신의 영지에서 이언의 능력을 목격했었다. 그는 분명히 침착했고 검을 든 네 명을 동시에 상대할 정도로 살인에 익숙했다. 하지만 그렇다고 저런 식으로 태연하게 건들거리는 행동은 튜멜의 신경을 꾸준히 긁고 있었다. 게다가 어떤 위험이 있을지도 모르는데 이언의 복장은 지극히 무사태평이었다.

'마법이라는 것이 그런 자신감을 부여할 수 있는 것일까?'

튜멜은 이언의 태도가 천성인지, 마법사라는 자신감인지 구분할 수가 없었다.

대륙에서도 희귀한 마법사라는 존재는 라이어른에서는 더욱 희귀한 존재였다. 무적이라고 일컬어지던 제국 마법 연대는 아메린(Amerin) 독립군의 지치지 않는 파상 공격에 전멸해 버렸었다. 제국이 붕괴된 이후로 마법 연대를 운용하는 국가는 대륙에 존재하지 않았다. 땅을 가르고 하늘을 찢어버리는 마법이 세상에 존재한다면 모를까, 일개 마법사가 수천 명에 달하는 기사들의 무시무시한 돌격력을 저지할 능력은 없었다. 개개인으로서의 마법사는 무서운 존재일런지 몰라도, 군대의 입장에서 마법사는 그저 마음만 먹으면 아무 때고 편하게 죽일 수 있는 허약한 존재였다.

이언은 느긋한 표정으로 마부석에 앉아 고삐를 쥐고 있었다. 별로 크거나 화려하지 않은 튜멜의 마차는 레미가 앉을 자리를 제외하고는 여행에 필요한 식량이나 기타 장비들로 가득 차 있었다. 튜멜은 선두에서 일행을 이끌고 있는 파일런을 바라보았다.

파일런은 기름을 먹이고 두드려 만든 하드레더(Hard Leather) 흉갑 하나만 걸친 차림으로 이언과 비슷한 여행자용 로브를 뒤집어쓰고 있었고, 허리에는 검을 차고 있었다. 허리에 검을 차고 가슴에 가죽 갑옷을 걸친 것을 제외하고는 파일런도 이언과 별로 다르지 않았다.

'신이시여! 어찌하여 제가! 이것은 신의 의지이십니까? 제가 튜멜 가문 최초로 마족의 땅으로 들어가야 하는 것이?'

튜멜은 힐끔 하늘을 우러르며 그렇게 기도를 올렸다.

"좋아요. 찾아가 보겠어요."

레미가 단호한 어조로 그렇게 말했다. 튜멜은 지난 1년 동안 그녀가 자신의 집에서 기거하는 동안 한 번도 그런 모습을 보인 적이 없다는 사실에 당황했다. 그녀는 자신의 결정을 밝히고, 느린 시선으로 모두를 바라보았다. 튜멜은 내색하지는 못했지만 솔직히 그녀의 부드럽지만 단호하고 흔들림없는 시선에 위축되었다.

"흐음, 내가 길 안내를 하지. 카민으로 들어가는 길은 제법 잘 알고 있거든."

파일런이 가장 먼저 손을 들면서 말했다. 레미는 두 손을 테이블 위에 올려놓은 자세로 고개를 가만히 끄덕여 보였다.

"물론 나도. 여긴 괜찮은 마을이긴 한데 너무 오래 있었어. 떠돌이는 한곳에 오래 머물지 못해. 몸이 둔해지거든."

이언이 그렇게 말했을 때, 레미는 눈을 가늘게 뜨고 턱을 치켜든 자세로 물끄러미 바라보았다. 그녀는 이언의 대답에 전혀 놀라지 않았다. 그저 좀처럼 이해하기 힘든 시선으로 이언과 눈을 맞추고 있었다. 마치 그의 대답을 예상하고 있었다는 듯이. 마지막으로 튜멜은 다급한 어조로 입을 열고 말았다. 그리고 그 발언을 뒤늦게 한 시간이 지난 후에야 후회하기 시작했다.

"나도 물론 아낙스 양을 호위하겠소. 그건 귀족의 의무니까."

튜멜은 허리를 펴면서 당당하게 그렇게 말했었다.

그리고 그 뼈저린 후회 속에서 허우적거리는 젊은 귀족 튜멜이 앞장선 가운데 여행 준비가 시작되었다. 튜멜은 우선 자신의 유개 마차를 장거리 여행에 맞도록 수리를 명했다. 불필요한 장식들과 혹시 모를 일에 대비하여 가문의 문장을 떼고, 마차 바닥과 바퀴, 그리고 차축을 특별히 세심하게 강화했다. 전반적으로 최대한 가볍게 만들면서 강도를 높이는 작업은 쉬운 일이 아니었고, 마차 수리에만도 일주일이 꼬박 소요되었다. 그리고 그동안 마을 대장장이와 목수와 마부들은 영주에게 생애 최악의 시달림으로 고생을 해야 했다.

튜멜은 하인들을 시켜 이웃 도시까지 가서 승마용이 아닌, 값비싼 전투마와 마차를 끌도록 길들여진 말들을 사 오도록 했다. 그가 하인에게 당부한 것은 가격이 아닌, 최대한 튼튼하고 건강한 말을 골라 오라는 것이었다. 마족에게서 온 편지는 모두가 함구함으로써 시골 마을에 퍼질 언짢은 소문들은 사전에 차단했다. 튜멜은 마을 사람들에게 레미 아낙스 양의 친가로 청혼을 하기 위해 떠난다고 말해 두었다. 마을 사람들은 그런 튜멜을 진심으로 축하해 주었고, '남작님 만세'를 외치는 주민들까지 있었다.

순박한 마을 주민들은 무난하게 영지를 다스리는 젊은 영주가 결혼으로 안정된 생활을 얻기를 기원했다. 독신인 젊은 영주가 술이나 여색에 빠져 갑자기 영지민들을 괴롭히는 예를 잘 알고 있었던 것이다. 레미는 마을에 그런 소문이 퍼지는 것에 대하여 별다른 감상을 이야기하지 않았다.

오랫동안 보존이 가능한 마른 식량과 식수 통을 준비하고, 초봄임에도 불구하고 방한복까지 마련하느라 부산을 떠는 튜멜을 뒤로한 이언과 파일런은 지도를 편 채 골몰하고 있었다.

"대륙 동쪽을 향해 여행하기엔 시기적으로 별로 유쾌하지 못한 상황인 건 알고 있나?"

"대충 소문은 들었습니다. 남풍이 불어오고 있죠. 피를 부르는 남풍이죠. 제가 듣기로는 전쟁의 조짐이 있습니다. 남쪽 대륙에 계시면서도 자세히 아시는군요."

이언이 웃으며 말했을 때 파일런은 잠시 동안 그를 물끄러미 응시했다. 그는 무심하게 지도를 보고 있었고, 파일런은 잠깐 생각에 잠겨 이언을 바라보았다. 잠시 후 파일런은 피식 웃으며 입을 열었다.

"이런 시골 마을에 처박혀 있으면서 알고 있는 자네는 어떨까? 하여간 마족과 인간의 전쟁보다 위험한 게 인간끼리의 전쟁이지. 마족과의 전쟁이라면 마족을 제외한 모든 인간이 같은 편이지만……."

"인간들끼리의 전쟁이라면 같은 인간들도 믿지 못하겠죠. 서로 적국의 첩자쯤으로 생각할 겁니다."

"내가 듣기로는 라이어른 맹약국의 6개 국 전체가 폴리안(Pollian)

과 전면전을 벌일지도 몰라. 아마도 지금쯤이면 라이어른의 특사가 중앙산맥을 넘었을걸?"

"예, 저도 그렇게 생각합니다. 상식적으로 라이어른이 남쪽의 크림발츠를 놔두고 폴리안을 침공할 수는 없을 겁니다. 불가침 조약이라도 맺지 않을까요? 폴리안의 영토 일부를 조건으로. 크림발츠로서는 나쁘지 않은 제안일 테죠."

"그렇겠지. 폴리안과 크림발츠는 사이가 나쁘지. 아메린과 크림발츠의 사이보다 더 나쁠지 몰라. 아메린과는 달리 폴리안은 크림발츠와 국경선이 맞닿지 않아서 여지껏 분쟁이 없었을 뿐인 거야. 상식적으로 폴리안과 크림발츠가 밀약을 체결할 확률은 전무해."

파일런은 텁수룩한 흰 수염을 문지르며 말했다.

"일단 남쪽으로부터 기습당할 일이 없어진 라이어른과는 달리 폴리안은 등 뒤로 마족 왕국 카민이 버티고 있죠. 폴리안 측에서는 전격적인 단기전을 생각할 겁니다."

"자네 생각은 어떤가?"

파일런은 다시 물끄러미 이언을 바라보았다.

'네놈이 모르는 건 뭐지?'

파일런은 국제 정세에 밝은 이언의 존재를 곱씹어보았다. 이언처럼 대륙을 떠돌며 이 나라 저 나라의 사교계를 기웃거리는 젊은 귀족들은 국제 정세에 누구보다도 밝았다. 때문에 적지 않은 숫자의 젊고, 미남이고, 능력있는 귀족들이 편력 수업을 평계로 스파이 활동을 하게 된다. 그리고 역시 적지 않은 숫자의 젊은 귀족들이 여러 가지 죄명을 뒤집어쓰고 교수형을 당한다.

아메린의 젊은 귀족이 크림발츠에서 스파이 혐의로 교수형을 당한다면 당장 두 나라의 전면전이 되어버릴 위험이 있었다. 보통 그런 귀족들은 연쇄 강간범이나 불법적인 결투로 살인을 저질렀다는 죄명을 단골로 뒤집어쓰게 되곤 했다. 혹은 으슥한 밤길을 걷다 강도를 당하고 불행한 죽음을 맞이하는 경우도 많았다. 이언은 싱긋 웃으며 어깨를 으쓱했다.

"정예 병력의 집중 투입. 좁은 전장에서 단기간에 승부 결정. 그리고 재빠른 회군. 폴리안이 마족 왕국 카민을 상대할 때 주로 사용하는 방법입니다. 기나긴 전선에서 오직 한 지점으로 거의 모든 정예 병력을 집중 투입하죠. 폴리안 측에서는 다른 전선에서 뚫리는 건 전혀 고려하지 않습니다. 단위 지역 내 병력 밀집도는 폴리안을 따라갈 국가가 없습니다. 그걸 무시하고 취약한 폴리안의 다른 전선을 돌파했다가는 폴리안의 수도에 도달하기 전에 자국 수도가 풍지박산날 겁니다. 전투력은 둘째 치고 속도에 완전히 미쳐 버린 크림발츠의 '여왕의 창기병' 정도의 기동력은 아니어도, 폴리안 주력 기사단의 진군 속도는—역시 그놈들도 속도에 미쳐 버린 놈들입니다—보통의 정규 기사단 진군 속도의 네 배는 확실히 넘을 겁니다. 진군이 아니라 폭주라고 해야 하겠지요. 하지만 라이어른의 경우처럼 6개 국 모두를 점령해야 하는 경우도 통할런지는 의문입니다만."

"그래도 폴리안은 아메린과 함께 양대 군사 강국이야."

"아닙니다. 폴리안과 크림발츠가 양대 군사 강국입니다. 아메린은 그들 두 나라가 연합해야 상대할 수 있을 겁니다. 내전이 벌어지던 때의 아메린이 아닙니다. 아메린은 이제 '벼락의 기사' 시대로 되돌아갔다는 말까지 나돌고 있을 정도로 강력합니다."

파일런은 한숨을 쉬면서 고개를 끄덕였다. 이언의 말은 전혀 반론을 제기할 틈이 없었다. 정확한 정보와 분석력을 바탕으로 추론된 가설이었다. 파일런은 희미하게나마 이언이라는 존재에 대해서 안도하고 있었다. 파일런에게는 머리만 달고 다니는 인간보다는 무언가 꺼림칙해도 빠르게 머리가 돌아가는 존재가 더 유리했다.

"어쨌거나 아메린이 이번 여행의 여정에 포함되지 않은 건 다행이네. 아메린의 국경과 지방 도로는 빈틈이 전혀 없어. 그래서 허가증 없이는 여행이 절대 불가능해. 아메린 국경 수비대는 그냥 멍청하게 창이나 들고 서 있는 지방 경비병들이 아닌 걸 알고 있겠지? 내가 생각하기에 정규 중앙 기사단으로서의 역량은 대륙 최강일 거야. 아메린은 엘리트 기사단의 역량보다는 전군의 평균 전투 수행 능력을 높이는 국가니까."

"당연하겠죠. 아무래도 뼈 속까지 무골인 벼락의 기사가 세운 국가니까요. 그는 소수 정예 엘리트보다는 모든 군대가 평균 이상의 전투력을 갖는 것을 지향했습니다. 그런 인간이 세운 국가를 횡단할 일이 없다는 것은 다행입니다."

"그럼 최단시간 내에 라이어른과 폴리안을 돌파하고 그 너머에 있는 카민으로 들어갈 루트를 찾아보세. 가능하면 전쟁이 벌어지기 전에. 남풍은 전혀 반갑지 않아."

"중앙산맥을 넘어 베일 칸토 연합과 스톨츠(Stoltz)를 경유하는 방법은 어떻습니까? 카민으로 가기 위해 굳이 북동 루트를 잡을 필요는 없지 않습니까? 남동 루트도 충분히……."

"그 방법은 별로 좋지 않아. 자네와 나뿐이라면 가능하겠지. 하지만 저 얼간이 샌님 같은 귀족과 아낙스 양을 데리고 중앙산맥을 넘고, 베일과 스톨츠를 지나, 다시 야르(Jaar Mt.) 산맥을 넘어 카민으로 들어가는 건 불가능해. 더군다나 야르 산맥에는 뭐가 있지?"

이언은 미간을 좁히며 생각하는 체했지만 답은 이미 알고 있었다. 그는 일부러 고민하는 듯한 표정을 지었지만 물끄러미 바라보는 파일런의 시선을 이기지 못했다.

"지옥의 누아(Nua) 족. 이 정도 전력으로는 절대 불가능하겠죠. 쓸 만한 칼잡이를 충분히 구한다면 모를까."

"나 같은 인물 말인가?"

"실례. 귀하를 겨냥해서 한 말은 아니었습니다."

이언은 싱긋 웃으며 고개를 숙여 파일런에게 정중히 사과했다. 파일런은 별로 개의치 않는 얼굴로 묵묵히 지도를 노려보았다.

"혹시 먼 여행을 떠난 적이 있는가, 남작?"

"네? 거, 거의 없습니다만, 왜 그러십니까?"

'여행? 뭔가 알아차린 걸까?'

튜멜은 자신과 나란히 말을 몰고 있는 파일런을 바라보면서 물었다. 그는 별다른 감상이 없는 눈으로 튜멜의 갑옷을 힐끔거렸다.

"아니, 단지 그대의 체력이 기대 이상이길 바란다네."

튜멜은 파일런이 전장에서 보낸 시간이 자신이 태어나서 살아온 삶보다 오랜 시간이라는 것을 알고 있었다. 그는 불안한 시선으로 파일런을 힐끔거렸고, 자신이 갖춰 입은 복장을 다시 한 번 처음부터 꼼꼼하게 점검했다. 하지만 그로서는 좀처럼 파일런의 의도를 이해할 수 없었다. 그런 튜멜을 보면서 파일런은 금세 흥미를 잃고 고개를 돌렸다.

'뭐가 문제라는 걸까? 어딘가 손질이 잘못되었나? 그런 건 아닌 것

같은데. 뭔가 빠뜨린 게 있는 걸까?'

 햇살을 받으며 말 위에 앉은 튜멜은 좀처럼 파일런의 뜬금없는 질문의 의도를 파악하기 위해서 고민했다. 누구도 그에게 해답을 알려주지 않았다.

〈6〉

"헤에~ 비명을 지르지 않네?"
이언은 입속에 집어넣은 마른고기를 우물거리며 말했다. 모닥불이 신경질적으로 타닥거리며 이리저리 몸을 흔들고 있었다. 어두운 밤바람을 받은 모닥불은 가볍게 몸을 눕혔다가 이내 기세를 높이며 벌떡 일어났고, 화려하게 커진 불꽃은 어둠을 붉게 도려냈다.
불빛을 받아 붉게 물든 레미의 얼굴은 딱딱하게 굳어 있었다. 그녀는 잔뜩 긴장한 눈으로 불안하게 눈동자를 움직이고 있었지만, 이언과 파일런은 여전히 무심했다. 이언은 거의 다 먹어 치운 마른고기를 마지막으로 우물거렸고, 파일런은 미지근한 죽을 비웠다.
"다들 제정신이 아니야. 새로운 사실을 알게 된 것 같아."
레미는 지금 상황에서는 도저히 앞에 놓여진 마른고기와 죽을 건드릴 생각이 들지 않았다. 게다가 딱딱하게 굳어진 얼굴이 아팠지만 그걸 펴는 것은 더 어려웠다. 그녀는 긴장 때문에 갈라진 목소리로 말을 이었지만 두 남자의 주의를 끄는 데는 실패하고 있었다.

"새로운 사실? 그게 뭔데?"

이언은 고기 기름과 죽으로 엉망이 된 손가락을 빨면서 히죽 웃었다. 그의 비정상적인 태연함은 어제 오늘 일도 아니었지만 레미는 좀처럼 거기에 익숙해지지 못했다.

"첫 번째, 오늘 밤 모두들 여기서 죽을 운명이었다는 것. 두 번째는 그 원인은 너라는 인간이 내가 생각했던 것 이상으로 미쳤기 때문이라는 것."

레미는 실랄했지만 지금 상황 때문에 좀처럼 말속에 담겨진 의미를 예리하게 날을 세우지 못했다. 그녀는 위험에 직면하면 공포를 느끼는, 지극히 상식적이고 건전한 여자였다. 해서 지나치게 태연한 얼굴로 배를 채우고 있는 두 남자의 모습에 두통을 느낄 지경이었다.

"상당히 절망적인 말을 태연하게 하는군. 원래 세계관이 그렇게 절망적인 거야?"

"별로. 나도 내 죽음 앞에서 시니컬할 수 있다는 건 오늘 알았어. 어떻게 이런 상황에서 밥이 넘어가는 거지?"

"사흘 동안 꼬박 굶어야 할 정도로 위험한 일도 겪어봤거든. 그때 중요한 교훈을 얻었지. '밥은 먹을 수 있을 때 먹어둬야 한다'."

"……."

"레미 양은 그렇다 쳐도 자네는 슬슬 식사를 마쳐야겠어."

한마디 잡담도 하지 않은 채 놀랄 만한 속도로 식사를 마친 파일런이 일어섰다. 그의 행동 하나하나는 항상 검처럼 예리했다. 옆에 앉아 있는 것조차 숨 막힐 정도로 항상 긴장을 했고, 잠자리에서도 검을 쥐고 잠들었다. 농담에도 반응하지 않는다는 것은 그의 특징 중 하나였다. 그는 하루하루의 전쟁을 스스로 이끌어가는 존재였다.

이언은 하품을 하면서 무거운 로브를 벗었고, 이미 로브를 벗고 있던 파일런은 천천히 자신의 검을 뽑아 들었다. 튜멜은 모닥불을 등지고 다리를 적당히 벌린 자세로 검을 바짝 세워 들고 있었다. 그는 이대로 검 손잡이를 으스러뜨릴 기세로 온몸에 잔뜩 힘이 들어가 있었고, 모닥불에 비친 그의 얼굴은 처참한 공포로 일그러져 있었다. 모닥불 빛을 받아 그의 얼굴에 맺힌 땀방울이 이슬처럼 반짝거렸다.

"여어, 수고가 많군, 남작 나으리."

"야이, 빌어먹을 자식아! 이 상황에 밥이 넘어가냐?!"

튜멜은 고개도 돌리지 못한 채 쇳소리로 소리를 질렀다. 그의 입에서 욕지거리가 튀어나오는 일은 아주 희귀한 일이었기 때문에 레미는 놀란 시선을 들며 찔끔했다. 항상 차분하고 몸가짐이 단정하며 교양적인 언어만 선별하던 그였다. 이언은 기지개까지 켜면서 튜멜과 어깨를 나란히 했다.

"생각했던 것보다는 어휘력이 좋은 것 같아. 그런 단어도 알고 있었어?"

"다, 다, 닥쳐! 어, 어떻게 이, 이 상황에서 농담을 하는 거지?"

튜멜은 비스듬히 치켜들고 있던 검을 다시 한 번 으스러져라 움켜잡았고, 긴장 때문에 목소리는 잔뜩 갈라진 쇳소리를 내고 있었다. 게다가 그는 긴장하면 말을 더듬었다. 튜멜은 여전히 완전하게 갑옷을 갖춰 입고 있었고 투구까지 쓰고 있었다. 바이저(Visor)를 내리지 않았기 때문에 대리석 조각처럼 창백한 얼굴에 불빛과 어둠이 맹렬하게 교차하는 모습이 드러났다. 땀방울이 무게를 이기지 못하고 그의 얼굴을 타고 흘러내렸다.

"조만간 케이시 튜멜 남작의 장례식에 참석해야 할 것 같은데? 사인은 심장 발작. 핫하하!"

"이 밤을 무사히 넘긴다면, 너에게 결투를 신청하겠다."

"검을 좀 더 바짝 몸으로 끌어당겨. 검이 몸을 떠나는 경우는 적을 공격하는 찰나의 순간뿐이라는 걸 명심하게나."

"네, 넷!"

튜멜은 파일런의 지적에 볼썽사납게 허공에서 흔들거리는 검을 자신의 허리춤으로 바짝 끌어당겼다. 하지만 그의 눈 앞까지 올라온 검신은 여전이 흔들거리며 무게를 주체하지 못했다. 파일런은 검을 비스듬히 내린 자세로 서서 묵묵히 어둠 저편을 주시하고 있었다. 오랜 세월 동안 검을 쥐고 전쟁터를 헤매고 다니던 거구의 중년 사내는 어둠 속에 솟아오른 산처럼 그 자리에 서 있었다.

파일런의 얼굴에는 한 치의 흔들림은커녕 바람조차 머물지 못하는 깊은 샘물처럼 고요한 수면이 맴돌았다. 하품을 하고 이죽거리기에 바쁜 이언과는 달리 그는 아무것도 그를 흔들 수 없다는 듯이 굳건한 성처럼 서 있었다. 튜멜은 두 사람의 모습에서 지독한 이질감을 느끼고 있었다.

"위험에서 눈을 돌리지 말게나. 위험이란 건 교활하고 야비한 녀석이지. 녀석에게서 눈을 떼면 곧바로 녀석은 자네의 삶을 끊어버린다네. 전장에서 얼어버린 신병들에게 하는 말이지. 하지만 위험을 계속 노려보고 있으면 녀석은 꼬리를 말고 도망쳐 버리지."

파일런이 말을 길게 하는 것은 드문 일이었다. 전쟁과 전투에 관한 내용이 아니라면 누구도 이렇게 오랫동안 그의 목소리를 들을 수 없었다. 물론 튜멜은 그런 것을 지각할 만큼 이성적이고 냉정하지 못했다. 그는 벌을 서는 것처럼 처절하게 검을 들고 있었다. 무거운 갑옷은 그의 온몸을 잡아당기고 있었고, 검은 그의 허리를 휘청거리게 만들었다. 그는 목덜미가 차갑게 젖은 것을 알고 있었지만 땀을 훔쳐낼 만큼의 여유도 없었다.

"위험을 두려워하는 인간보다는 저 친구처럼 위험에 대해 개념이 없는 인간들이 오래 살아남더군. 저런 친구들은 적어도 겁에 질려 몸이 떨리거나 굳어버리는 경우는 없거든. 아주 확실하게 움직이지."

"예?"

"바보 남작! 라이어른에 서식하는 푸른 늑대들은 충분한 수가 모이기 전에는 절대로 공격하지 않아. 그저 멀리서 감시를 할 뿐이지. 저 약아빠진 녀석들은 우리가 무기를 갖고 있다는 것을 알고 있어. 인해 전술을 하기에 충분한 숫자가 모여야 덤빈다고. 그건 평민 꼬마들도 알고 있겠다. 보통 늑대들이라면 인간이 접근하면 도망쳐 버리지 절대로 인간을 공격하지 않아. 그렇지만 저 푸른 늑대들은 인간이 의외로 사냥하기 좋은 상대라는 걸 알고 있어. 하지만 인간이 종종 무기라는 걸 들고 다닌다는 것을 알기 때문에 좀처럼 섣불리 공격하진 않아."

파일런과 대화를 하던 튜멜은 고개를 돌려 이언을 바라보았다. 그는 딱딱거리며 마주치는 어금니를 깨물며 힘겹게 입을 열었다.

"그 말은? 그게 무슨 의미지?"

"너도 밥 먹을 시간 정도는 있었다는 의미지. 그리고 이제는 충분한 숫자가 모였으니 조만간 공격해 들어올 거야. 빌어먹을 똥개 놈들. 뭐 먹을 게 있다고 저렇게 모인 거야?"

"히긱!"

이언은 달빛과 모닥불 빛 아래서 롱 소드처럼 잔인한 미소를 지었다. 튜멜은 불에 덴 듯 기겁하면서 검을 치켜들었다. 한참 동안 좌우에 서 있던 파일런과 이언을 돌아보며 주의력을 빼앗기고 있던 튜멜은 전방을 주시하던 자세 그대로 얼어붙었다.

'뭐, 뭐야? 저, 저건……'

도저히 셀 수가 없었다. 무수히 많은 안광들이 붉게 빛나며 어둠 저편에서 반딧불처럼 허공에 떠 있었다. 술에 취한 사람이라면 숲의 요정 엘프(Elf)가 밤중에 숲을 지나는 사람을 놀래키는 장난을 하고 있다고 할런지 몰랐다. 엘프를 직접 목격했다는 사람은 없었지만, 사람들은 숲에 엘프가 산다는 것을 믿어 의심치 않았다. 그리고 이따금 엘프다운 짓궂은 성격 때문에 사람들을 기겁하게 만드는 장난을 친다고 알려져 있었다.

하지만 낮게 으르렁거리는 소리는 현실이었다. 동화 책에나 등장하는 엘프가 사람들을 놀래키려고 반딧불을 모은 것은 절대 아니었다.

튜멜은 얼음처럼 차가워진 몸을 애써 가누며 침을 삼켰다. 헤아리기 힘든 숫자의 눈들이 이쪽을 응시하면서 굳이 살기를 감추려고 하지 않았다. 튜멜은 단지 어둠 저편에 둥둥 떠서 자신을 노려보는 눈동자들의 시선에 질려 버렸다.

'그런 눈으로 날 보지 마! 나를 보지 마! 뭐라고 소곤거려? 나에게 말해 줘! 그런 눈초리 이젠 지겨워! 보지 말아!'

그의 창백하게 땀에 젖은 얼굴에서 마지막 한 방울까지 피가 쓸려 내려갔다. 그는 현기증을 느꼈고, 마음속 깊숙이 담아두었던 분노를 느꼈다. 동물적인 비명 소리가 침묵을 찢었다.

"우아아! 죽일 거야! 죽일 거야! 우아아악! 아아악!!"

"뭐, 뭐?"

"이언! 남작을 잡아!"

"미친 새끼!"

튜멜은 비명을 지르며 앞으로 뛰어나갔다. 모닥불을 중심으로 원을 그리고 있던 포위망은 단숨에 균형이 깨졌다. 전장에서 기사단의 강행 돌파가 아닌 이상, 포위망의 균형이 깨지는 건 한 가지를 의미했다. 죽음이다.

원을 그리던 푸른 늑대들의 포위망이 살아 있는 것처럼 움직이더니 돌출한 채 달려가고 있는 튜멜 쪽으로 집중되기 시작했다. 그는 듣기에도 거북한 비명을 지르며 허공에 겨누고 검을 휘둘렀다.

푸른 늑대들은 어깨를 잔뜩 움츠리고 때를 기다렸다. 튜멜은 목이 쉬도록 악을 쓰면서 텅 빈 허공을 상대로 검을 휘두르고 있었다. 늑대들 중에서 갓 성년이 된 젊은 늑대들이 선발대를 이루며 어깨를 낮추고 튜멜에게 접근했다. 그리고 허공에 검을 휘젓는 튜멜의 빈틈을 노리고 움츠렸던 어깨를 이용해서 도약했다.

푸른 늑대들의 도약력은 개의 그것과는 질적으로 달랐다. 처음으로 도약한 늑대는 튜멜의 오른쪽 손목을 물었다. 늑대들은 인간의 무기가 얼마나 치명적인지 알고 있었다. 다행히 늑대의 이빨은 쉽게 건틀릿(Gaultlet)의 철판을 뚫지는 못했다. 하지만 튜멜은 오른손을 물고 늘어진 늑대의 체중을 이기지 못하고 한쪽 무릎을 꿇었다. 등 뒤에서 기다리던 늑대가 튜멜의 목덜미를 노리고 도약했다.

성질 나쁘기로 유명한 회색 곰이라면 몰라도 늑대의 이빨로는 쉽사리 갑옷의 철판을 뚫지는 못했지만, 문제는 튜멜이 풀 플레이트 메일(Full Plate Mail)을 입고 있는 것이 아니라는 것이었다. 튜멜이 입고 있는 체인 메일(Chain Mail)로 만들어진 허버크는 늑대의 이빨을 방어하는 데 아무런 도움도 되지 못했다. 허공으로 도약한 늑대는 허버크로 감싸인 튜멜의 목덜미를 노리고 있었다.

"캥!"

갑자기 허공에서 눈부신 태양이 불타올랐다. 불길에 휩싸인 늑대는 그대로 허공을 날아서 어둠 저편에서 포위망을 구성하고 있던 늑대들 앞으로 떨어졌다. 늑대의 털과 살점이 타는 비릿한 냄새가 야영지를 메웠다. 이언은 달려오던 반동을 이용해서 튜멜의 손목을 물고 난폭하게 흔들고 있는 늑대의 머리를 걷어찼다. 무거운 가죽 부츠에 맞은 늑대는 '우둑!' 소리를 내면서 목뼈가 부러져 나갔다.

푸른 늑대들은 평범한 늑대들이 아니었다. 가장 사나운 맹수 중 하나라는 북구 지방에 서식하는 흰 늑대에 지지 않을 만큼 사납고 교활했다. 늑대들은 이언이 갑옷을 입지 않았다는 것을 간파하고 그를 노리고 도약했다. 어둠 속에서 도약하는 늑대를 쫓는 것은 어지간히 움직임에 단련된 사람이 아니면 불가능했다.

"불꽃! 태워라!"

1미터도 되지 못하는 근거리에서 화염의 직격을 받은 늑대는 위력을 이기지 못하고 박살났다. 이언은 뺨을 타고 흐르는 뜨거운 피를 닦으려 하지 않은 채 등 뒤에서 튜멜의 허버크 자락을 움켜쥐고서 모닥불 쪽으로 뛰었다. 감탄할 만한 근력이었다. 원래 튜멜의 체중에 더해서 갑옷을 갖춰 입은 무게는 호락호락하지 않았다. 그럼에도 이언은 야영지 부근의 풀들이 날아오를 정도로 빠르게 튜멜을 끌고 있었다. 튜멜은 초점이 풀린 눈으로 고함을 지르며 허공에 검을 휘두르고 있었다.

"죽일 거야! 그런 눈으로 보는 놈들! 다 죽여 버릴 거야!"

"미친 자식!"

이언은 아직도 버둥거리는 튜멜을 모닥불 곁으로 집어 던지며 욕지거리를 내뱉었다. 튜멜은 검을 놓치며 바닥을 나뒹굴었다. 이언은 그가 쉽게 일어나지 못하게 가슴을 발로 밟으며 검을 집어 들었다. 이언의 눈은 섬뜩한 냉기가 격렬하게 소용돌이쳤다. 그는 두 손으로 튜멜의 롱 소드를 움켜잡으며 발 밑에서 허우적거리는 튜멜을 내려다보았다.

"죽이지 마! 동료잖아!"

레미의 다급한 비명 소리를 무시하고 이언은 두 손으로 잡은 검을 풀스윙으로 휘둘렀다. 바닥에 누워 허우적거리는 튜멜의 머리에 롱 소드가 작렬했다.

쩡!

"꺄악!"

레미는 본능적으로 눈을 감으며 비명을 질렀다. 하지만 튜멜의 머리가 허공으로 날아오르지는 않았다. 이언은 검날이 아닌 검신 부분으로 튜멜의 투구를 후려쳤고, 그의 머리는 거의 부러질 정도로 옆으로 돌아갔다. 그리고 튜멜은 더 이상 움직이지 않았다.

"너, 돌았냐? 내가 이 바보를 왜 죽여?"

이언은 고개를 옆으로 꺾은 채 기절한 튜멜을 힐끔거리며 말을 내뱉었다. 레미는 분명히 그에게 화를 내고 싶었다. 튜멜의 영지에서 한가하게 오후의 티타임을 가질 때처럼 날카롭게 그에게 뭐라고 쏘아붙여 주고 싶었다. 하지만 지금은 상황이 달랐다. 사방에서 푸른 늑대들이 이빨을 드러낸 채 도약하고 있었고, 이언은 한 손에 검을 들고서 스산하게 웃고 있었다. 이언은 검을 내던지고는 등을 돌렸다.

"캥!"

또 한 마리의 늑대가 비명을 질렀다.

"이언! 야영지를 지켜!"

파일런은 검을 휘두르며 침착하게 소리쳤다.

'푸른 늑대 같다'는 말이 있다. 아주 잔인하면서 교활한 사람을 욕할 때 쓰며, 가끔씩은 다른 나라 사람들이 라이어른 인을 욕할 때도 쓰는 말이다. 라이어른 지방에서만 서식하는 푸른 늑대는 대륙 각지에 서식하는 보통 늑대들과 전혀 달랐다. 우선 덩치가 보통 늑대들의 두 배 이상이었고, 지능은 교활하다는 형용사가 부족하지 않을 정도로 영리하고 머리가 좋았다. 그들은 엄격한 지휘 체계를 갖고 있었고, 조직적이었다. 인간의 정찰대에 해당하면서 사냥감을 찾는 늑대가 있었고, 사냥을 하는 전투 부대가 따로 있었다. 두목이 있었고, 부두목과 두목을 호위하는 늑대까지 있을 정도였다. 라이어른을 여행하면서 푸른 늑대를 만난다는 것은 하나의 재앙이었다.

화르륵!

이언은 불이 붙은 장작을 양손에 들었다. 늑대들의 출현을 예상했던 파일런과 이언은 저녁에 불을 피우면서 무기로 쓰기에 적당한 굵기와 길이를 가진 장작들을 따로 준비해 두고 있었다. 늑대를 만나면 흔히 불붙은 장작을 들게 되지만 이언은 달랐다. 평범한 장작 사이로 틈틈이 끼워두었던 장작은 그대로 클럽(Club)으로 사용해도 무리가 없을 정도로 굵고 단단한 나무였다. 그것도 불이 붙은 클럽이었다.

레미와 튜멜은 전혀 모르고 있었지만, 그것은 오랜 경험이 아니면 습득하기 힘든 지혜였다.

"끼이잉!"

이언의 발치에 뒹굴던 젊은 늑대가 희미하게 낑낑거렸다. 레미를 노리고 도약했던 늑대는 불붙은 클럽에 맞아 두개골이 함몰된 채 뒹굴고 있었다. 이언은 잔인하게 웃으며 불붙은 클럽으로 그 늑대의 목을 내려쳤다.

'우둑!' 목뼈가 부러져 나가는 소리에 레미는 욕지기를 느끼며 고개를 돌리곤 눈을 감았다. 머리가 깨져 피와 뇌수를 흘리던 늑대는 더 이상 움직이지 않았다. 이언은 만족스러운 얼굴로 웃었다.

"케엑!"

파일런의 검에 맞은 늑대는 피와 비명을 동시에 뿜어냈다. 그는 정신없이 덤벼드는 늑대 사이를 누비며 검을 휘둘렀다. 머리가 희끗희끗하도록 늙은 파일런에게서 그런 움직임이 나온다는 사실이 당혹스러울 정도로 빠르고 강력한 움직임이었다.

이언이 레미와 튜멜을 지키는 사이에 파일런은 발작하는 말들을 보호하면서 늑대들의 기세를 꺾고 있었다. 마차와 나무, 그리고 몇 군데의 모닥불로 울타리를 만들어 말들을 보호하고 있었지만 파일런이 수비해야 하는 범위는 보통 사람의 능력으로는 버거운 넓이였다.

'전장이라… 오랜만에 서보는군.'

파일런은 검을 휘두르며 그런 생각을 했다. 파일런 디르거에게 있어서 검을 뽑아 든 이상 세상은 전장이었다. 상대가 사막의 이교도이든, 혹은 중무장한 대륙 기사단이든, 지금처럼 늑대이든 상관없었.

적이 있었고, 싸워야 할 전장이 있었고, 자신의 생명을 유지해야 할 본능이 있었다. 가장 빠르게, 가장 강하게, 그리고 가장 효율적으로. 그는 자신이 가진 경험과 반사 신경과 몸에 익은 기술로써 적의 뼈를 부수고, 머리를 잘라내고, 피를 뿌렸다. 그는 덤벼드는 늑대들의 거의 대부분을 혼자서 처리하고 있었다. 늑대들은 정직했다. 그들은 적어도 활을 쏘거나 마법을 쓰진 않았다. 자신들이 물려받은 다리를 이용해 도약을 했고, 날카로운 이빨로 그를 노렸다.

'힘과 힘이 정면으로 충돌하면 다음엔 기술이 나오는 법이지.'

파일런은 옆으로 비껴 서면서 검을 비스듬히 휘둘러 공중에 떠오른 늑대의 옆구리를 찍었다. '케엑!' 하는 비명 소리와 함께 잘려진 늑대의 옆구리에서 후둑거리며 피에 젖은 내장들이 허공을 날았다. 겁에 질려 사납게 날뛰는 말들과 모닥불 때문에 늑대들은 쉽사리 말들에게 접근하지 못했다.

파일런은 옆으로 슬라이드하면서 자신이 서 있던 자리로 날아드는 늑대의 앞발을 잘라 버렸다. 두 다리가 잘려진 늑대는 바닥을 뒹굴며 깽깽거렸다. 그는 다시 한 번 검을 휘둘러 늑대들과 거리를 만들면서 피를 흘리며 절뚝거리는 늑대의 목을 밟고 뒤꿈치를 비틀었다. 쇠징을 박아 넣은 파일런의 전투용 부츠는 전장에서 상대의 무릎뼈를 부수기 위해 고안된 물건이었다. 거구인 그의 체중이 실려진 전투용 부츠가 늑대의 목뼈를 부러뜨리는 것은 그리 어렵지 않았다.

"미친 똥개자식!"

불붙은 클럽에 맞은 늑대는 늑골이 부러지며 나뒹굴었다. 이언은 음산한 얼굴로 클럽으로 늑대의 머리를 내려쳤다. '퍽!' 소리가 나면서 늑대의 눈이 터지고 한쪽 머리가 짓이겨졌다.

레미는 여기저기서 치솟는 불길과 늘어가는 늑대들의 시체에서 아찔하게 풍겨오는 비릿한 피 냄새 때문에 아득해지는 의식을 붙잡고 있었다.
　인간이 아니었다. 어둠 속을 누비며 늑대들과 싸우는 두 남자의 모습은 인간이 아니었다. 그녀는 현기증을 느끼면서 어서 이 지옥같은 밤이 끝나기를 기원했다. 해가 뜨고 눈부신 햇살이 숲을 비집고 들어온다면 모든 것이 꿈이었다는 사실을 깨닫게 될 것 같았다. 악몽의 밤은 길었다.

〈 7 〉

　실내는 싸늘한 침묵이 감돌았다. 민트 케언(Miend Kehen)은 창가에 서서 뒷짐을 지고서 창밖을 내다보았다.
　남부 지방 특유의 높은 천장은 화려한 조각과 천장화로 장식되어 있었고, 건국 당시 치열했던 〈2월의 기적〉 전투를 묘사한 대리석 부조들이 벽을 가득 메웠다. '2월의 전투'에서 제국 기사단을 상대로 압도적인 승리를 거둔 크림발츠 인들은 그 승리를 원동력으로 지금의 크림발츠를 건국했다. 때문에 그 전투는 크림발츠 인들에게는 특별한 의미를 가지고 있었다. 실내 한가운데에는 커다란 테이블이 놓여져 있었다.
　북부산 호두나무로 만든 회의용 테이블은 건장한 사내 두 명이서 올라가 결투를 벌이기에 충분할 정도로 넓고 튼튼했다. 그런 테이블에 빼곡이 둘러앉은 사람들은 어깨를 잔뜩 움츠린 자세로 석상처럼 굳어 있었다. 어느 누구도 감히 석조 건물처럼 무겁고 단단한 침묵에 눌려 헛기침조차 못하고 서로의 눈치를 보았다. 사람들이 영겁이라고 느낄 만큼 긴 시간이 지나서야 케언 칙명관은 뒤로 돌아섰다.

민트 J. 케언 공작은 크림발츠에서 유일한 공작 가문이었고, 보통 '가시나무 공작'이라는 이름으로 많이 불리워졌다. 케언 공작이 유난히 가시나무로 꾸며진 정원을 좋아하기 때문에 붙여진 별명이었다. 예쁜 꽃을 피우지도 않고 열매다운 열매도 맺지 못하는 가시 덩굴들이 케언의 저택 정원을 가득 메우고 있었다. 만약 그가 저택 경비를 위해서 가시 덤불을 가꾼다면 덤불들은 담벼락을 따라 심어져 있어야 했다. 하지만 그는 남들이 연못과 잔디밭, 꽃밭으로 화사하게 꾸미는 정원을 가시 덤불로 뒤덮이게 만들었다.

그 특이한 정원에는 가시나무 덩굴이 주는 안전을 기꺼이 제공받은 동물들이 유난히 많이 서식하고 있었다. 케언 칙명관의 그 유명한 '가시나무 저택'에는 항상 새들과 가시나무 쥐, 토끼, 그리고 그들을 노리는 족제비들로 들끓었다.

케언 공작은 현재 크림발츠 여왕의 남편이었다. 그는 선대 에이샤 6세(Aeisha 6th)의 뒤를 이어, 하이나 11세(Haina 11th)라는 이름을 왕명으로 받아 크림발츠의 여왕이 된 파반트(Fahrwand) 여왕의 남편이었다.

하이나 11세 여왕은 모친이자 선왕인 에이샤 6세 여왕의 죽음을 애도하는 의미로 검은 베일을 드리우고 남편인 케언 공작에게 섭정을 맡겨둔 상태였다. 이미 칙명관으로 행정권 총수인 케언 공작은 하이나 11세 여왕이 지난 2년 동안의 모친상을 치르는 동안에 한시적으로 섭정관이라는 지위까지 맡고 있었다.

크림발츠에서는 원래 2년이라는 오랜 기간 동안 상을 치르는 풍습은 없었다. 단지 유서 깊고 보수적인 귀족 가문 사이에서 상을 당했다는 의미로 가슴에 검은 리본을 몇 달 간 달고 다니는 경우는 가끔 존재했다. 하나 효심이 남다르고 심성이 여리기로 유명한 하이나 11세 여왕은 검은 드레스와 검은 베일로 자신을 감춘 채 왕성 모처에서 침거하고 있었다. 여왕은 누구와도 면회를 하지 않았고 단지 측근 시녀만 곁에 두고 있었다. 심지어 남편이자 칙명관이라는 행정권 총수인 케언 공작과도 일주일에 한 번쯤 겨우 만날 정도였다.

호사가들은 그런 케언의 위치를 비꼬는 의미에서 결혼 5년 만의 홀아비 신세라고 이죽거렸다. 물론 이런 말이 왕실의 귀에 들어가면 왕실 모독 죄를 적용받아 가문이 온전하게 살아남기 힘들었다.

칙명관이자, 동시에 섭정관의 지위에 올라 크림발츠의 모든 행정권을 장악한 케언 공작은 한가하게 권력의 달콤함을 누릴 여유가 없었다. 왕위 계승 내정자였던 왕자가 총사령관으로 출전해 전사해 버리고 실패로 돌아간 제5차 동방 원정의 뒷수습을 위한 과중한 업무에 시달리고 있던 와중이었다.

케언은 부드럽게 미소를 머금고 테이블을 주욱 둘러보았다. 그는 크림발츠에서는 좀처럼 보기 드문 짙은 모래 빛 머리를 갖고 있었고, 턱선이 부드러운 미남이었다. 그의 녹색 눈동자는 언제나 따스한 빛으로 상대를 응시했고, 그의 입가에는 어찌 보면 천진스럽고 부드러운 미소가 걸려 있었다.

"그러니까 요약을 하자면, 쉽게 말해서 군대를 빌려달라는 말씀이시군요?"

"허허, 그렇게 노골적인 것은 아닙니다만."

"하지만 결론적으로 '여왕 폐하의 충성스러운 기사'들을 원하시 겠죠?"

케언의 목소리는 온후했고, 달콤한 낮잠에 취할 정도로 부드러웠다. 하지만 그 달콤한 껍질 속에 가려진 의미는 비수처럼 예리했다. 국왕에 대한 충성은 대륙 어디를 가나 각국의 모든 기사단과 군대의 기본 의무였다. 그렇지만 케언이 말하는, 정확하게는 크림발츠에서 의미하는 '여왕의 충성스러운 기사'들은 의미가 조금 달랐다. 그 의미를 알고 있는 사내들은 첫서리처럼 창백한 땀을 흘려야 했다.

"감히 저희가 어찌 '여왕의 창기병'을 부탁하겠습니까? 세상에 국왕 친위대를 빌려달라는 예는 역사상 어디에도 없었습니다. 저희 의도는 그저 중앙 기사단의 일부만······."

라이어른의 6개 맹약국을 대표하여 맹약 종주국인 발트하임에서 찾아온 늙은 사내는 땀에 젖은 손을 황급하게 휘젓고 있었다. 케언이 주도하는 회담 분위기가 곤혹스럽다는 표정이 그의 얼굴에 위태롭게 걸려 있었다.

'하지만 여왕의 창기병이 가진 위력이 탐나겠지. 교활한 늙은이.'

케언은 따스한 미소를 지으며 생각했다. 그는 창가에 서서 대륙 남부 국가들만의 축복인 눈부시게 하얀 햇살을 받고 있었다. 오후의 햇살은 사선으로 쏟아져 내려와 케언의 어깨에 부딪혀 반짝이는 포말을 만들어냈다. 모래 빛 머리를 출렁거리며 햇살 가운데 서 있는 그의 모습은 전혀 위압적이지 않았고, 누구에게나 호감을 주었다.

'머리 속에 들어 있는 구역질나는 생각이 얼굴에 드러나는 늙은이군. 그런 능력으로 잘도 정치 생활을 하는군.'

케언은 여전히 친절하고 온화한 미소를 지으며 사내를 응시했다.

그의 미소는 사교계에서 명성이 높을 정도로 매력적이었다. 그가 파반트 공주의 약혼자가 되면서 에이샤 여왕으로부터 공작의 지위를 하사받았을 때, 수많은 귀족 가문 영애들이 실연의 아픔을 경험해야 했고, 더 많은 숫자의 귀족들이 위궤양을 지병으로 얻었다.

"진심으로 여러분들의 노력에 감탄하고 있습니다. 저는 솔직히 중앙산맥이 둘로 나뉘는 건 아닌가 생각했습니다."

"네? 무슨 말씀이신지요?"

"라이어른과 크림발츠가 이렇게 자주 회담을 갖다 보면 조만간 라이어른-크림발츠 회랑이라는 것이 중앙산맥에 생기지 않을까요? 그렇다면 귀하께서 저희 나라를 찾아주시기가 편할 테지요. 안 그렇습니까?"

오전부터 격무에 시달렸던 그는 갑자기 심술이 나서 완곡한 외교적 어법으로 비꼬고 있었다. 그의 화사한 미소와 밝은 목소리와는 대조적으로 크림발츠 측 소수 관리들은 핼쑥해졌다. 그의 말은 얼마 전에 불가침 조약을 요청하며 찾아온 라이어른에서, 불과 한 달 만에 다시 특사를 파견한 것에 대한 은유적인 빈정거림이었다. 하지만 그의 그런 의도는 보기 좋게 빗나가 버렸다. 그들의 반응은 케언으로 하여금 자신의 말과 농담 수준이 너무 높은 것은 아닌가 고민하게 만들기에 충분했다.

"허허, 역시 젊으신 칙명관님은 재기에 넘치십니다. 그 번득이는 재치는 저희 늙은이들에게는 확실히 무리인 것 같습니다. 회랑이라뇨? 그렇다면야 얼마나 좋겠습니까? 아무래도 중앙산맥이 너무 높고 험준해서 양국이 교류하는 데 방해가 되지 않습니까? 그것만 아니라면 좀 더 수월하게 문화와 무역 교류가 가능할 겁니다."

라이어른 맹약국의 수석 대표로 찾아온 발트하임의 외정관 트라이츠 에윈(Traitz Erwinn) 후작은 땀에 젖은 미소를 지으며 말했다.

'신이시여! 모르는 거야? 모른 척하는 거야? 아니면 더 의미심장한 받아치기야? 양국 교류라고? 물론 쉽겠지. 몇 개 연대라도 손쉽게 라이어른으로 보내서 라이어른이라는 이름을 역사 책에서 지워 버릴 테지. 선대 국왕이나 여왕 중에서 호전적인 누군가가 벌써 라이어른을 크림발츠의 식민지로 편입시켰을걸? 한심한 기생충들. 저런 쓰레기들이 백성들의 세금을 빨아먹고 살고 있겠지. 역겨운 늙은이들.'

케언은 표정과 생각이 철저히 괴리된 상태를 능숙하게 유지하고 있었다. 표면적으로 그는 차분하고 이성적이며 예의 바르게 특사를 대접하고 있는 크림발츠의 고위 관리였다.

"유감이지만, 저희 크림발츠도 상황이 그리 좋지는 않습니다. 5차 동방 원정이 실패한 것을 아시지 않습니까? 게다가 요즘 아무래도 서쪽의 아메린 측에서 군비를 증강하는 것이 신경이 쓰입니다. 몇 년 전 새로 등극한 국왕이 선대 국왕보다 쇠 냄새를 좋아하더군요."

"네? 쇠 냄새가 뭐죠?"

'이런이런, 언제부터 라이어른의 지적 수준이 이렇게 엉망이 된 거지? 이게 철학과 역사학의 나라인가? 이거야 원, 차라리 내가 라이어른 어를 쓰는 게 낫겠다.'

케언은 급격하게 자신의 인내심이 소진되고 있는 걸 느끼며 우울한 감상에 젖었다. 그는 지금 자신의 인내심과 자제력이 소모되는 속도를 가늠해 보고는 세상을 회의적으로 살아가고자 결심해 버렸다.

"아메린의 현재 국왕인 맥서슨 디 아른(Maxersn Di Arn) 국왕은 친형이자 선대 국왕이었던 하물 디 아른(Hamul Di Arn) 국왕보다 호전적입니다. 더 놀라운 것은 신규 창설된 아메린의 '청기사단'이 겨우 1개 연대 병력만으로 아메린 국토 대청소를 말끔히 해버리더군요. 저는 솔직히 청기사단을 우리 여왕의 창기병 교관으로 초빙하고 싶을 정도입니다."

"허어, 겸손도 과하면 오히려 흠이 되는 법입니다. 여왕의 창기병이라면 대륙 최강의 기사단이 아닙니까? 고작 아메린 같은 천박한 나라의 신규 기사단 따위가 상대가 되겠습니까?"

케언은 숨이 막히는 느낌을 받으며 인생의 의미에 대해서 다시 한 번 진지하게 고찰하고 싶은 충동과 싸웠다.

'천박? 아메린이? 대륙 최고의 강철 제련술과 측량학은 뭐지? 아메린보다 질 좋은 무기를 대량 생산할 수 있는 국가가 있던가? 그리고 뭐? 신규 기사단? 설마 내 농담을 믿은 건가? 그 지독했던 자정의 전투에서 살아남은 아메린 국경 수비대 2연대가 청기사단의 전신이라는 걸 설마 모르는 건가? 그 미친 전쟁광들을 얕보는 저의가 뭐지?'

케언은 잠시 동안 고민을 했지만 결론은 바뀌지 않았다. 라이어른의 특사들이 그가 예상하고 있던 것보다 국제 정세에 무지했고, 권위에만 의존하는 귀족들이었다. 그는 조금 측은한 기분으로 '천박'하다는 아메린이 라이어른을 침공하게 되는 상황을 상상해 보았다. 그의 머리 속으로 두 나라 국경 부근의 지도가 좌악 펼쳐졌고, 전략상 거점 도시들을 생각했다.

그는 전략 거점을 중심으로 라이어른을 침공하는 전술을 그려보았다. 아무리 후한 점수로 라이어른을 평가해도 아메린의 청기사단이 갖고 있는 조직적인 공격력을 약화시킬 전력이 라이어른에서는 전무했다.

 잠시 동안 생각에 잠겨 창밖을 내다보던 케언은 조용히 한숨을 쉬었다. 아메린과 크림발츠가 지난 세기 동안에 서로 반목하면서 싸우지 않았다면 대륙의 판도는 확실히 지금과 달랐을 것이다. 아메린은 대륙 북부로 진출했을 것이고, 크림발츠는 대륙 동쪽의 군소 국가들을 모조리 병합했을 것이다. 지금의 양국은 서로에게 검을 겨눈 채 좀처럼 등을 돌리지 못하는 상황이었다.

 '이 머저리들이 도대체 뭘 믿고 폴리안을 치겠다는 거지? 폴리안의 진홍기사단은 장식용 예식대라고 생각하는 건가?'

 케언은 얼마 전에 비밀리에 체결한 상호 불가침 조약을 떠올렸다. 그는 마음 한구석에서 라이어른 침공 계획이 스멀거리는 것을 억지로 누르며 미소를 지었다. 그것은 확실히 달콤한 유혹이었고, 그렇기 때문에 매력적이었다.

 "이런 이유로 저희 크림발츠로서는 귀국과 상호 불가침 조약을 체결하는 것 이상으로는 도움을 드리지 못하겠습니다. 전통적으로 적대국인 아메린 측에서 그렇게 노골적으로 군비를 증강하는 상황이니까 말입니다. 귀국과의 지난 우호에도 불구하고 도움이 되지 못하는 것은 제가 크림발츠를 대표하여 사과드리고 싶습니다. 아! 벌써 시간이 이렇게 되었군요. 그럼 내일쯤 다시 말씀을 나누는 걸로 하고 싶습니다. 피곤하실 텐데 잠시 휴식이라도 취하면서 서로 생각할 시간을 갖는 것이 바람직하다고 사료됩니다."

 케언의 말은 정중하게 의견을 구하는 것이었지만, 일방적인 회담 종료 선언과 같은 위력을 갖고 있었다. 에윈 후작을 위시하여 라이어른 특사들은 불만스러운 얼굴이었지만 결국 자리에서 일어나야 했다. 문이 열리고 왕성 궁내부원들이 특사들의 시중을 들면서 회의실을 나섰다. 케언은 미소를 머금고 창밖을 내다보았다. 사파이어만큼 깊고 푸른 하늘이었다.

"휴우……."

케언은 자신의 집무실로 들어서면서 그렇게 한숨을 내쉬었다. 칙명관의 집무실은 햇볕에 가장 잘 드는 위치 중 하나였다. 남쪽 벽면은 거의 대부분이 커다란 유리창으로 되어 있었고, 유리창 위쪽으로는 화려한 스테인드글라스가 장식되어 있었다. 화려하게 조각된 의자에 앉아 있던 여자가 케언을 발견하고는 황급히 일어섰다. 케언은 자신의 책상에 앉아 있는 여자를 물끄러미 쳐다보았다.

"라미스(Lamis Kurin)? 이 시간에 여긴 어쩐 일이냐?"

"심심해서요."

화려하지는 않지만 고급스러운 드레스를 입은 라미스는 케언의 책상에서 벗어나면서 말했다. 케언은 쓴웃음을 지으며 자신의 자리에 앉았다.

"그분에 대한 소식은 없나요?"

"글쎄, 궁금한가?"

"네."

"약속했잖아? 소식을 알게 되면 알려주겠다고. 그리고 자꾸 말하지만 여기는 드나들지 않도록 해라. 여기저기서 힐끔거리는 눈들이 많아."

"네."

17살의 라미스는 잿빛 눈동자로 케언을 물끄러미 바라보았다. 그는 별로 그녀의 시선에 개의치 않고 있었다. 쏟아져 들어오는 햇볕이 만들어내는 하얀 폭포 아래 앉은 케언은 부지런하게 서류들을 뒤적거리기 시작했다. 라미스는 결코 둔하지 않았고, 그의 행동이 대화 종료를 선언하는 무언의 지시라는 것을 알고 있었다. 그녀는 케언이 고개를 숙이고 있는데도 보란듯이 드레스 자락을 살짝 펼치며 무릎을 굽혀 인사했다. 케언은 고개를 숙인 채로 다 보인다는 듯이 손을 가볍게 휘저었다.

라미스가 나간 직후에 다시 노크 소리가 울리고 백발의 사내가 들어왔다. 격식에 맞춰 단정하게 코트까지 차려입고, 멋스럽고 풍성한 형태로 하얀 콧수염을 기른 늙은 사내였다.

"회의는 잘 끝내셨습니까, 칙명관님?"

"저기, 부탁이 있는데."

"네?"

"다음부턴 제발 나는 빼주게나."

"……."

"아이 보는 일 말이야. 아직 자식도 없는 몸인데 벌써부터 내가 아빠 노릇을 해야 하는 건가? 자네는 그렇게 생각하나?"

"그분들은 라이어른을 대표하시는 분들입니다. 게다가 다들 칙명관님보다 연륜이 많으십니다."

"그래? 정말로 나보다 나이가 많단 말이지? 난 오전 내내 특별하게 머리 나쁜 5살짜리 꼬마들을 모아놓고 떠든 기분인데? 지금 왕궁 의사를 불러주겠나? 아무래도 내가 미친 것 같아."

케언의 비서관인 옌스터 데일(Yenster Deil) 후작은 진짜로 왕의를 부르지는 않았다. 올해 60번째 생일을 맞은 사내는 자신의 나이에 절반밖에 되지 않는 사내에게 정중하게 허리를 굽혀 인사를 했다. 그는 케언이 공주의 약혼자가 되어 후작 지위에 오르고, 여왕의 남편이 되어 공작 지위에 오르는 동안에 항상 케언의 곁에서 그를 보좌해 주던 인물이었다.

"라이어른이 힘이 남아도는 모양이야."

"5차 동방 원정대에 군사를 파견하지 않은 국가입니다."

"신족왕국 스베린(Swerin)의 빌어먹을 해안 봉쇄 조치만 아니라면, 라이어른도 충분히 지쳐 있었을 텐데."

"그래도 라이어른 연합 해군 측에서 북해(Nord Sea)에서 잘 막아주었습니다. 스베린 측에서 결국 봉쇄를 풀었고, 다시 북해와 백해(White Sea)에서 어업과 해상 교역이 재개되지 않았습니까?"

"어차피 우리 나라는 별로 상관이 없잖나? 우리에게는 제해권을 갖고 있는 녹해(Green Sea)가 있으니까. 게다가 북해 항로를 이용한 해상 교역은 거의 없잖나? 해안 봉쇄는 결국 라이어른만의 이익을 위한 거야. 북해 항로가 봉쇄되면 라이어른의 장거리 상선들이 녹해로 내려오지 못하잖나?"

"하지만 신족들의 해안 봉쇄는 대륙 국가들에게 심리적인 압박감을 주게 됩니다. 실리를 떠나서 말입니다. 마치 앞마당에 적이 들어온 불안을 느끼는 겁니다."

"덕택에 라이어른의 원정 불참에도 불평하는 국가가 없지. 하지만 그 이유로 라이어른의 군사력이 남아돌고 있어. 달갑지 않은 상황이야. 폴리안 측도 우리처럼 이번 원정으로 군사적으로 피해가 심한 상황이니까. 그래서 라이어른에서 한 건 하려는 거겠지. 진홍의 기사단 피해는 없다는 사실을 까먹은 점이 문제겠지만, 라이어른의 맹약기사단이 폴리안의 진홍의 기사단과 정면 승부로 이길 수는 없어."

"라이어른과 폴리안 측의 내부 정보를 수집 중에 있으니 곧 보고를 올리겠습니다."

데일 후작은 고개를 숙이며 대답했다. 케언은 한숨을 쉬더니 손끝으로 가볍게 책상을 두드렸다. 데일 후작은 잠시 동안 침묵을 지키다가 무겁게 입을 열었다.

"…그분께서 영지를 떠나셨습니다."

"이제 겨우 위치를 알아냈는데 벌써?"

데일 후작은 온화한 노인 같은 표정으로 미소를 지었다. 케언은 의자에 등을 기대며 팔짱을 끼면서 후작을 바라보았다. 그는 서둘지 않았다. 그저 묵묵히 손가락을 가볍게 까딱거리며 데일 후작의 보고를 기다렸다.

"아직 이유나 목적은 알 수 없습니다. 어디선가 알게 된 일행들과 동쪽으로 여행을 하고 있습니다. 아직까지는 누가 여행의 리더인지 불분명합니다. 그분이신지, 혹은 그분도 그저 여행에 동참하시는 건지."

"동쪽이라… 라이어른의 게일(Geil) 쪽으로 말인가?"

"아직은 알 수 없습니다. 아시다시피 발트하임은 라이어른 맹약국 중에서 가장 영토가 넓습니다. 현재 테일부룩에서 어느 방향으로 진출하든지 우선은 동쪽으로 나오는 수밖에 없습니다. 테일부룩은 아메린 쪽 중앙산맥 근처에 있는 변방이니까요."

"누가 여행을 주도하는 걸까? 그걸 알아야 여행의 목적을 파악하겠지?"

"좀 더 주시하겠습니다."

"뭐, 일단은 그렇게 해."

"그리고 그분께서 영지를 떠나시기 얼마 전에 불미스런 일들이 있었습니다."

"뭐? 어떤?"

"암살 기도입니다. 4명의 용병들이 습격을 했다는 보고가 올라왔습니다. 다행스럽게도 별다른 문제는 없었던 모양입니다."

"용병? 어디 소속이야? 어떤 머저리가 고용한 거야?"

"관측에 따르면 시체가 깡그리 타버려 확인이 불가능하다고 합니다. 전문적인 암살자들은 아니고 용병으로 보였다고 합니다."

"감시조의 숫자를 두 배로 늘려. 내가 지시하면 곧바로 죽여 버릴 수 있도록. 어쩌면 죽여야 할지도 몰라."

"정말로 그분을 암살하실 생각입니까?"

"솔직히 정신 차렸으면 좋겠어. 하지만 지금처럼 쓸데없는 생각만 하면서 스스로가 누군지 자각하지 못한다면 크림발츠의 미래를 위해서 죽이는 게 나아."

케언은 침몰하는 목소리로 그렇게 말했다. 후작은 더 이상 케언의 지시가 없자 정중하게 고개를 숙이며 물러났다. 그는 푸른 하늘을 올려다보았다. 그리고 가만히 눈을 감았다.

'너는 언제나 그렇게 이기적이야. 난 그게 싫었던 거야.'

햇살의 잔상이 케언의 감겨진 눈 주변으로 어지럽게 떠돌고 있었다.

⟨8⟩

 여행은 순조로웠다. 순조롭다고 하는 것 이외에 달리 마땅한 표현이 없었다. 튜멜은 말 위에 앉아서 못마땅한 얼굴로 눈살을 찌푸렸다. 벌써 일주일째 목의 통증이 그를 괴롭히고 있었다. 목이 돌아갈 정도로 엄청난 기세로 얻어맞고 기절한 이후부터 시작된 통증은 꾸준하게 그를 괴롭혔다.
 이언은 반쯤 졸면서 마차를 몰고 있었다. 튜멜은 이언의 그런 무신경함에 다시 한 번 열이 뻗쳐 목덜미가 시큰거렸다. 한마디 사과도 없었다. 그는 이언이라는 인물이 쉽게 사과할 인간이 아니라는 것은 알고 있었지만, 막상 당사자가 되고 보니 피가 거꾸로 솟는 분노를 느꼈다.
 튜멜은 이언에게 결투를 신청하지 못하는 자신의 소심함에 혀를 찼다. 하지만 그가 결투에서 이언을 이길 확률은 거의 없었고, 이언이라는 인간의 성품으로 미루어보아 결투라고 대충 싸울 인간은 아니었다.

튜멜은 문득 이언이라는 인간이 어떤 생각을 하고 있을까 짐작해 보았다. 하지만 그런 생각을 하는 자체가 튜멜을 짜증스럽고 한심하게 만들었다.

'저 미친 떠돌이가 뭘 고민하고, 뭘 생각하겠어? 들개 같은 인간이야.'

튜멜은 축축하게 땀이 차는 갑옷의 거추장스러움도 잊은 채 혀를 찼다.

"잠시 쉬어가도록 하지."

선두에서 길을 이끌던 파일런이 말을 세웠다.

울창한 숲과 넓은 평야를 좌우로 나란히 끼고 이어지던 길은 완만한 곡선을 그리며 숲에서 흘러나온 작은 개천과 엇갈리고 있었다. 간신히 마차 한 대가 지나다닐 만한 폭을 가진 흔해 빠진 나무다리 너머로 길은 갑자기 숲으로 들어갔다. 너도밤나무 같은 활엽수림으로 가득한 숲은 희미한 녹색 어둠을 드리우고 있었고, 먼지투성이 길은 잉크가 번지는 듯한 모습으로 숲 사이로 사라졌다.

한동안 옆구리에 끼고 달려온 숲은 좌우를 둘러보아도 숲이 끝나는 곳이 보이지 않을 정도의 규모를 갖고 있었다. 숲을 등지고 남쪽으로는 금방이라도 넘실댈 것 같은 파도처럼 이어지는 언덕들이 모인 평야였고, 저멀리 중앙산맥의 잿빛 흔적이 언덕의 지평선 너머에 웅크리고 있었다.

튜멜은 이곳이 어디쯤인지 생각해 보았지만 결국 쉽게 단념했다. 원래부터 지리에 그다지 밝지 못한 데다 처음 와보는 곳을 짐작하는 것은 그에겐 무리였다. 그는 파일런이 들고 다니는 낡은 지도를 생각하자 지끈거리며 머리가 아파왔다. 엄연히 남작 가문인 귀족이며 여행 경비 대부분을 부담하는 것을 이유로 여행 계획을 알아야겠다던 그의 포부는 오래가지 못했다.

파일런은 아무런 감상도 없이 묵묵히 자신의 낡디낡은 지도를 보여주었다. 지도는 종이가 아닌, 상당히 고급스러웠을 양피지에 그려져 있었다. 비록 지금은 모퉁이가 닳아서 너덜거리고 접혀 있던 중간중간이 찢어지기 직전이었지만 튜멜조차도 그 지도가 고급 지도였다는 것을 알 수 있었다. 그리고 파일런과 이언의 대화가 시작되었다.

"제가 보기엔 그쪽 루트는 좋지 않습니다. 일단 식수원으로 삼을 만한 지형이 없기 때문에 하루 주파 거리 산출에 문제가 있습니다. 게다가 여기부터는 지형으로 봐서 계속 오르막이라는 의미인데 말들이 쉽게 지칠 겁니다."

"알고 있네. 하지만 이쪽을 경유하면 직선 거리로 15킬로미터, 노면 거리로는 세 배 이상의 거리를 절약할 수 있을 거네. 물론 자네가 말한 것처럼 지표 경사도가……."

"…아낙스 양이 뭐 하고 계신지 알아보고 오겠습니다."

튜멜은 갑자기 레미가 혼자 있다는 것을 생각해 낸 것처럼 보이려고 애를 썼다. 그는 이언과 파일런이 진지하게 의견을 조율하는 과정을 듣고 있었지만 한마디도 이해할 수가 없었다. 게다가 그 지도라는 물건은 대화를 듣고 있는데도 과연 지도의 어디쯤을 대상으로 삼고 있는지조차 파악하기 불가능했다. 아니, 과연 어디가 발트하임이고 자신의 영지였는지도 튜멜은 끝내 찾아내지 못했다. 이해하기 힘든 곡선과 직선, 깨알처럼 촘촘히 기입된 숫자들, 모든 지형에는 최소한 두 개 이상의 지명이 병기되어 있었다.

웬만한 규모의 숲은 모조리 표현해 놓은 지도 덕분에 지도에는 손톱만큼의 빈 공간도 없었고, 지명과 이상한 숫자가 겹쳐지는 것도 흔했다. 도로망이 분명한 곡선들도 과연 도로들이 저렇게 신경질적으로 구불거렸는지 의심스러운 모습인데다 끊임없이 무언가 이해하기 힘든 단어들이 첨부되어 있었다.

그는 지도가 군대에서 사용하는 군용 지도이고, 그가 읽지 못하는 온갖 단어와 기호들은 모두 군용 암호라는 것을 알지 못했다. 튜멜이 알고 있는 지도라는 것은 귀족들의 지리 교양 서적에 첨부된 지도가 전부였다.

지리서의 지도는 마치 한 폭의 그림처럼 완성도에 신경을 쓰기 때문에 바다에는 인어와 서펜트가 헤엄치고, 태양이 범선을 향해 바람을 불어주고, 숲에는 뾰족 귀를 가진 엘프가 나무에 매달려 있는 그림들이 채워져 있었다.

이런 복잡한 그림들은 솜씨 좋은 장인들이 정성껏 그려 넣었고, 그림을 채우기 위해서 원래 지형을 멋대로 바꾸는 경우가 일반적인 관습이었다. 어차피 귀족들은 군용 지도처럼 복잡 정교한 지도를 필요로 하지 않았고, 왕실에서도 지리서가 국외로 반출될 상황을 고려하여 정확한 지도 제작을 금지하고 있었다.

귀족들에게 있어서 지도란 수도가 대충 어디쯤 붙어 있는지 정도만 알면 족했고, 평민들은 한가롭게 여행이나 다닐 여유가 없는 데다 지리서를 살 만큼 경제적으로 윤택한 경우가 거의 없었다. 때문에 지도의 왜곡에 불만을 갖는 계층은 한 국가의 전 계층을 통틀어 어디에도 없었다.

일반적인 지리서의 지도에서 산은 한 폭의 풍경화처럼 멋들어지게―물론 그 산의 외형은 지도 제작자의 풍부한 상상력에 근거하여―그려지고 깊숙한 골짜기에는 드래곤의 모습이 으레 빠지지 않았다. 하지만 군용 지도에서는 화려한 드래곤 그림이 삭제된 대신에 정상까지 도달하는 노면 거리가 표시되어 있었다. 예를 들어서 남쪽에서 정상까지는 노면 거리로 30킬로이고, 북쪽에서 정상까지는 노면 거리로 25킬로라고 표기되는 방식이었다. 잘 훈련받은 군인들은 그런 노면 거리를 바탕으로 비탈각을 추측할 수 있었다.

튜멜은 결국 군용 지도를 읽는 것을 포기했고, 지리서에서 배운 자신의 상식은 이곳에서 전혀 먹히지 않는다는 것을 피부로 실감했다. 그는 순순히 자신의 패배를 인정하고는 물러섰고, 두 번 다시 여행 일정에 대해서 관여하지 않기로 마음먹었다.

"여기가 적당하군."

파일런은 길에서 벗어난 풀밭으로 말을 몰았고, 물가로 다가갔다. 그는 익숙하게 말들이 풀을 뜯을 수 있도록 이끌었고, 자신의 짐을 들고 풀밭에 자리를 잡았다. 일행은 파일런이 잡은 자리를 기준으로 모여들었다. 마차를 세우고 바퀴를 고정시킨 이언은 여행 중 비어버린 두 개의 식수 통을 들고 물가로 걸어갔다.

"하아하아……"

튜멜은 단내가 풍기는 숨을 내뿜으면서 풀밭에 주저앉았다. 그는 솔직히 거추장스럽고 무거우며 봄볕에 견디기 힘들 만큼 후끈하게 달아오르는 갑옷을 벗고 싶었다. 종일토록 말 위에 앉아 있다 보면 봄볕인데도 갑옷은 견디기 힘들 만큼 뜨겁게 달아올랐다. 그걸로도 모자라 허버크 안에 받쳐 입은 가죽 옷은 땀을 전혀 방출하지 못했기 때문에 그는 땀으로 흠뻑 젖어 있었다.

'완전히 사기야.'

튜멜은 무용담이나 서사 시집을 꽤나 읽었지만 그 내용을 진지하게 의심하기 시작했다. 그곳에서 기사들은 항상 은빛으로 반짝이는 늠름한 갑옷을 챙겨 입고 모험을 했고, 그들이 더위나 추위로 고생하는 묘사는 그 어디에도 없었다.

튜멜은 상상과 현실이 다르다는 것을 몸으로 배우고 있었다. 낮이면 햇볕을 받은 갑옷은 미치도록 달아올랐고, 사람을 두 배로 지치게 만들었다. 밤에 갑옷을 입고 잠들면 싸늘한 밤공기 속에서 갑옷은 뼈 속까지 시리게 만들었다. 게다가 여기저기 갑옷에 눌려 아침이면 온 몸이 우둑거리는 비명을 질렀다.

또한 손질하는 것도 결코 녹록치 않았다. 아침에 반짝반짝 손질을 해도 반나절이면 갑옷은 먼지를 뒤집어쓰고서 삐걱거리는 거슬리는 소리를 냈고, 부지런히 기름 칠을 해주지 않으면 녹이 슬었다. 전설이나 무용담 속에서의 기사들은 손질하지 않아도 반짝이는 갑옷을 입고서, 한여름에도 전혀 뜨겁게 달아오른 갑옷을 불평하지 않았다. 게다가 덤으로 갑옷의 무게는 사람을 서너 배쯤 더 지치게 만들고 있었다.

튜멜은 어째서 이언과 파일런이 그렇게 단출한 차림으로 여행을 하는지 알 것 같았다. 하지만 그는 그들처럼 입고 다니고 싶은 마음은 없었다. 그는 힘들게 허리춤에 쑤셔 넣었던 손수건을 꺼내 얼굴과 목덜미에서 물처럼 흐르는 땀을 닦아냈다. 봄인데도 튜멜은 갑옷 때문에 일사병 직전까지 치닫고 있었다.

"상당히 게으른 것 같으면서도 할 일은 다 하네요."

레미는 마차에서 내려 튜멜의 곁에 조심스럽게 앉으며 말했다. 튜멜은 갑옷과 사투를 벌이느라 너무 지쳤기 때문에 그녀의 말을 쉽사리 알아듣지 못했다. 레미는 평소처럼 회색 원피스를 입고 그 위에는 얇고 가볍게 만들어진 여성용 로브를 입고 있었다.

"네? 뭐라고 하셨습니까?"

"미친 떠돌이요. 항상 꾸벅거리며 졸고 있는데도 자질구레한 일은 도맡아 하고 있잖아요. 밤에 불침번 서는 것도 그렇고."

"낮에 그렇게 조는데 밤에 잠이 오겠습니까?"

튜멜은 이언이 못 미더워 잠들지 못했었다고는 말하지 않았다. 여행을 시작하고 한동안 그는 이언이 불침번을 선다는 사실이 불안해 잠들지 못했었다. 그는 무책임하고 제멋대로인 데다 예의가 뭔지도 모르는 이언을 신뢰할 수 없었다. 하지만 이언은 불침번을 서면서 졸지 않았다. 언젠가 튜멜이 무심코 몸을 뒤척였을 때 그는 이언이 모닥불 곁에 앉아서 확실하게 깨어 있는 모습을 보았다. 이언은 멍한 시선으로 불곁에 앉아서 별을 올려다보고 있었다. 그는 이언의 그런 모습에서 무언가 이질적인 기분을 느꼈다. 쉽게 말로 표현하기는 힘든 느낌이었다. 튜멜은 몇 번 입 안에서 웅얼거리다가 그런 이야기는 관두기로 했다.

"이상해요. 우리를 습격했던 암살자들이요, 이제는 보이지 않네요?"

레미의 조용한 목소리에 튜멜은 아차 하는 표정을 지었다. 갑옷과 사투를 벌이는 여행 때문에 잊고 있었던 것이다. 이언의 설명이 아니더라도 누구나 그들이 암살자들이었다는 것을 알 수 있었다. 하지만 그들이 그 이후로 다시 나타나는 일은 없었다. 오히려 이렇게 텅 빈

들판을 오가는 경우가 습격하기에 더 쉬웠는데도 불구하고. 튜멜은 땀을 닦는 것도 잊어버린 채 멍하니 앉아 있었다.

'설마… 그 사람이? 하지만 새삼스럽게 왜? 벌써 몇 년이 지났는데? 그리고 내가 테일부룩에 있는 걸 어떻게 알았지? 아낙스 양이 여행을 결정한 것이 다행일지도 몰라. 영지를 떠났으니 나를 찾지 못하는 거야. 계속 머물렀다면 아낙스 양이 다쳤을지도 몰라.'

튜멜은 잠시 입술을 깨물다가 표정을 바꾸고 레미를 바라보았다. 그녀는 조금 멍한 시선으로 멀리 보이는 중앙산맥을 바라보고 있었다. 그는 화제를 바꿀 필요를 절실히 느꼈다.

"그런데 아낙스 양, 정말로 저주받은 미족의 땅으로 가시려는 겁니까?"

"네, 불안하신가요?"

"물론 아닙니다. 하지만 어째서 그 뭐라더라?"

"티이르 2세, 미족 친위대 총기사단장."

"아예, 그 미족을 전혀 모른다고 하시지 않았습니까? 알지도 못하는 미족이, 아무리 그 악마가 미족들 사이에서는 신분이 높다고 해도 그렇게 쉽게 초청에 응하는 이유를 모르겠습니다. 저로서는……."

"글쎄요. 거절하기도 힘들잖아요? 어떻게 거절 편지를 보낼까요? 연락수에게 '이 편지를 카민의 미족 친위 대장에게 보내주세요'라고 말하면 미친놈 취급받을걸요? 그리고……."

'새벽의 기사 때문이죠. 그게 진짜 이유예요.'

레미는 그냥 조용히 지나가는 봄바람에 뺨을 묻으며 눈을 감았다. 봄바람은 세상의 어떤 깃털 베개보다도 부드럽고 푹신했다. 레미는 손에 들고 있던 책을 만지작거렸다. 튜멜은 무언가 말을 붙이려 했지만 스쳐 가는 봄바람에 기댄 그녀의 모습을 보며 말을 삼켰다. 한참 동안 그녀는 말을 하지 않았다.
"가끔씩 스스로의 삶에 넌더리가 날 때가 있지 않나요? '내가 왜 이렇게 사는 걸까?' 라는 식으로 말이에요."
그녀는 희끗희끗하게 보이는 중앙산맥의 흔적에 시선을 두고 있었다. 튜멜은 나직하게 한숨을 휘면서 헛기침을 했다. 여행을 떠나면서 그녀가 어딘지 변하고 있다고 느꼈지만 그는 쉽사리 뭐가 변했는지 꼬집지 못했다.
"그런 문제는 모르겠습니다."
"누구나 한 번쯤 자신의 삶이 지겨워지지 않을까요? 가끔씩은 자신의 묘비를 손수 세워보고 싶다는 욕구 같은 거요. 내 관은 호두나무로 하는 건 어떨까? 아니면 대리석으로 화려한 관을 짜볼까? 관뚜껑에는 장미 무늬를 새기는 거야."
"아낙스 양! 신께서 주신 생명은 신께서 때가 되면 거둬 가십니다."
"그래요? 그럼 만약에 내일 아침에 신께서 찾아와서 '어이! 지난번에 너한테 줬던 생명을 돌려주겠나? 한 70년쯤 놔두려고 했는데 생각이 바꿨다네' 라고 묻는다면요? '신이시여! 그동안 잘 쓰고 있었습니다. 가져가십시오'. 이렇게 말할 겁니까?"
"그, 그건 신성 모독입니다!"
"과연 신성 모독이 성립될 수 있을까요? 신은 절대자이지 않나요? 모욕을 받는다는 것은 그 존재의 결점이나 약점을 비겁하게 공격하는 거예요. 신은 존재 그 자체가 아닐까요? 존재함으로써 존재하는 것. 절대자. 그렇다면 그 절대적인 존재가 어떻게 모욕을 받죠? 만약에 신성 모독이 존재한다면 그건 종교가 그 스스로에 대한 자기 부정이에요. 사람들은 신까지 인간들 수준으로 끌어내려서 생각하죠. 예를 들어볼까요? 남작님이 타고 다니시는 말이 남작님을 모욕할 수 있나요?"

"마, 말은 인간을 모욕하지 못합니다."

"그것 보세요. 모욕이라는 것은 비슷한 수준의 존재일 때 가능한 거예요. 이단이니 종교 모독이니 지껄이는 사람들이야말로 신을 욕되게 하는 거죠. 스스로 가장 강력하게 신의 절대성을 부정하는 짓이니까요."

레미는 굳이 이런 의미없는 추상적인 논쟁을 하고 싶지는 않았다. 그저 대답하기 곤란한 대화의 화제를 다른 곳으로 돌리고자 했을 뿐이다. 튜멜은 얼빠진 얼굴로 입술을 우물거리고 있었지만 뭐라고 토를 달지는 않았다. 그녀는 조금씩 안도하는 기분을 느끼며 고개를 돌렸다.

"밥이나 해 먹을까?"

튜멜은 간신히 듣기 불편한 주제에서 해방되면서 혈색을 되찾았다. 그는 괜히 과장된 동작으로 벌떡 일어서면서 이언에게 이를 갈았다.

"넌 먹고 자는 것밖에는 모르는 거냐?"

"당연하지."

"뭐?"

튜멜은 입 다물고 있는 편이 가장 좋다는 진리를 뒤늦게 깨닫고 실천에 옮기기로 마음먹었다. 레미는 자리를 털고 일어나 마차 안에서 부시럭거리는 이언에게 다가갔다.

"도와줄까?"

"밥은 고사하고 너, 차라도 끓일 줄 아냐? 평생 동안 자기 손으로 음식 한번 차려보지 않은 녀석이 뭘 도와줘? 가만히 있는 게 도와주는 거야."

무안해진 레미는 멋쩍게 다시 자리에 앉았다. 그녀의 눈가로 잠시 동안 그늘이 졌지만 이내 털어버리고 차분하고 묵묵한 자신으로 되돌아가 버렸다. 여행을 시작한 이후로 식사와 모닥불 준비, 식수 보충은 전적으로 이언과 파일런이 처리하고 있었다. 그녀가 어설픈 손놀림으로나마 도울려고 하면 두 사람은 극구 사양했다.

그녀는 매번 무안하게 물러나야 하는 자신이 가끔씩 한심스러웠지만 내색하지는 않았다. 그들이 거부하는 것도 잘못된 것은 아니었다. 이번 여행을 떠나기 전까지 레미와 튜멜은 한 번도 밖에서 잠을 청해본 적이 없었다. 평생을 전장에서 보냈다는 파일런이나 담요 한 장만 갖고 대륙을 떠도는 이언과는 근본적으로 달랐다.

귀족들은 여행 중에도 야영을 하는 경우는 극히 드물었다. 위험하기도 위험하거니와 귀족들이 맨바닥에서 자는 것은 귀족으로서의 품위를 해치는 모욕적인 일로 받아들이는 풍토 때문이었다.

보통 귀족들은 여행을 할 때, 귀족이 묵기에 불편하지 않을 만큼 규모있는 고급 여관이나 다른 귀족들의 영지를 중심으로 여정이 짜여진다. 주로 마차를 이용해서 여행하는 귀족들인데다 대부분의 여행일 경우 일정이나 비용이 그다지 문제시되지 않는 귀족의 특성에 기인하는 관습이었다.

길을 잃거나 부득이한 사정이 없는 이상 귀족들이 일반 여행자들이 묵는 여관을 이용하는 경우는 거의 없었다. 그런 경우에도 귀족들은 여관에 먼저 투숙 중인 사람들을 귀족의 특권으로 내쫓고 여관 전체를 빌리게 된다. 야영을 하는 것은 더 더욱 보기 힘든, 또한 귀족 입장에서는 결코 경험하고 싶지 않은 경우에 속했다.

하지만 튜멜 일행은 카민으로 넘어가야 하는 상황이기 때문에 목적지를 숨기고 있었고, 안전을 고려해 불필요하게 귀족들의 영지를 방문하지도 않았다. 그들은 평민들처럼 야영하고 여관을 이용했다. 튜멜의 마차는 남작가 문장을 떼어버리고 마차의 강성을 높이느라 덧붙여진 판자들 덕분에 누더기로 변해서 절대 귀족들의 마차로는 보이지 않았다. 전혀 낡지 않았지만 남들이 보기에는 당장이라도 부서져 버릴 듯이 낡아 빠진 마차로 보였다.

하지만 실제로는 튜멜의 마차는 험한 산길을 달려도 부서지지 않도록 견고하게 강화되었고, 무엇보다 파일런의 경험을 바탕으로 거의 군용 마차 수준으로 강화가 이루어져 있었다.

레미가 타고 있는 캐빈(Cabin)은 근거리에서 석궁의 직사에도 관통당하지 않을 지경이었다. 그렇지만 보는 것만으로도 누구나 기사라고 느끼게 만드는 파일런과 거창한 갑옷을 갖춰 입은 튜멜 덕분에 일행이 귀족이라는 것을 완벽하게 숨기기는 힘들었다. 다행히 지금까지 마주치는 사람들은 대부분 그들을 몰락한 지방 귀족쯤으로 생각하고 있었다. 그런 튜멜과 레미가 야영에 대한 지식이 전무하고 전혀 도움이 되지 못하는 것은 무리가 아니었다.

"이 일행 중에서 짐이 되는 건 저 혼자군요."

레미는 자조적으로 웃으며 말했지만 튜멜은 미간을 찌푸렸다. 귀족들이 요리를 못하고 야영에 서툰 것은 흠이 되지 못했다. 귀족들이 그런 일까지 해결해야 하는 상황이 더 이상한 문제였다. 튜멜은 그렇게 생각하고 있었다.

"그래도 여기서 정상적인 인간은 아낙스 양과 저뿐입니다. 저 미친 떠돌이는 그렇다고 쳐도, 디르거 경도 어딘지 정상은 아니지 않습니까?"

"디르거 경이 뭐가 이상한 거죠?"

"싸울 때 얼굴을 보셨잖습니까? 그건 인간의 얼굴이 아닙니다. 어떻게 그렇게 태연하게 살생을 할 수 있는 건지."

"그거야 그분 말처럼 평생을 전쟁터에서만 지냈던 분이시니 그렇겠지요. 말 수가 적은 성격도 그래서 얻어진 거라고 보는데요?"

"그건 정상적인 인간의 삶이 아닙니다. 물론 정의를 위해서는 전쟁터로 나가는 것을 두려워해선 곤란하겠지요. 하지만 디르거 경은 그게 아니잖습니까? 스스로 싸울 장소를 찾기 위해서 전쟁터를 찾아다니는 건 분명히 제정신이 아닙니다. 원죄를 타고난 것도 모자라 평생 동안 더 많은 죄를 쌓기 위해서 살아가는 인간이 어디 있습니까?"

튜멜의 말을 들으며 레미는 힐끔 파일런을 찾았다. 파일런은 저만치 떨어져 앉아서 검을 손질하고 있었다. 편하게 앉아서 검을 뽑아든 그는 꼼꼼한 눈길로 검날에 이가 빠진 곳이 없는지 확인하면서 기름 걸레로 검을 닦고 있었다. 파일런의 검은 원래부터 검이란 보석처럼 광채를 뿜는 것이라고 주장하듯 눈부시게 빛났다. 그렇지만 튜멜과 레미는 햇볕에 반사된 검신을 보면서 감탄보다는 오싹한 공포와 한기를 느꼈다.

'아침에 일어나서 손질하는 걸 봤는데 또 손질하는 걸까? 기사라는 사람들은 저렇게 시간이 나면 항상 검을 손질하는 걸까?'

검이나 무기에 대한 지식이 없는 레미는 그런 생각을 하면서 파일런의 모습을 쫓았다.

'슬슬 검을 바꿀 시기가 왔군. 꽤나 오랫동안 사용했는데 몇 년이지?'

파일런은 자신에게 몇 년이라는 시간쯤은 전혀 무의미하다는 것을 알면서도 그렇게 자문했다. 습관이나 버릇이라는 것은 시간이 지나면서 서서히 흡수되어 나중에는 손발처럼 신체의 일부가 되어버린다. 이때가 되면 버릇을 바꾸는 것이 거의 불가능해진다.

그는 15살의 나이로 처음 클레이모어(Claymore)로 검을 배웠고, 지금껏 오직 클레이모어만을 자신의 검으로 사용하고 있었다. 대륙을 통틀어 클레이모어라는 종류의 검을 쓰는 기사는 그다지 흔치 않았다. 클레이모어는 주로 중앙산맥의 고지대 출신 기사들이 사용했고, 그 특성상 그 검을 사용하는 기사들은 별로 많지 않았다.

'고지대 기사(High Lander)'라는 것은 원래 그 기원이 확실하지 않았다. 아메린 북부 산악 지역 출신의 소수 종족을 의미한다는 가설이 가장 유력했지만 그것도 마땅한 증거는 없었다. 하이랜더, 혹은 고지대 기사라는 말이 특정 계층을 의미하는 말로 정착된 것은 제국 시대 이후였다. 지금은 라이어른, 크림발츠, 그리고 아메린 3개 국 중에서 중앙산맥의 산악 지방 출신 기사들을 지칭하는 단어로 정의된 상태였다.

중앙산맥의 험준한 산세에서 태어난 이들은 보수적이고 전통을 중요시하는 성품을 갖고 있었고, 주술적인 힘을 갖고 있다고 믿는 문양을 검신과 가드(Guard)에 새겨 넣었다. 그 이외에는 특별한 형식도 없었고, 검신의 길이도 각자의 취향에 맞추어 제각각 달랐다. 그것이 클레이모어라는 검이었고, 고지대 기사들의 '혼'이었다.

그들은 험한 산악 지방에서 태어나 그곳에서 성장하며 검을 배웠고, 고집스러운 호전성은 저지대 사람들의 혀를 내두르기에 충분했다. 클레이모어는 그런 그들의 정체성을 상징하는 중요한 검이었다. 고지대 출신이 아닌 파일런은 그 때문에 이루 헤아리기 힘들 만큼 오랫동안 고지대 기사 흉내를 내는 얼간이라는 취급을 받아왔다.

"정말 바보 같아! 이게 도대체 몇 번째야?"

"여, 너무 그러지 말라구. 사람이 실수할 수도 있는 거지."

"사람이라면 실수를 안 할 수도 있는 거야! 인간의 탈을 쓴 목각인형아!"

튜멜 일행을 감돌던 한낮의 평화로운 침묵을 깨고 갑작스럽게 들려온 독특한 이중주에 모두들 고개를 들었다. 굵은 저음의 목소리와 카랑카랑한 고음의 목소리는 정신없이 뒤섞이며 어수선한 바람을 만들고 있었다. 자신들만의 이중주를 연주하기 바쁘던 두 존재는 일제히 입을 다물었다. 그리고 다시 저음이 들려왔다.

"안녕들 하십니까? 여행하기에는 좋은 날씨죠?"

"누, 누구냐?!"

튜멜의 반응은 늦었다. 그는 물을 만난 고양이처럼 잔뜩 털을 세우며 긴장했고, 매끄러운 쇳소리와 함께 롱 소드가 햇볕을 받았다. 레미는 롱 소드의 시퍼런 서슬에 미간을 좁히며 한 걸음 물러섰다.

두 명의 남녀가 천천히 길 쪽에서 그들이 머물고 있는 풀밭으로 내려왔다. 더러워진 셔츠에 갈색 가죽 상의와 바지를 입은 사내와 비슷한 복장의 어려 보이는 여자였다. 둘은 봄볕치고는 따가운 햇살을 막기 위해서 밀짚모자를 쓰고 있었고, 사내 쪽은 커다란 등짐을 지고 있었다.

각이 진 턱과 검게 탄 얼굴의 사내는 덩치가 컸고 손에는 기름을 먹인 가죽을 붕대처럼 감고 있었다. 사내는 손에 들고 있는 평범한 나무 지팡이에 비스듬히 기대며 히죽 사람 좋게 웃었다. 여자는 길고 폭이 넓은 이상한 가죽 가방을 비스듬히 메고 허리에는 전혀 어울리지 않는 롱 소드를 메고 있었다. 갓 20살이나 넘었을까 싶은 여자는 키가 크지 않았기 때문에 롱 소드의 검집은 여자의 발목까지 내려왔다. 여자는 눈을 동그랗게 뜨고서 호기심 어린 눈으로 튜멜 일행의 모습을 힐끔거렸다.

"어디까지 가십니까?"

"누구냐고 물었다, 내 기억이 맞는다면."

"네? 어랏? 귀족 어르신이네? 이런 데서 귀족 분들을 만날 줄은 몰랐는뎁쇼?"

검게 탄 얼굴의 사내는 검을 겨눈 튜멜을 보고서 태연한 얼굴로 웃으며 말했다. 그는 튜멜이 귀족이라는 사실을 알고도 별로 놀라지 않았다. 사내의 말투에는 마치 '날씨가 좋아서 나와 봤는데 꽃이 피었네?' 정도가 적당한 의미가 담겨져 있었다.

'언제부터 너저분한 평민 따위가 남작 가문과 친했던 거지?'

튜멜은 검을 겨눈 채 눈살을 찌푸려 불쾌감을 미련없이 표시했다. 레이드는 의아한 표정으로 턱을 북북 긁다가 아하! 하는 표정으로 히죽 웃었다.

"아아, 소개가 늦어서 그런가요? 귀족 어르신도 성질하고는……."

여기서 튜멜은 다시 한 번 발끈하면서 어금니를 으득 갈았다. 레이드는 예절을 챙긴다고 말하고 있었지만, 그 말은 튜멜을 더욱 짜증스럽고 신경질적으로 만들기에 충분했다.

"저는 레이드(Reide)라고 합니다. 이쪽은 제 미련한 딸아이인 에피

(Epi)라고 하죠."

"뭐야? 누가 당신 따위의 딸이라는 거야? 남의 미래를 멋대로 망치지 말아! 그리고 네놈보다는 내가 머리가 훨씬 좋아. 누가 미련해?!"

"에피! 입 다물어! 원래 높은 분들과 이야기할 때는 그게 예절이야!"

"네놈 같은 밑바닥 인생이 높은 분을 만날 기회가 어디 있다고 사기치는 거야? 평생 동안 진흙탕 속에서나 뒹굴던 인생인 주제에!"

에피라는 여자가 지르는 목소리는 카랑카랑했다. 튜멜은 당장이라도 시끄러움을 참지 못하고 버럭 소리 지르려는 욕구를 가까스로 억누르고 있었다. 레이드는 딸이라는 에피의 독설에도 그저 허허 웃으며 사람 좋은 농부처럼 보이는 미소를 지었다.

"어찌 되었든 초면인 사람들 앞에서 소리를 지르는 건 보기 안 좋아요."

한 걸음 물러선 위치에서 입을 다물고 있던 레미가 튜멜의 어깨에 손을 얹으며 말했다. 여태껏 검을 겨눠 들고 있던 튜멜은 레미의 손길에 흠칫 놀라며 어깨를 움츠렸다. 그는 벌겋게 달아오른 얼굴로 헛기침을 하면서 검을 거둬들였다. 하지만 여전히 이상한 부녀를 미심쩍은 눈으로 보고 있었다. 레이드는 잠시 동안 물끄러미 레미를 응시했다. 레미는 되려 의아한 눈으로 레이드의 시선을 피하지 않으며 되묻는 표정을 지었다. 레이드는 검게 탄 얼굴로 씨익 웃으면서 뒷머리를 벅벅 긁었다.

"하핫! 이거 고귀한 레이디시군요?"

"네? 별로 고귀하지는 않아요."

레미는 눈을 가늘게 뜨면서 웃었다. 에피는 입을 쩍 벌리고 레이드의 얼굴을 올려다보더니 기어코 말을 담아두지 못하고 쏟아냈다.

"뭐야? '고귀한'? 너, 어떻게 그런 단어를 알아? 그게 무슨 의미야? 비싸다는 의미하고 비슷한 거야?"

"무, 무례한!"

"입 다물어! 어디서 그런 소리를!"

튜멜은 발작적으로 검 손잡이를 움켜쥐었고, 레이드는 에피를 등 뒤로 숨기며 실실 웃었다. 하지만 정작 당사자인 레미는 입을 가리고 조그맣게 웃을 뿐 화를 내지 않았다.

"놔두세요. 모르고 그런 건데요. 고귀한이란 단어는 '지위가 높고 귀한' 이라는 정도의 의미란다."

"헤에~ 언니, 고귀한가요?"

에피는 레이드를 밀쳐 내면서 눈을 동그랗게 뜨고 물었다. 레미는 풋! 하고 웃으면서 고개를 저었다.

"별로. 그냥 평범한 여자란다."

"쓸데없는 말 장난하지 말고 와서 밥이나 먹어!"

이언은 낯선 두 사람의 출현을 전혀 신경 쓰지 않고 있었다. 그건 파일런도 별로 다르지 않았다. 다만 파일런은 손질을 끝낸 검을 집어 넣으면서 힐끔 레이드에게 지나가는 말투로 말을 걸었다. 파일런 특유의 낮고 무거운 목소리는 변함없이 어떤 위압감이 새겨져 있었다.

"여행자들인가?"

"네, 집도 없고 갈 곳도 없다 보니 바람처럼 떠돌고 있습니다, 기사님."

"너처럼 집도 없는 남자 따위 대륙의 평화를 위해서 제거돼야 해! 이렇게 예쁘고 가녀린 여자를 거칠기 짝이 없는 황야에서 늑대들과 동침하게 만들어?!"

'맙소사! 꼭 한 마디씩 토를 달아야 하는 계집이로군.'

튜멜은 정상적인 부녀 관계를 한참 무시한 채 오래전부터 길을 잃어버린 대화를 들으며 넌더리를 내고 말았다.

"튜멜 남작이라고 부르게."

그의 본심으로는 결코 이런 인간들에게 자신의 이름을 말하기 싫었지만 마땅한 호칭도 찾지 못하고 멋대로 부르는 두 사람의 행동에 짜증스러웠다. 특히 레이드가 '귀족 나으리'라고 부르는 말투는 어딘지 적당히 비꼬는 의미로밖에 들리지 않았다.

튜멜은 이제는 이런 사소한 것까지 짜증을 내는 자신을 발견하고는 더욱더 짜증스러운 기분으로 변했다. 솔직히 그는 이언 한 사람의 무례를 감당하고 인내하기도 힘들다고 생각하고 있었다. 하지만 레이드 부녀의 행동은 이언의 무례를 한참을 넘어서는 수준이었다. 튜멜은 시시각각으로 예민해져 가는 자신을 발견하며 암담한 기분이 들었다.

"저 숲을 건너가시려는 거면 신세 좀 지겠습니다. 요즘 시절은 하도 뒤숭숭해서 숲 하나 건너가는 것도 쉽지 않습니다."

"니가 길을 자꾸 잃어버려서 그런 거야! 또 한 번 엄한 곳에서 헤매면 죽여 버릴 거야!"

'신이시여, 어째서 제 주변에는 이런 무례한 인간들만 꼬이는 겁니까? 이 모든 것들이 저의 수양을 위한 것입니까?'

튜멜은 그런 생각을 하면서 무뚝뚝하게 고개를 돌렸다. 레미가 마족 왕국 카민으로 들어가기로 결정한 이상, 그들의 여행은 그다지 떳떳한 것은 아니었다. 대륙 사람들이 카민에 대해서 갖는 본능적인 반감은 그 골이 깊어서 좀처럼 좁혀지지 않는 골짜기와 같았다. 오히려 시간이 지나면서 강물에 침식된 반목의 골짜기는 폭이 더 넓어지고 있었다. 이제는 그 원인도 잊어버린 채 당연히 증오하는 대상이었다. 그런 이유 때문에 튜멜 일행은 일단 행선지를 폴리안까지라고 말해 두고 있었다.

레이드 부녀는 자연스럽게 식사에 끼어들면서 흔히 여정에서 만난 여행자들이 그렇듯 흔한 질문을 건넸다. 평민이 귀족들의 식사에 끼어든 모습 때문에 튜멜은 다시 한 번 발끈했지만, 미리 예상하고 있던 레미는 조용히 웃으며 고개를 저었다. 레이드와 에피는 물에 불려 부드럽게 만든 마른고기를 먹으며 기름기가 묻어나는 손을 입으로 빨았고, 그 모습 덕분에 튜멜은 식욕이 말끔하게 가셔 버렸다.

보통 여행자들은 하루에 두 끼 식사를 원칙으로 하고 있었다. 그것은 귀족이라도 마찬가지였다. 정오쯤에 마을에 들르게 되는 경우를 제외하면 이렇게 중간에 길을 멈추고 식사를 하는 경우는 아주 드물었다. 그런 경우에도 지금처럼 불은 피우지 않는 것이 일반적이고, 단지 뻣뻣한 마른고기를 물에 불리는 정도로 손질을 가하는 것이 전부였다.

불을 피우는 일은 워낙 까다로운 일이었기 때문에 굳이 불이 필요없는 낮 시간에 황을 태우며 불을 붙이는 일은 없었다. 식사라고 해봐야 여행자들이 다 그렇지만 장기간 보존에 문제없는 마른고기와 샘물이 전부였다. 습기가 많은 음식은 여행을 하면서 여러모로 불편하기 때문에 귀족들도 꺼려하는 부분이었다.

"근데 남작 나으리—여기서 튜멜은 다시 발끈했다—분들께서는 어디까지 가십니까?"

"일이 있어서 폴리안까지 가는데, 그쪽은?"

레미는 여행자용 음식에 서툴러서 힘들게 마른고기 조각을 찢어 내면서 무심하게 대답했다. 레이드는 그녀와는 대조적으로 마른고기를 한입에 털어 넣고 질겅질겅 씹으면서 말하고 있었다. 튜멜은 음식을 입에 넣은 채 말하는 폼새에 또다시 화가 났지만 레미의 눈치를 보느라 화도 마음껏 내지 못했다. 단지 끊임없이 엉덩이를 들썩거리며 얼굴빛만 시시각각 변화시키고 있었다.

"하하, 집도 없는 떠돌이 인생에 어디 목적지가 있겠습니까, 아가씨."

"웃기는 소리! 오전에만 벌써 8번째 길을 잃어버린 주제에. 맨날 길을 잃고 헤매니까 목적지가 없는 거 아냐? 말을 똑바로 해."

"용병 출신이군?"

지금까지 침묵을 지키던 파일런이 불쑥 묻자 레이드는 웃음기를 단번에 거뒀다. 에피도 레이드와 거의 동시에 입을 다물고 딴청을 피우기 시작했다. 레이드의 시선은 파일런의 허리에 매달린 검으로 이어졌다.

'클레이모어? 고지대 기사? 이런 곳에? 적어도 멋으로 검을 달고 다니는 얼간이는 아니군.'

"무슨 말씀이신지? 어디 이런 몰골로 다니는 용병이 있겠습니까? 갑옷 하나 없이. 제 딸년이 갖고 있는 것도 그냥 위협용입니다. 도시에서 저런 걸 달고 다니면 시비거는 놈들이 없거든요. 하하하."

"손바닥에 가죽을 감아두는 것은 용병들의 버릇이지. 여차하면 어설픈 단검 정도는 맨손으로 받아낼 수 있으니까. 검을 잡을 때도 쉽게 미끌어지지 않으니까 여러모로 편리하지. 그리고 검은 장식용으로 갖고 다닐지는 몰라도 활은 장식용이 아닐 텐데? 드러내 놓고 다니지도 않고 가방에 넣고 다니는 걸 보니 활시위를 풀고 손질할 줄 안다는 의미가 아닌가?"

파일런은 턱짓으로 에피를 가리키면서 고기를 씹었다. 레이드와 에피는 서로 마주 보면서 입을 다물고 있다가 어깨를 으쓱하면서 웃었다.

"네, 용병대에 있었습니다. 뭐, 특별히 속이려는 의도는 아니었고, 이런 데서 용병과 마주치면 다들 경계하고 꺼리길래 말하지 않은 겁니다."

"고용되지 않은 용병은 도적이고, 고용된 도적은 용병이다."

"에? 용병대에 계셨습니까? 그런 말도 다 아시고?"

"평생 전쟁터만 찾아다닌 몸이라서. 어디 소속이었나?"

"별로 이름없는 용병단에 있었습니다. '회색남풍(Gaisud wint)'에 있었습니다."

"피를 부르는 남풍이라. 용케 그 나이까지 살아남았군."

"운이 억수로 좋다 보니 이렇게 무사히 은퇴하고 떠도는 인생을 살고 있죠. 용병대에 관해서 잘 아시는 모양입니다? 회색남풍이라는 이름을 아시다니?"

"길을 잃어버리는 용병 따윈 들어보지도 못했어. 넌 짤린 거잖아!"

이언은 무관심했으며, 튜멜은 여전히 짜증을 내고 있었고 레미는 묵묵히 대화를 듣고 있었다. 파일런은 레이드 부녀에게 시선조차 두지 않은 채 고기를 씹으며 묵묵히 입을 열었다.

"200년이 넘는 역사를 가진 용병단은 흔치 않으니까. 제이스 저윈(Jayce Jerwin)이라는 얼간이가 기사단에서 쫓겨나서 만든 기사단이지."

"제이스 저윈이라고요? 그런 이름은 처음 들어보는데… 발트하임의 기사였습니까?"

"아니, 아메린의 기사였어. 누명을 쓰고 국경을 탈출해서 라이어른까지 흘러 들어와 어중이떠중이를 끌어 모아서 만든 용병단이지."

"예? 회색남풍이 아메린의 기사가 만든 용병대였습니까? 거기에 몸담고 있던 저보다 자세히 아시는군요?"

"저원의 반지를 아는가?"

파일런은 마른고기를 찢으며 무감동하게 물었다.

'저원의 반지? 이 작자는 뭐지?'

"네, 역대 회색남풍 리더에게 넘겨져 오던 반지를 말씀하시는군요. 원래 한 쌍이었다고 하더군요. 나머지 한 짝의 반지를 가져오는 자에게 모든 군사력을. 저희 회색남풍의 첫 번째 규율입니다. 그것까지 아시는 겁니까?"

"15살 때부터 검을 쥐고 평생을 전장에서 지냈으니까."

파일런의 말에 레이드는 조금 질린 표정을 지었다. 파일런의 말은 무심했고 억양도 없는 목소리였다. 하지만 레이드는 명색이 용병이었고, 나름대로 전쟁터에서 많은 시간을 보냈다고 자부하는 인물이었다. 그도 사람의 눈을 보고 구별할 능력이 있었다. 때문에 레이드는 잔뜩 긴장한 눈으로 파일런의 눈치를 보았다. 늙고 그늘진 파일런의 눈은 전투에 찌든 눈이었다. 한두 해 전쟁터에 참가하는 것으로는 흉내조차 내지 못할 눈이었다.

날씨는 여행하기에 쾌적했고 평화로웠다. 불어오는 바람은 다행스럽게도 남풍이 아니었고, 누구의 피도 부르지 않았다.

기억의 무게

〈 1 〉

"갈수록 태산이군."
 튜멜은 말에서 내려 전방에 서 있던 이언과 파일런에게 다가서면서 투덜거렸다. 파일런은 천천히 로브를 벗고 있었고, 이언은 길게 하품을 했다. 튜멜은 말 안장에 투구를 두고 왔다는 데 생각이 미쳤지만 이내 미련을 털어버렸다. 이언을 대신해 마부석에 앉아서 마차를 몰던 레이드는 턱을 긁으며 혀를 찼고, 에피는 슬그머니 마차 지붕에서 자세를 고쳐 앉았다.
 "포위당했어. 솜씨가 나쁘지는 않군."
 파일런은 검집을 가볍게 누르며 중얼거렸다. 이언은 고개를 주억거리며 힐끔 뒤를 돌아보았다. 에피가 슬그머니 가방을 열고 있는 모습이 눈에 들어왔다. 갈피를 못 잡고 있는 사람은 튜멜 혼자뿐이었다.

레이드는 자신의 묵직한 나무 지팡이를 발치에 기대놓았기 때문에 손만 뻗으면 바로 잡을 수 있는 상태였다. 이언은 만족스러운 미소를 지으며 뒷짐을 지고 섰다. 동시에 그의 손에는 희미한 빛이 일렁거리기 시작했다. 튜멜은 늑대와 싸우기 직전에는 그가 뒷짐지지 않았다는 것을 기억했다. 그가 뒷짐을 지는 것은 기습을 위한 속임수였다.

"네, 네놈들! 가, 감히 남작 일행을 가, 가로막겠다는 거냐?!"

긴장 때문에 갈라진 튜멜의 목소리에는 전혀 위압감이 없었다. 상대는 의아한 표정을 지었다가 이내 환하게 웃었다. 하지만 별로 매력적인 미소는 아니었다.

"호오~ 남작님이신가요? 돈이 많겠군요? 얌전히 건네주시면 서로 얼굴 붉힐 일이 없을 거외다."

숲길을 가로막고 있는 사내는 느물거리며 웃었다. 대륙 남부 지방의 크림발츠와는 달리 라이어른의 숲은 대부분 습하고 어두웠다. 또한 나무들도 키가 크고 우람한 수종이 많았기 때문에 충분히 넓고 곧은 길을 만드는 것도 쉽지는 않았다. 그것은 반대로 도적들의 은신처로 삼기에 적당하다는 의미와도 같았다.

일행을 포위한 도적들은 도끼와 철퇴 등으로 무장하고 있었고, 길을 막아선 리더만 롱 소드를 들고 있었다. 철퇴를 들고 있던 덩치 큰 사내가 천천히 다가왔다. 튜멜 일행 중 무기를 든 사람은 아무도 없었고, 싸울 의사를 표시하지도 않고 있었다.

"남작, 거리를 좁히지 말게. 접근전은 자네에게 무리야. 그냥 자리를 지키고 있게."

"네, 디르거 경."

"그렇지. 그렇게 얌전히 있어야 다치지 않는 거야. 가끔씩 치기어린 놈들이 멋모르고 반항을 할 때도 있지. 그렇지만 우리는 말이야……."

롱 소드를 들고 있던 사내는 말을 마치지 못했다. 무언가 낙엽깔린 숲길을 또르르 굴러와 그의 발치에서 멈춰 섰다. 사내는 의아한 눈으로 그것을 보았고, 그게 사람의 머리라는 것을 발견하는 데는 시간이 좀 걸렸다. 파일런은 살점이 엉겨 붙고 피가 흐르는 클레이모어의 검신을 꼼꼼하게 살펴보면서 무심한 표정을 지었다. 그는 과묵했다.

"……."

"우리는 얌전히 있겠다고 말한 적 없어. 무도회 초대장을 받았으니 놀아볼까?"

"이런 상황에서 그런 말이 나오냐?!"

"넌 입 다물고 있어, 바보 남작."

"죽여!"

도적들은 사태를 곧바로 파악하지 못한 채 잘려진 목에서 뿜어 나오는 피로 낙엽을 적시고 있는 동료의 시체를 멍하니 보고 있었다. 그들은 다시 정신을 차리고 무기를 꼬나쥐었지만 이미 늦었다. 불길이 숲을 밝히며 뻗어 나가서 멍청히 서 있던 도적의 가슴을 관통했고, 숨이 끊어진 사내의 육체를 불태웠다.

쌔애액!

휘파람 소리가 나면서 직사로 날아간 화살이 또 다른 도적의 목을 관통했다. 사내는 꾸룩거리는 소리를 내면서 목을 움켜쥐었지만 폐로 공기를 불어넣어 줄 식도가 이미 존재하지 않았다. 호흡이 새면서 사내의 목에서 피가 거품처럼 끓어 올랐다.

에피는 마차 지붕에서 두 번째 화살을 시위에 매기면서 눈으로는 벌써 표적을 쫓고 있었다. 확고한 지형만 확보된다면 활은 무엇보다도 강력한 무기였다. 에피는 마차의 지붕을 그 지형으로 선택하고 있었다. 마차 지붕은 사람의 키 높이를 훨씬 넘기고 있었고, 기어오르기도 수월찮았다. 애초부터 마차는 지붕에 사람이 기어 올라가도록 설계된 구조가 아니었다. 전격적인 돌격을 막아낼 수 있는 위치를 확보한 에피가 쏘아대는 화살은 위력적이었다.

"무, 무슨?!"

리더인 사내는 섬뜩한 소리를 내면서 나무에 박혀서 부르르 떨고 있는 화살 때문에 식은땀을 흘리며 욕지거리를 내뱉기 시작했다. 활이라는 무기는 잘 훈련된 용병이나 군인들의 전매특허였다. 사내는 평범한 일개 여행자들이 활을 갖고 있다는 사실에 당황했다. 파일런과 이언이 거의 동시에 숲을 달리기 시작했다. 그들은 마차를 나머지 세 사람에게 맡겨도 충분하다고 판단하고 있었다.

파일런의 검술은 전혀 화려하지 않았다. 가끔씩 검술 시합에서 기사들이 보여주는 곡예에 가까운 검술과는 아무런 상관도 없었다. 대신에 치명적으로 빠르고 정확했으며, 위력적이었다. 아무런 군더더기 동작도 없었기 때문에 단조롭고 밋밋해 보였지만 현실은 그렇지 않았다.

파일런은 허리를 굽혀 메이스(Mace)를 피하면서 상대의 발목을 겨누고 검을 휘둘렀다. 그의 클레이모어는 한 손으로 쓰는 롱 소드와 길이가 비슷했지만 손잡이는 두 손으로 쓰기에 충분한 길이를 갖고 있었다. 덕분에 그의 검은 롱 소드와는 비교하기 힘들 정도로 정교했고 빨랐다.

발목이 잘려 나간 사내는 끔찍한 비명을 지르며 나뒹굴었지만 비명을 오래 지르지는 못했다. 넘어지기 무섭게 파일런의 검이 사내의 목을 찔렀던 것이다. 무섭도록 실용적인 검술이었다. 검과 검이 격돌하면서 불꽃을 튀기며 비명을 질렀다.

"헤에~ 보기보다는 별거 아니군. 늙은 기사 양반, 너무 늙은 거 아뇨?"

"피해봐라."

파일런은 상대의 검을 튕겨내고는 별다른 기술 없이 속도 위주로 검을 휘둘렀다. 히죽 웃던 사내는 갑자기 파일런의 검을 눈으로 쫓을 수 없게 되자 창백하게 변했다. 파일런의 클레이모어는 한 가닥의 은빛 선이 되어 허공을 날았다. 어지간히 단련된 눈으로도 검의 궤적을 읽는 것이 불가능할 정도였다. 두 번째로 검이 격돌하자 사내는 롱소드를 쥐고 있던 손목이 부러졌다는 것을 깨달았다.

파일런은 짧게 검을 되돌렸고, 다시 온 힘을 실어서 검을 휘둘렀다. 검을 쥐고 있던 사내의 팔뚝이 팔꿈치 부근까지 힘없이 바닥에 떨어졌다. 사내는 낙엽 속에 뒹구는 자신의 팔뚝과 검을 보면서 입을 벙긋거렸다. 너무나 빨랐기 때문에 그는 무슨 일이 일어났는지 실감하지 못했고, 고통도 미처 느끼지 못하고 있었다.

"어! 어! 어!"

사내는 동맥이 잘려 피가 솟구치는 팔꿈치를 부여잡으며 주저앉아서 뻐끔거렸다. 공포로 치떠진 눈에 비치는 파일런은 입을 꾹 다물고 무표정했다. 사내는 바짓가랑이가 흠뻑 젖도록 소변을 지리며 입가로 침을 흘리기 시작했다. 파일런은 마치 정교한 공성병기처럼 정확하게 움직이고 있었다. 그는 거리를 잡기 위해서 한 걸음 물러서면

Chapter 2 기억의 무게 137

서 검을 수평으로 휘둘렀다.
 잘려진 사내의 머리는 숲 저편으로 날아가 버렸다. 그는 어설픈 도시 건달들처럼 수다를 떨면서 싸우지는 않았다. 그저 입을 꾹 다물고 엄청난 집중력으로 상대하고 있었다. 상대가 누구인가, 얼마나 강한가는 중요하지 않았다. 그는 지금껏 검을 뽑아 든 이후로는 상대가 5살짜리 어린아이라도 자신의 최대 실력으로 맞부딪혀 나가면서 살아온 사내였다.
 '검 앞에서는 진지해라.'
 파일런은 거리를 확보하기 위해 반보 정도 물러서면서 반원을 그리며 또다시 검을 아래로 휘둘렀다. 그의 절망적인 하단 베기는 상대의 한쪽 무릎을 잘라 버렸다. 거의 1초 차이로 동시에 팔과 다리가 잘려 나간 사내는 바닥을 뒹굴면서 거품을 물고 있었다. 도끼를 휘두르던 사내의 눈은 공포로 한없이 치떠진 채 허공을 보고 있었다.
 "아… 아……."
 잘려진 사내의 팔과 다리에서 사방으로 피를 뿜어냈다. 파일런은 힐끔 사내를 내려다보았다. 묵묵히 강물을 지켜보는 눈빛이었다.
 '얼마나 지겹게 봐오던 눈빛인가.'
 파일런은 그런 생각을 하면서 검을 거꾸로 들고는 누워서 버둥거리는 사내의 심장에 수직으로 검을 찔러 넣었다. 파일런의 예리한 클레이모어는 사내의 심장을 관통해 땅속으로 파고들었다.
 "우와악!"
 튜멜은 자신의 머리를 노리고 날아든 철퇴를 아슬아슬하게 피하며 신음을 내뱉었다. 본능적으로 쏟아지는 공포는 그의 사지를 세이렌(Siren)처럼 물고 늘어지며 자꾸만 물속으로 끌어들이고 있었다. 그는 마치 물속에 빠진 사람처럼 허우적거리며 낙엽 깔린 바닥을 기어서 뒤쪽으로 도망쳤다. 튜멜은 철퇴에 맞으면 자신의 갑옷 따위는 전혀 소용이 없다는 것을 알고 있었다. 그래서 그는 공포를 느꼈고, 자신의 손에 검이 들려 있다는 것도 잊고 있었다.

"우아! 그, 그만둬! 하지 마!"

사내가 비릿한 웃음을 지으며 철퇴를 치켜들었을 때, 튜멜은 절망적인 공포를 느끼며 본능적으로 두 손으로 머리를 가렸다.

"커헉!"

사내는 숨이 막히는 비명을 질렀다. 사내가 철퇴를 머리 위로 치켜드는 순간 이언이 뛰어들었다. 그는 사내의 등에 어깨를 붙이며 머리 위로 들려진 사내의 팔을 등 뒤로 꺾어버렸다. 단순히 힘으로 꺾는 것이 아니라 한쪽 팔꿈치로 상대의 어깨를 누르고 있었기 때문에 사내의 오른쪽 어깨는 이언의 관절기에 간단하게 부러져 버렸다. 이언은 등 뒤에서 곧바로 상대의 목을 팔로 감아서 목뼈를 부러뜨렸다. 그러자 우둑거리는 소리가 나면서 사내는 물에 젖은 솜 인형처럼 늘어져 버렸다.

"불꽃!"

불길이 뻗어 나가 서너 걸음 앞까지 다가왔던 사내의 머리와 한쪽 어깨를 동시에 날려 버렸다. 사내는 으깨진 모습으로 불타오르며 바닥에 나뒹굴었다.

"도망간다!"

레이드가 숲 사이를 뛰는 도적을 가리키며 소리쳤다. 무릎이 풀려 버린 이언은 땅에 흠뻑 젖은 얼굴을 들면서 이를 갈았다. 무기를 가진 자들을 상대로 거의 맨몸으로 부딪히다시피 했던 이언은 지독하게 지쳐 있었다.

"내가 잡는다!"

에피는 용병식 말투를 쓰면서 마차에서 뛰어내렸다. 상당한 높이인데도 두툼하게 깔려진 낙엽 위로 떨어진 그녀는 '사락' 하는 소리밖에 내지 않았다. 에피는 화살을 시위에 걸면서 뛰더니 우람한 나무 곁에서 멈춰 섰다. 그리고 활시위가 비명을 지르며 몸을 젖혔다. 활은 분명히 멀리 나가는 무기였지만 무한대로 날아가지는 않았다. 그리고 일정 거리 이상으로 날리기 위해서는 오랜 훈련을 필요로 하는 곡사를 해야 했다. 하지만 숲의 울창한 나뭇가지들 사이로는 곡사는 불가능했다. 에피는 나무 사이로 멀어지는 사내의 등허리를 노려보면서 시위를 겨냥했다. 그리고 넓어진 나무 사이로 사내가 다시 모습을 드러냈을 때 에피는 시위를 놓았다.

쐐애액!

화살이 시위를 떠나는 순간, 에피는 재빨리 두 번째 화살을 시위에 걸었다. 사정 거리가 훨씬 길고 압도적인 위력을 가진 석궁이 있는데도 활이 존재하는 이유는 간단했다. 석궁을 장전할 시간이면 잘 훈련된 궁사의 경우에는 최소한 20발에 가까운 화살을 날릴 수 있었다. 정조준만 아니라면 열을 세는 시간이면 화살 한 발을 날릴 수 있었다. 그것은 확실한 매력이었다. 두 번째 화살은 필요하지 않았다. 화살은 등을 돌려 도망치던 사내의 척추를 관통해 버렸다. 에피는 반쯤 당겼던 시위를 풀면서 화살을 비껴냈다.

"예에~!"

에피는 등을 돌려 돌아오면서 손가락으로 브이 자를 그려 보이며 웃었다. 튜멜은 여전히 바닥에 주저앉은 채 이빨을 떨고 있었고, 이언은 휘청거리는 몸을 가누며 차갑게 웃고 있었다. 그 틈에 파일런은 꼼꼼하게 시체들 사이를 오가며 아직 숨이 붙어 있는 자들의 목에 검을 찔러 넣었다.

"무, 무슨 짓이야? 등을 돌린 자에게?! 인간에게는 자비란 게 있는 법이다!"

"한 놈이라도 살려 보냈다면 오늘 밤에는 우리가 이런 신세가 될 거예요, 남작 오빠."

'남작 오빠?'

튜멜은 멍한 시선으로 입을 벌린 채 가만히 있었다. 이언은 마차의 바퀴에 기대앉으면서 헐떡거렸다. 그는 자신의 곁에 쭈그리고 앉은 에피를 힐끔 보면서 차갑게 번득였다.

"오빠, 그거 뭐야? 손에서 불이 나가는 거?"

"마법이다."

"마법? 오빠, 마법사야?"

"그럼 광대가 마법을 쓰겠냐?"

"나 그거 가르쳐 줘. 무지 재미있을 거 같아."

"바보냐? 아무나 마법을 쓰게?"

"시끄러! 너도 못하는 주제에 끼어들지 마."

에피는 여전히 이언 곁에 쭈그리고 앉은 채 레이드에게 이를 드러내 보였다. 이언은 아찔한 현기증을 느끼는 상태에서 바로 곁에서 쫑알거리는 에피의 존재가 신경에 거슬렸다. 하지만 굳이 뭐라고 잔소리를 하기엔 너무나 귀찮은 상태였다. 에피는 그런 이언의 마음은 개의치 않은 채 계속 그에게 달라붙고 있었다.

"에피! 나한테 그런 식으로 말하지 말랬지? 나는 사람들에게 가정교육을 난도질해서 죽이는 취미를 가진 변태 부모 취급을 받고싶진 않아!"

"언제 가정교육이 있었는데? 난 못 봤는데?"

마차 안에서 그 소리를 듣던 레미는 애써 태연한 표정을 지으려고 애썼다. 커튼이 내려져 밖은 보이지 않았지만 사람들이 지르던 비명 소리는 아직까지 그녀의 귓가에서 맴돌고 있었다. 그녀는 문틈으로 스며드는 비릿한 피 냄새에 구역질이 나왔다. 참고 견디기 힘든 역겨운 느낌이었다. 식은땀이 말없이 그녀의 속옷을 적시며 흘렀다.

그녀는 부들부들 떨리는 어깨를 감싸 쥐었다. 조금 전까지 싸움이 계속되는 동안에도 떨리지 않던 그녀의 몸은 위험에서 해방되는 순간 바로 반응하고 있었다. 마차 밖에서는 오가는 대화의 절반이 욕설로 점철된 부녀 간의 대화가 들려왔고, 속옷은 끔찍하게 젖어 몽마처럼 그녀의 몸에 달라붙었다. 하지만 그녀의 귓가에는 여전히 사람들의 비명 소리가 맴돌았다.

그녀는 그것이 어떤 것인지 알고 있었다. 눈물에 젖은 눈이 공포에 침식당하는 인간의 얼굴. 공포는 사람들의 얼굴을 침식했고, 사람들의 신경을 녹이며 파고들었다. 시퍼렇게 다듬어진 칼날은 피를 머금어 축축해지고 목이 잘리는 순간까지 지르던 비명은 고막에 끈적하게 달라붙었다.

"언니, 다친 데 없어요?"

에피가 문을 열었을 때, 레미는 튕겨나듯 마차 밖으로 뛰어나왔다. 그리고 바닥에 대고 격렬하게 토하기 시작했다. 튜멜 일행은 일순간에 석고상처럼 굳어버렸다. 레미는 눈물을 흘리며 낙엽을 움켜쥐었고, 시큼한 그것을 떨쳐 내려고 애썼다. 몽마처럼 집요한 그것은 쉽사리 그녀를 벗어나려 하지 않았다. 그녀가 진정된 것은 끔찍한 현장에서 벗어나 한참 동안을 달리고 나서였다. 상당히 먼거리까지 벗어난 튜멜 일행은 창백한 레미의 얼굴 때문에 불안한 마음을 접으며 일단 멈춰 섰다. 이언은 끊임없이 투덜거리며 불을 피워 차를 끓였다.

"괜찮은 거예요, 언니?"

"으응, 이제 괜찮아."

뜨거운 차를 두 잔이나 마시고 나서야 레미는 겨우 진정했다. 여전히 그녀의 안색은 창백했고 식은땀이 맺혀 있었다. 튜멜은 그제야 생각난 듯 멀찍이 물러서더니 서코트에 묻은 낙엽 조각과 흙을 털기 시작했다. 자신에게 쏠린 주의가 부담스러워진 레미는 어깨를 움츠리며 말을 꺼냈다.

"라이어른이 원래 이렇게 험한 곳이었나요?"

"그건 아니죠, 아가씨."

"레미, 레미 아낙스예요. 그냥 레미라고 불러요."

"네, 아낙스 양. 원래 이 정도까지 막나가는 분위기는 아니었습니다. 하지만 요즘 들어 어쩐 일인지 지방 영주들의 경비병들이 모두 어디론가 불려갔습니다. 원래 지방 치안은 그 지방 영주가 사병을 고용해 유지해야 하는 법인데 창이든 검이든 무기를 다룰 줄 아는 놈들은 모조리 사라져 버린 거죠. 영주들은 자신의 영지에서 도적들이 날뛰고 다녀도 막을 방법이 없습니다. 아마 자신들의 저택을 지키기도 벅찰 겁니다. 병사들이 어딘가로 집결하고 있는 모양인데, 그 덕택에 이런 지방은 치안이 말도 아닙니다. 게다가 이곳 발트하임은 그래도 나은 편이고, 말을 들어보니 라이어른의 다른 나라들은, 이를테면 동쪽의 게일이나 노드 게일(Nord-Geil), 뤼막(Luimak) 같은 곳은 장난도 아니라더군요. 그나마 치안이 유지되는 건 발트하임, 페임가르트, 브레나(Brena) 정도 일까요? 라이어른 맹약국 6개 국가 중에 나머지 3개 국가는 전쟁터나 마찬가지랍니다."

"너무하는군요. 어쩌다 그런 일이……."

"그것보다 중요한 건, 그만큼 민심이 흉흉하다는 점일 겁니다. 실제로 작은 마을 같은 경우에는 외부인의 접근을 허용하지 않을 정도니까요. 자칫하면 농부들에게 도적으로 몰려 죽임을 당할 수도 있습니다. 뭐, 여기 계신 분들처럼 이렇게 높으신 분들이라면 그럴 걱정은 없지만."

레미가 혀를 차는 동안에 이언과 파일런은 서로의 거리를 좁혀 당겨 앉으며 나직하게 속삭였다. 워낙 목소리가 낮은 데다 서로 딴 곳을 보면서 대화를 하고 있었기에 모두들 그들의 대화에는 신경을 쓰지 못했다.

"발트하임과 페임가르트, 브레나? 뭔가 이상하군."

"라이어른 맹약국 중에서 서쪽 3개 국이죠. 치안이 엉망이라는 게 일과 노드 게일, 뤼막은 동쪽 3개 국이고요. 우리가 모르는 곳에서 재미없는 농담이 오가는 모양입니다."

"여행하기엔 별로 유쾌하지 못해."

"일단은 발트하임을 여행하는 동안에 정보를 수집해야 할 겁니다. 아직은 아무것도 짐작할 수 없습니다."

"부탁하네."

"네."

이언은 말을 끊으면서 차를 한 모금 마셨다.

〈 2 〉

"자넨 조금 특이한 친구로군?"
레이드는 마차를 몰면서 고개를 돌렸다. 마차 지붕에 묶여진 화물 사이에 에피와 함께 있던 이언은 멀뚱히 레이드의 얼굴을 힐끔거렸다.
"마법사가 세상에 존재하는 것도 놀랍지만, 세상에! 내가 마법사를 만나다니. 하여간 그건 그렇다 치고 어떻게 그런 상황에 마법을 쓰는 거지?"
"알기 쉽게 남들이 알아듣는 말로 해봐."
"마법사도 결국 궁사와 똑같은 거 아냐? 화살 대신에 불덩이를 날리는 거잖아? 그렇다면 궁사들처럼 안전한 위치를 확보해야 하는 게 상식이 아닐까? 마법사는 좀 다른 건가?"
"간단해. 난 천재거든."

"천재는 보통 절반쯤 정신 나간 인간이지. 네가 천재라면 너도 정신 나간 미치광이라는 소리겠지?"

혼자 마차 안에서 여행하기가 지루했든지 레미가 고개를 내밀었다. 마차는 걷는 속도보다 조금 빠른 정도로 달리고 있었기 때문에 그리 시끄럽지 않았다. 그녀는 흔들거리는 창틀에 상체를 기대면서 용케 균형을 잡으며 지붕을 올려다보았다. 이언은 혀를 차면서 지붕 밖으로 주먹을 휘두르며 소리 질렀다.

"방금 그거 삼단 논법으로는 훌륭한데 결론이 맘에 안 들어."

"근데 오빠, 저 바보가 뭐라는 거예요?"

"에피! 그게 부모에게 할 소리냐?"

"닥쳐! 넌 바보잖아!"

곧바로 레이드와 에피는 마부석과 지붕을 사이에 두고서 격렬하게 부녀만의 대화에 빠져들었다. 이언은 시끄러운 듯 돌아누워 버렸고, 레미는 그들의 대화를 들으며 혀를 내둘렀다. 그녀는 사람이 저렇게 빨리 말할 수 있다는 것과 라이어른 어에 욕설이 그렇게 다양하게 존재한다는 새로운 사실을 경험하고 있었다. 개중에 오가는 용병식 욕설은 그녀의 귀에는 대체 무슨 의미인지 이해할 수가 없는 낯선 언어로 들렸다.

특히 'Tulax!'라는 단어는 라이어른 어에 능통한 레미도 그 의미를 이해하지 못하는 단어였다. 그녀는 자신이 라이어른 어를 배울 때 저런 단어를 사전에서 찾은 적이 있었는지 고민했지만 전혀 기억에 없었다. 그녀로서는 굉장히 빈번하게 사용되고, 말투로 보아서 욕설이 분명하다는 것 정도만 짐작할 수 있었다.

그녀가 알아듣지 못하는 그 단어는 '거세된 겁장이 숫소' 정도의 의미를 갖고 있었다. 순수하게 용병들만이 사용하는 조어였기 때문에 그녀로서는 알아듣는 것이 이상했다. 듣기 거북한 욕설이 오가는 것을 참다못한 레미는 황급히 화제를 돌렸다.

"나도 궁금한데 저 떠돌이 마법사가 뭐가 이상한 거죠? 물론 미쳤다는 사실을 빼고요. 그건 예전부터 알고 있었던 거니까 빼고요."

"노처녀! 개구리로 만들어줄까!"

"웃기지 마. 사람을 개구리로 만드는 마법이 있다는 소린 못 들어봤어."

딸과 격렬한 욕설을 주고받던 레이드는 그 덕분에 처져 버린 선두의 파일런과 튜멜에 맞춰 마차의 속도를 높이기 시작했다.

"난 자네가 근접전을 벌이는 마법사라는 게 믿을 수가 없어."

"저 떠돌이, 예전부터 항상 그래 왔는데, 그거 힘든 건가요?"

"그게 아니라… 뭐, 움직이면서 마법을 쓰는 건 좋습니다. 저는 마법은 전혀 모르지만, 제가 보기에 그것도 사실 불가능할 것 같습니다. 적어도 궁사와 비교해 본다면 말이죠. 제가 정말로 어이가 없는 건, 저 친구가 검을 든 상대와 격투전을 벌인다는 점입니다. 용병적인 관점으로 본다면 그런 짓을 할 수 있다는 건 운동 신경이나 체력이 그들과 동등하거나 그 이상이라는 의미입니다. 아까 저 친구가 보여준 움직임은 용병으로서도 손색이 없을 정도였죠. 손에 검이 들려 있었다면 굳이 마법을 쓸 필요도 없을 것 같더군요. 저 정도의 몸놀림이면 검술 같은 건 기초만 가르쳐 줘도 일류 용병이 될 겁니다. 게다가 어디서 배웠는지는 모르지만 말로만 듣던 관절기까지 쓰더군요. 용병 생활 한두 해 해본 것도 아니고, 세상천지에서 별의별 인종들을 다 겪어봤지만 저런 친구는 처음입니다."

"관절기가 뭐죠?"

"쉽게 말해서 상대의 뼈나 관절을 부러뜨리는 기술입니다. 저도 겨우 한두 번 본 거라 잘은 모릅니다만."

"그렇게 복잡한 문제가 있었나요?"

"웬만한 전사나 기사들이 검을 휘두르는 건 보통 사람들은 피하지 못합니다. 검이 날아오는 것을 미처 못 보거든요. 쉽게 말해서 기사들이라는 건 육체적인 면에서 비정상적으로 발달한 존재들이거든요."

"너도 근육밖에 없는 인간이잖아?"

"에피이! 입 다물지 않으면 오늘 저녁엔 니 입술에 멋진 바느질 솜씨를 보여줄 거야!"

"웃기지 마! 그랬다간 내가 사람들에게 니 잘난 창자가 어떻게 생겼는지 구경시켜 줄 거야!"

레미는 자신이 과연 이런 대화를 듣는 것에 익숙해질 수 있을지 고민했다. 두 사람 때문에 모든 대화가 오래 지속되지를 못했다. 그녀는 이언이 어떻게 싸우는지는 전혀 관심이 없었다. 그저 말을 돌릴 화제가 필요했던 건데 아무런 쓸모가 없었다.

"이언 오빠, 움직이면서 마법을 쓰는 게 힘든 거야? 그냥 '불꽃' 하고 소리를 지르는 것뿐이잖아?"

"너, 어디 가서 머리 나쁜 계집애라는 소리 못 들었냐?"

이언은 어이가 없는 눈으로 에피를 바라보았다. 에피는 생긋 웃으면서 태연하게 말했다.

"응, 항상 그런 소리를 듣는데? 그러니까 내가 알아들을 만한 쉬운 말로 설명해 줘."

"너는 상대방이랑 칼싸움을 하면서 적분을 암산할 수 있냐?"
"그거 쉬운 말이야? 적분이 뭔데?"
"수학이야. 수학이 뭐냐는 표정 짓지 마. 그런 게 있어. 좀 더 쉽게 말해 주지. 너 세 명의 칼잡이와 싸우면서 100을 꺼꾸로 세면서, 오늘 저녁에 먹을 스튜의 조리법을 고민하면서, 대륙에 있는 나라와 수도 이름을 나열하면서, 라이어른의 기념일들을 외우면서, 네 친구들 모두의 이름과 나이를 외우면서, 저녁때 일기장에 뭐라고 적을지 고민하면서, 네 첫사랑이었던 남자가 어떻게 생겼는지 고민하면서, 앞으로 아들을 낳게 되면 이름을 뭘로 지을 건지 생각해 볼 수 있냐? 이것들을 동시에 말이야. 그 정도로 정신을 집중할 수 있어야 해."

모두들 감탄했다. 즉흥적으로 저렇게 길게 예를 들 수 있는 이언의 말솜씨는 분명 정상이 아니었다. 모두들 그의 말솜씨에 감탄하는 동안에 에피는 딸꾹질을 참는 표정으로 간신히 입을 열었다.

"마법은 어려운 거구나."

레이드는 자신의 딸이 가진 지능을 진지하게 의심해 보았다. 반면에 레미는 이언이 말하는 황당한 조건을 아주 간결하게 대답하는 에피의 센스에 감탄했다.

"근데 마법을 쓰는 데 그런 게 왜 필요해? 기념일이니 내 아들 이름을 뭘로 할 건지 같은 거."

"넌… 비유법도 모르냐?"

이언은 신음에 가까운 목소리로 에피에게 물었다. 에피는 볼이 부운 표정을 지으며 이언을 바라보았다.

"씨이~ 그래, 난 못 배워서 무식하고, 원래 저런 인간의 딸이라 머리도 나빠. 오빠가 말하는 거랑 마법을 쓰는 거랑 무슨 상관이 있는 건데?"

"결론적으로 아주 쉽게 말해서, 마법이란 건 아무나 배운다고 쓰는 게 아냐. 개나 소나 검만 잡으면 검사라고 우기는 것과는 전혀 다른 문제야. 선천적으로 타고난 자들만 마법을 쓰는 능력을 배울 수 있는 거야."

"치이, 처음부터 그렇게 말했으면 쉬운 거잖아? 괜히 저… 뭐라더라?"

"적분."

"그런 게 어떻고 하니까 내가 못 알아듣잖아? 오빠는 어떻게 그런 걸 아는 거야?"

"간단해. 난 천재거든."

"에에, 또 천재타령이야."

에피는 볼을 부풀리면서 샐쭉하니 눈을 흘겼다. 레미는 흔들리는 창틀에 턱을 고인 채 생각에 잠겨 있다가 불쑥 단어를 뱉어냈다.

"마법이라는 게 있었다면 인생이 달라졌을까?"

"아니, 전혀 달라지는 게 없어. 오히려 뒤죽박죽이 되어버리지. 세계 정복을 실패하고 떠돌아다니는 나를 봐."

"나를, 혹은 내가 사랑하는 사람을 지킬 수 있을지도 모르잖아?"

"천만에. 확고부동하게 지켜야 한다고 마음먹으면 스푼 하나로 몇만 명을 구해. 지키고자 하는 마음이 흐리멍텅하면 투석기를 가져와도 못 지켜."

"오빠! 스푼 하나로 어떻게 몇만 명을 구해?"

"간단해. 영지민을 몰살시키려는 못된 영주가 있을 때, 그 머저리의 저녁 식사에 한 스푼의 독약을 타면 되지. 아니면 잠들어 버린 그

녀석 목구멍에 티스푼을 쑤셔 넣어서 질식사를 시킬 수도 있겠지. 그러면 몇만 명의 영지민을 구하는 거 아냐?"

'지켜주고자 하는 의지가 있다면 지킬 수 있다.'

레미는 이언과 에피가 스푼 하나로 사람을 죽이는 방법에 대해서 시답잖은 농담을 하고 있는 것에 귀 기울이지 않았다. 두 사람은 모든 것을 잊은 채 스푼 하나로 사람을 죽이는 방법에 대해서 몰두하기 시작했다. 하지만 레미는 이언의 말이 귓가에 맴돌아 아무런 소리도 들리지 않았다.

"마법이 꽤나 어려운 거라는 건 알겠어. 난 자네가 존경스러워지고 있으니까. 그런데 아까 보였던 그 움직임은 뭐지? 용병의 입장에서 말하는 건데 아까 자네의 움직임은 보통이 아니었어."

"아! 맞다! 그러고 보니 이언 오빠 정말 빨랐다. 저기 저 할아버지만큼이나 빨랐어. 힘도 충분했던 거 같고. 오빠… 인간이 아니지?"

이언은 힐끔 선두에서 말을 타고 있는 파일런의 뒷모습을 바라보며 웃었다.

"굉장히 자주 말하는 것 같은데. 난 멋으로 대륙을 떠돌아다니는 게 아냐. 이보다 지독한 일도 겪어봤어. 아무리 둔재라도 싸움이라는 건 하면 늘어. 게다가 난 어릴 때 고향에서 알아주는 악동이었지. 싸움에는 원래 소질이 있거든. 난 천재라 뭐든지 잘해."

"성질이 더럽고 인격적으로 결함이 많은 게 흠이지."

"노처녀! 정말로 개구리로 만들어 버린다!"

이언은 발작적으로 소리를 질렀다.

"결정했다."

에피의 말에 모두들 의아한 눈으로 에피를 바라보았다. 에피는 이언을 바라보며 배시시 웃었다. 이언은 본능적으로 위험을 느끼기 시작했다.
"나 지금부터 오빠의 애인이 될래."
"누구 맘대로?! 난 임자가 있어!"

〈3〉

피네벡(Pinneberg)은 발트하임 전체를 통틀어서 가장 평균적인 모습을 가진 시골 도시였다. 서쪽으로 숲을 끼고 남쪽으로는 중앙산맥에서 흘러 내려와 이아르(Ihar) 강으로 흘러 들어가는 수많은 지류 중 하나를 끼고 있었다. 중앙산맥의 만년설 사이에서 흘러나온 강물은 묵묵히 도시를 우회하면서 흘러 내려갔고, 언젠가는 이아르 강과 만나서 북쪽으로 흘러 내려가 북해와 만나게 될 것이다.

이 소박한 시골 도시의 북쪽과 동쪽으로는 한없이 이어진 밀 밭이 있었고, 남쪽으로는 아스라히 중앙산맥의 그림자가 어른거렸다. 밀 밭은 간간히 흩어진 나무숲과 어울리며 북쪽과 동쪽으로 계속 이어져 있었다. 남쪽의 고산 지대가 거의 끝나가는 지점에 위치하고 있었기 때문에 거의 평지나 다름없는 완만한 구릉 지대를 중심으로 도시가 위치했다.

인구가 별로 많지 않았고, 영주나 귀족의 저택도 없는 이곳을 도시라고 부르는 이유는 간단했다. 십자 형으로 마을을 나누고 있는 마을 도로가 서툴게나마 다듬어진 마름돌을 깔아서 만든 포장 도로였기 때문이었다. 중계 무역 도시도 아닌, 시골 마을에서 포장 도로를 만나는 것은 쉽지 않은 일이었다.

석재를 구해와서 최대한 규칙적인 모양새로 다듬어야 하고, 또한 길을 만들 곳을 평탄하게 다듬고, 자갈을 깔고 배수를 위해서 부드러운 모래흙을 깔아야 한다.

인구도 많지 않고 전략적, 혹은 상업적으로 중요하지 않은 지방 소도시에 포장 도로가 깔려 있는 것은 흔한 일은 아니었다.

그런 면에서 피네벡은 평균적이면서 평균적이지 못한 소도시였다. 피네벡은 군사 거점 도시가 아니기 때문에 도시 전체를 둘러싸는 방어용 성곽이 없었고, 망루나 깊숙이 패여진 해자도 당연히 없었다. 그냥 벌판에 집들이 모여 있는 도시였다.

그런 소도시에서 조금 떨어진 구릉에 세워진 풍차의 모습에 감탄하는 사람은 오직 긴 갈색 머리에 수수하지만 어딘지 고급스러운 회색 원피스를 입은 29살의 여자뿐이었다. 그동안 여자의 일행들은 풍차의 모습에 감탄하는 여자의 모습에 감탄했다. 그리고 마을 사람들은 열에 아홉은 안 좋은 일을 경험한다는 서쪽 숲에서 태연하게 걸어 나온 여자의 일행에게 감탄하고 있었다.

"저 숲에서 사람이 나오는 것을 본 것도 오랜만이네."
"어떻게 무사히 지나온 걸까?"
"혹시 그놈들, 패거리는 아닐까?"
"설마, 행색은 저래도 귀족 같아 보이는데?"

튜멜 일행은 밀 밭에서 일하던 허리를 펴고 수군거리는 마을 사람들의 반응을 모르고 있었다. 단지 4일 만에 숲을 빠져나와 마을의 모습을 보면서 안도하고 있었다. 그들이 발견한 소도시는 평화로 시작해서 평화로 끝나는 수식어가 어울릴 법한 모습이었다.

레미는 풍차의 모습에 눈을 떼지 못하고 있었다. 목재로 만든 커다란 상자에 네 장의 날개를 달아놓은 듯한 모습의 풍차는 늦어지는 오후의 바람을 받아 느리게 돌아가고 있었다.

"풍차가 저런 모습인 건 처음 봐."

"뭐가 이상한데?"

이언은 마차 지붕 모퉁이에 고개를 내밀고 물었다. 레미는 그냥 대수롭지 않다는 듯이 말했다.

"그냥 모양이 특이해서. 크기도 작은 데다 풍차 자체를 바람 부는 쪽으로 돌리는 건 처음 봐."

"라이어른에서는 저런 구조가 보편적이야. 크림발츠쯤 되면 거창하게 건물을 짓고 날개를 달아놓은 윗부분만 돌릴 수 있게 만들겠지. 그 나라는 건축 기술이 좋으니까."

레미는 힐끔 이언을 올려다보았지만 이언은 심드렁하게 밀 밭을 보고 있었다. 그녀는 뭐라고 입속으로 중얼거리며 어깨를 움츠렸다.

"따스한 잠자리! 뜨거운 진짜 음식! 이게 바로 행복이야!"

'네 녀석이 돈을 내는 것도 아니잖아!'

튜멜은 이언이 외치는 소리에 발끈해서 안장에 앉은 채 허리를 틀어 돌아보았다. 순간 우둑 소리가 나면서 그는 또다시 목이 시큰거리는 통증을 경험해야 했다. 이언에게 맞은 충격 때문에 아직도 통증을 느껴야 했다. 그는 한쪽 뺨에 경련까지 일으키면서 이언을 쏘아보았지만 이언은 태평하게 주변 풍경을 감상하고 있었다.
"이 도시에도 귀족은 없군요. 보통 마을 입구에는 그 도시 귀족 가문의 문장이 붙어 있기 마련인데 여긴 없군요."
튜멜은 시선이 쏠리자 머쓱한 기분으로 그렇게 말했다. 그는 괜히 말을 꺼냈다는 후회를 하면서 입을 다물었다. 일행은 느리게 마을의 서쪽 진입로로 들어섰고, 돌이 깔려진 거리를 천천히 지나갔다. 레미는 읽던 책을 무릎 위에 내려둔 채 천천히 마차 밖으로 흘러가는 집들을 바라보았다.
집들의 모습은 테일부룩과 별로 다르지 않았다. 기둥을 세우고 회벽을 발라 벽을 만들고 지붕은 가장 값싸고 흔한 재료인 밀짚을 쌓아서 만들어져 있었다. 추수가 끝나고 겨울이 오기 전에 사람들은 검게 썩어버린 지붕을 걷어내고 탈곡을 마친 밀짚을 두껍게 깔아서 지붕을 만들었다.
지방에 따라서는 타르를 밀짚 위에 꼼꼼하게 뿌려두는 곳도 있었다. 밀짚에 타르를 뿌려둔 지붕은 큰 비가 내려도 잘 새지 않았고, 날씨만 좋으면 한두 해를 거뜬하게 넘기기도 했다. 흙먼지가 피어 오르는 마당에는 채소가 심어져 있는 경우가 많았다. 어차피 집들 사이에 담벼락이 없었기 때문에 채소밭은 이웃집과의 자연스러운 경계가 되었다.
"레이드! 여기서도 도박을 하면 죽여 버릴 거야!"
갑자기 머리 위에서 에피의 날카로운 목소리가 들려왔다.
'또 시작이네.'
레미는 한숨을 쉬었다. 그녀의 예상은 전혀 틀리지 않아서 곧바로 에피와 레이드의 거친 대화가 쏟아지기 시작했다.

"이런 마을 어디에 도박장이 있을 거라고 생각하는 거야? 난 내 딸이 제법 똑똑하다고 생각했는데. 역시 부모의 눈은 객관성이 없는 건가?"

"웃기지 마! 난 충분히 똑똑해. 그래서 니가 술집에서 사람들을 끌어 모아 도박판을 벌일 거라는 걸 알고 있어. 간밤에 단검은 충분히 날을 세워논 거 알지? 도박 따위를 했다간 손가락을 모조리 잘라 버릴 거야! 기대해도 좋아."

"그만 해! 누가 들으면 도박에 미쳐서 딸아이까지 판돈으로 내거는 놈으로 알겠다."

"바로 그거야! 그게 바로 도박하면 안 되는 이유라고! 22년의 인생 동안 도박판의 판돈으로 내걸리는 건 10번으로 족해! 한 번만 더 나를 판돈으로 사용하면 죽일 거야!"

"그때는 이길 수 있었어! 니가 도망쳐서 판을 뒤엎지만 않았으면 이겼다고! 니가 그때 내 패가 어떤 건지 봤어야 하는데… 우린 지금쯤 넓은 저택에서 호의호식하고 있었을걸?!"

"이 미친 중년아! 아무리 패가 좋아도 딸내미를 판돈으로 내거냐? 너라면 늙은이에게 끌려가 무슨 짓을 당할지도 모를 텐데 안 도망 가겠냐? 한번만 더 나 몰래 그짓하면 정말로 죽일 거야! 네 녀석 배를 째서 내장을 5미터마다 하나씩 늘어놓고 말 거야!"

"그, 그게 아버지에게 할 소리냐? 너, 태연한 얼굴로 돌았구나?!"

"닥쳐! 돌아버린 건 네놈이야! 키워주지만 않았으면 예전에 찔러 죽였을 거야!"

"둘 다 그만두지 않으면 돌 기둥으로 만들어 버린다! 잠 좀 자자. 시끄럽단 말이다."

레미는 마차 위에서 오가는 대화를 듣다가 눈살을 찌푸렸다. 그녀는 에피가 올해 22살이라는 사실과 그녀의 불성실한 아버지에 의해서 무려 10번이나 위험한 지경에 처했었다는 사실을 유쾌하지 못한 방식으로 알게 되었다. 그녀는 자신이 지극히 상식적인 여자라고 생각했다. 그녀로서는 어떻게 부모가 친딸을 도박의 판돈으로 걸 수 있는지 이해할 수 없었다.

그녀는 지난 며칠 동안 레이드와 지내보면서 그가 그다지 나쁜 사람은 아니라고 생각하고 있었다. 그녀는 도박에 빠졌기 때문에 그런 행동이 가능한 건지, 혹은 평민들이나 용병들 사이에서는 그런 것이 일상적인 것인지 판단이 서지 않았다. 그녀는 한참 동안 혼자 생각에 빠져 있었지만 좀처럼 결론을 내리지 못했다. 오히려 레미는 레이드보다는 그런 상황을 넘긴 에피의 정신 상태가 의심스러웠다.

레미가 그 정도쯤을 생각했을 때, 다시 한 번 정말 라이어른 어로 말하는 것인가 의심스러운, 레미로서는 의미를 이해하기 힘든 난해한 욕설들이 부녀 사이를 오가기 시작했다. 야영을 할 때 나란히 잠들어 잠꼬대까지 동원해서 자면서도 싸우는 부녀는 깨어 있을 때면 당연히 자신들이 가진 모든 언어학적 지식을 동원하여 상대방을 공격했다.

귀족 출신인 레미와 튜멜은 레이드 부녀가 사용하는 어휘들을 들으며 저런 단어가 정말 '라이어른 어 대사전'에 실려 있을까 심각하게 고민한 적이 있을 정도였다. 그에 반해서 파일런은 자신의 검을 손질하는 것 이외에는 아무것도 관심을 갖지 않았고, 이언은 요즘 들어 부쩍 잠자는 시간이 많아지고 있었다. 때문에 그는 그저 잠들기에 좋은 조용한 분위기만을 원했다.

"죄송합니다만, 저희 집에서는 귀족 나으리들께서 묵으실 방은 없습니다. 보시다시피 여긴 평범한 여관입니다."

"실크로 마무리된 침대 시트를 원하는 게 아니야. 그저 방이면 족하다고 말했잖아?"

튜멜은 마을에 유일하게 존재하는 작은 여관의 주인 사내를 바라보며 말했다. 주인 사내는 귀족인 그를 별로 두려워하지 않았고, 신경을 긁기에 충분할 정도로 히죽거리고 있었다. 튜멜은 점점 격렬하게 소용돌이치는 분노를 삭이기 위해서 심호흡을 했다.

'예절을 보여봐, 예절을.'

튜멜의 머리 속에서는 그런 단어만 맴돌고 있었다.

"내가 설명을 요구했다고 생각하는데?"

"저어, 그게 이 마을에 귀족님께서 찾아오신 건 정확하게 17년 만입니다. 귀족님께서 쓰실 만큼 좋은 방도 없고, 무엇보다 빈방은 하나뿐입니다. 여관이라고는 하지만 저희 집에는 방이 두 개뿐이거든요."

"17년? 자세히도 기억하는군."

"제 아들이 결혼한 해니까요."

"그래서 공작님이라도 다녀가셨나?"

"아뇨, 여하튼 그런 문제 때문에 귀족님 일행이 머무실 장소가 마땅히… 이런 마을에 여행자들이 들르는 것은 흔치 않은 일이라서 방이 많지 않습니다. 나머지 한 방에서 이런 일행 분들 모두가 묵으시는 건 힘들 것 같습니다만."

"돈은 충분히 준다고 하지 않았나?"

튜멜은 자신이 어째서 화가 나고 있는지 심각하게 고민하기 시작했다. 하지만 여행에는 이골이 난 이언은 좀 더 효과적인 수단을 알고 있었다. 그리고 그것을 실행하기로 마음을 먹었다. 지금 그는 굉장히 피곤했고, 새로 푹신하게 밀짚을 깔아놓은 침대에 누워서 잠들고 싶었다.

"그 다른 손님이 묵는 방이 어디요?"
"저기 저 방입니다만?"

주인 사내는 이언의 질문에 무심결에 대답하면서 고개를 갸웃거렸다. 이언은 마치 대륙의 서쪽 끝 해안에서 한 번도 쉬지 않고 달려온 사람의 얼굴을 하고 있었다. 거대한 피로가 그의 눈가에 힘겹게 매달려 버둥거리고 있었다. 튜멜은 겨울잠을 자는 곰보다 오랜 시간을 잠으로 보내는 이언의 얼굴에 켜켜이 내려앉은 피로에 당황했다. 방의 위치를 알게 된 이언은 만족스러운 얼굴로 미소를 지었다.

"그럼 쫓아내면 되겠군."
"뭐?"

모두들 잠시 동안 이언의 말을 해석하기 위하여 고민했다. 이언은 힐끔 튜멜을 바라보더니 아무런 말도 없이 튜멜의 롱 소드를 뽑아 들었다. 서늘한 쇳소리와 함께 롱 소드가 뽑혀져 나오자 모두가 긴장하기 시작했다. 특히 레미와 튜멜은 얼굴이 창백하게 변했다. 두 사람은 이언의 성격을 너무나 잘 알고 있었다. 이언은 항상 가장 진지한 방법으로, 사태를 가장 나쁜 방법으로 해결하는 데 천부적인 사내였다. 이언은 씨익 웃더니 한 손에 검을 들고서 천장이 높은 식당을 가로질러 걸어갔다.

"뭐 하려는 거야?"
"방을 만들고 있잖아? 오늘 밤에 잠은 자야 할 거 아냐? 도시까지

와서 밖에서 잘래?"

"확실히 돌았어."

"시끄럿! 노처녀, 그러면 넌 처마 밑에서 자면 될 거 아냐?"

주인 사내의 얼굴에 핏기가 가셨고, 튜멜은 이 상황을 지켜보다 이성적이고 정상적인 상황으로 되돌릴 방법을 고민하기 시작했다. 항상 주변 사람으로 하여금 형이상학적 고민을 하게 만드는 레이드 부녀도 이때만큼은 대화를 멈추었다. 이언은 피곤한 얼굴로 하품을 하고는 갑자기 방문을 걷어차 버렸다. 귀족들의 저택이 아니면 어차피 문고리가 없었기 때문에 침실 문은 부서지듯 열렸다.

"아, 그리고 웬만하면 죽이지 않고 쫓아낼 거니까 걱정하지 말아."

'웬만하면 죽이지 않는다고? 저게 인간이냐?!'

모두가 이언의 말을 곱씹고 있을 때 이언의 목소리가 식당까지 쩌렁쩌렁 울렸다.

"세 가지 선택이 있다! 첫째, 이 검에 두 동강이 난다. 둘째, 이 불길에 깨끗하게 타 죽는다. 셋째, 당장 여기서 짐 싸 들고 나간다. 셋을 셀 동안 선택해라!"

"설마 정말로 아무도 죽이지는… 않겠죠?"

레미의 질문에 튜멜은 창백한 표정으로 더듬거렸다.

"저, 저도 잘 모르겠습니다."

"빨리 짐 싸 들고 꺼지지 않으면 사람이 과연 몇 조각으로까지 나뉘어질 수 있는지 보여줄 테다. 전에 한번 해봤는데 정확하게 114조각으로 나눠봤다. 그때는 그걸 태워서 증거 인멸하는 데 죽는 줄 알았지."

"우와악! 제, 제발! 나갑니다! 나갑니다!"

레미는 현기증을 느끼며 비틀거렸다.

'사, 사람을 114조각으로 토막 내어 버린다고?'

이언의 협박은 용병 생활에 이골이 난 레이드 부녀도 입을 벌리게 만들 정도였다. 튜멜은 충격을 받은 얼굴로 탁자 모서리를 잡고서 비틀거렸다.

"근데 어떻게 하면 사람을 114조각으로 토막 낼 수 있지? 불가능해. 팔다리랑 머리를 자르면 우선 여섯 토막이고……."

"에피! 그만두지 못해?!"

레미는 그런 소리를 듣는 것만으로도 욕지기를 느끼기 시작했다.

"미, 미친 자식! 확실하게 돌았어!"

테일부룩에서의 튜멜은 결코 속어나 욕설을 사용하지 않았고, 무심결에 그런 말을 쓰게 되면 얼굴을 붉히며 자학에 빠져들곤 했었다. 하지만 여행을 하며 이언과 지내는 시간이 늘어가면서 그는 말투가 점점 변하고 있었다.

튜멜은 자신이 어려서부터 철저하고 엄격한 귀족 가문의 교육을 받아왔다고 굳게 믿었다. 그런 엄격한 교육에 단련된 자신이 평민들처럼 천박한 말투를 사용하는 것은 그 자신이 납득할 수 없었다. 이언을 만나기 전까지 튜멜은 32년의 인생 동안 한 번도 욕설을 내뱉은 적이 없었다. 그리고 또한 언성을 높인 적도 당연히 없었다.

'저 떠돌이 때문에 망가지고 있는 거라고 볼 수밖에 없어.'

튜멜은 그런 생각을 하면서 이를 갈았다. 그때 한 무리의 사람들이 문밖으로 넘어지듯 쏟아져 나왔다. 제대로 짐을 챙기지도 못한 사람들은 눈동자가 풀린 상태였다. 다섯 명이나 되는 사내들은 식당에 서 있던 튜멜 일행을 거칠게 밀치더니 뒤도 돌아보지 않고 달아나 버렸다.

"방 하나 만들기도 힘들어. 응? 다들 표정이 왜 그래?"

이언은 의아한 얼굴로 모두를 바라보았다. 이언은 모두가 공포와 황당함 사이에서 고민하는 동안 싱긋 웃었다.

"너, 너, 뭐라고 한 거냐? 그거 진짜냐?"

"응? 뭐가?"

이언은 튜멜에게 검을 돌려주며 미간을 찌푸렸다. 튜멜은 검을 받아 검집에 넣으며 이언을 쏘아보았다.

"사람을 토막 내 죽인다는 말!"

"아! 그거? 몰라. 기억 안 나. 언제 비슷한 일을 해본 거는 같은데. 114조각은 그냥 해본 소리였어. 사람을 그렇게 토막 내려면 롱 소드보다는 도끼가 필요하지 않을까?"

이언의 말에 튜멜은 발작적으로 다시 검 손잡이를 으스러져라 움켜잡았다.

"지금 고해 성사를 하는 거냐, 아니면 교수대가 얼마나 멋있는지 알고 싶은 거냐? 그것도 아니면 양쪽 모두냐?"

튜멜의 말에 이언은 어딘지 비어 보이는 미소를 지었다.

"유감이지만 둘 다 아니야. 방을 구했으면 된 거 아냐? 그런 것들이 무슨 상관이야?"

"수단과 결과 중에 뭐가 중요한지 토론하고 싶지 않아. 특히 머릿속이 이상하게 어질러진 인간하고는."

레미가 창백한 얼굴로 대답했다. 이언은 피곤한 얼굴이었지만 눈빛만은 여전히 어둡고 차가웠다. 그녀는 얼음 밑으로 흐르는 강물처럼 차가운 이언의 눈을 정면으로 보고 있었다. 그는 레미의 말에도 전혀 동요가 없었다. 오히려 그녀가 그의 눈에 감도는 확고부동한 신념을 읽고는 당황한 표정을 지었다.

언제나 그랬다. 그는 아무것도 알려주지 않았고, 자신을 변호하지 않았다. 그녀는 그런 이언의 자신감을 보고 일말의 부러움을 느꼈지만, 그의 행동 방식은 절대로 납득할 수 없었다. 그렇기 때문에 그녀는 누구보다 이언의 행동이 신경 쓰이고 있었다.

"방이 생겼으니 일단 짐을 풀도록 하지."

파일런의 말은 결정적으로 이런 싸움이 무의미하다는 선언과도 같았다. 튜멜은 기어코 의자에 주저앉아서 고개를 털면서 중얼거렸다.

"모두들 제정신이 아니야."

〈4〉

밤하늘은 맑고 조용했다.
 술집과 식당을 겸하고 있는 아래층에서는 동네 남자들이 떠들며 술을 마시는 소리가 들려왔다. 이따금 튜넬 일행들의 목소리도 들려왔다. 레미는 잠시 귀를 기울여 보았지만 간신히 일행의 목소리를 구별해 내는 것이 전부였다.
 대부분의 여관들이 그렇듯 이곳 여관의 식당도 긴 테이블과 등받이가 없는 긴 벤치가 놓여져 있었다. 그것이 여관에 놓여 있는 유일한 탁자였다. 외지 손님이든 마을 사람이든 식당을 이용하는 사람들은 결국 같은 테이블에 앉아서 함께 식사를 하고 술을 마셔야 했다. 그러다 보면 건너편에 앉은 사람의 대화를 듣게 되는 경우도 많았고, 그 화제가 구미에 당기고 붙임성이 있다면 어렵지 않게 그 대화에 끼어들 수도 있었다. 운만 좋다면 맞은편에 앉아 있는 사람들이 마시던

술을 얻어 마실 수도 있었다.

　귀족들과 평민들의 문화가 결정적으로 차이를 보이는 것은 아이러니하게도 테이블 형식에 있었다. 귀족들은 일행들만 둘러앉을 수 있는 원형 테이블에 앉았지만 평민들의 여관이나 술집은 어디를 가나 이런 식으로 긴 테이블과 최소한 10명은 앉을 수 있는 긴 벤치가 있었다. 물론 그런 것은 평민들 간의 유대와 화합을 유지하기 위함은 아니었다. 단지 그렇게 크고 길게 만드는 편이 같은 공간에 더 많은 사람들을 수용할 수 있었고, 테이블을 만드는 돈이 적게 들어가기 때문이었다.

　경우에 따라서 한 사람이 테이블에서 벗어나기 위해 주변 사람들이 덩달아 우르르 자리에서 일어나야 하는 경우도 심심찮을 정도로 성가신 구조이기도 했다. 그 테이블의 위력 때문인지는 몰라도 튜멜 일행은 금세 마을 사람들과 동화되어 술을 마시고 있었다.

　레미는 주인 사내에게 빌려온 촛대를 창틀에 놓고서 책을 읽고 있었다. 밤이 되면서 바람도 잠들어 버린 듯 밤 공기는 조용했고, 이리저리 몸을 흔들면서도 촛불은 꺼지지 않았다.

　"방해해도 되나요? 방해하고 싶은데."

　"아니, 별로. 이리 와서 앉으렴."

　레미는 친절하게 웃으며 책에서 눈을 떼고 에피를 맞이했다. 에피는 무거운 겉옷을 벗어버린 차림으로 걸어와 그녀의 곁에서 힐끔거리며 눈치를 보기 시작했다. 그녀는 의아한 눈으로 에피를 올려다보았다.

　"정말 괜찮은거죠?"

　"응, 어차피 지루하던 참이었어. 촛불 아래서 책을 읽는 것도 피곤하고.”

"근데 정말 괜찮은 거예요? 저랑 같은 방을 쓰는 거. 레미 언니는 귀족이잖아요. 귀족들은 우리 같은 평민이랑은 밥도 함께 먹지 않잖아요?"

"요 며칠 동안 계속 함께 여행까지 했는데 뭘."

"귀족들이 다들 언니처럼 착하지는 않겠죠?"

레미는 웃을 수밖에 없었다.

'착하다고? 내가? 그럴 수만 있다면……'

레미는 다정하게 미소를 지으며 에피를 바라보았다. 머리를 틀어 올린 그녀는 간신히 며칠 만에 옷을 갈아입을 수 있어서 작은 행복을 느끼고 있었다.

"무슨 책이에요?"

"그냥, 서사시집이야. 뭐, 흔한 영웅들이 어떻고 위대한 국왕이 어떻고 하는 걸 적어둔 거지. 근데 혹시 읽을 줄 아니? 이 책 중앙어로 쓰여진 책이… 어머! 실례되는 질문을 했네. 미안해. 악의로 그런 건 아니야."

"에이, 상관없어요. 어차피 난 무식한 계집애인데요 뭐. 그게 중앙어든 라이어른 어든 어차피 난 못 읽어요. 내 이름도 쓸 줄 모르는데요? 뭐, 쓸 일도 없지만."

에피는 사내아이처럼 머리를 벅벅 긁으며 헤죽 웃었다. 그녀의 웃음에는 아무런 꾸밈도 없었지만 레미는 어쩐지 부끄러움을 느꼈다. 레미는 새삼스럽게 에피의 얼굴을 찬찬히 살펴 보았다.

예쁜 얼굴은 아니었다. 이마가 시원스럽고 눈매가 크고 서글서글 했지만 피부는 검게 타고 거칠어져 있었고, 뺨이나 이마에 잔상처의 흉터들이 희끗희끗하게 남아 있었다. 게다가 보통 또래 여자들보다 작은 키였고 깡마른 몸매를 갖고 있었다.

에피는 레미가 자신을 뚫어져라 쳐다보자 어색한 기분이 들었는지 혀를 빼물며 턱을 긁적거렸다. 레미는 그게 레이드의 버릇이라는 걸 알고 있었기 때문에 갑자기 쿡쿡거리며 웃고 말았다. 그렇게 험한 욕설을 주고 받는데도 에피는 아버지의 버릇을 흉내 내고 있었다.

"뭘 그렇게 쳐다봐요? 글을 모르는 게 당연하죠. 한 번도 뭔가를 배워본 적이 없는걸요? 검을 쓰는 법 같은 건 배운 게 아니라 실제로 사람을 찔러보면서 스스로 깨우친 거라구요. 그래도 나 말은 제법 할 줄 알아요. 중앙어도 대충 비슷하게 알아들어요. 용병들이란 게 대륙 각지에서 쓸모없는 인간들이 흘러든 집단이라서요. 뭐, 덕분에 말은 제법 많이 알고 있지만 거의가 욕지거리뿐이에요. 용병들은 욕밖에 말하는 법을 모르거든요. 나도 좋아서 욕을 하는 게 아니라구요. 남들이 아장아장 걸어다니면서 '아빠'나 '엄마'를 배울 때 내가 배운 말은 '염병할' 이었대요. 웃기지 않아요? 태어나서 처음 배운 말이 '염병할!' 이라니. 그때부터 내 인생은 망가진 거지 뭐예요. 쳇!"

마땅히 할 말이 없어져 대답이 궁해진 레미는 가만히 입을 다물고 있었다. 에피는 그런 것쯤은 신경 쓰지 않는다는 의미로 웃으면서 의자를 가져다 레미와 나란히 앉았다. 그녀는 의자에 앉아서 장난스럽게 다리를 까닥거리며 웃었다.

"내 소개를 다시 해볼까요? 이름은 에피. 저런 정신 나간 머저리 아빠의 딸이라서 당연하지만 성 같은 건 있지도 않아요. 올해 22살이고, 거지 같은 아빠 덕분에 7살 때부터 지금까지 무려 10번이나 도박의 판돈으로 내몰린 경험이 있어요. 맛있는 걸 먹는 거 좋아하고 아빠를 세상에서 가장 증오해요. 만족스러운 자기소개죠?"

"으응… 그… 래."

'어떻게, 저런 이야기를 그렇게 태연하게 하는 거지?'

"자아! 그럼 언니 소개."

"난 레미 아낙스. 나이는 29살. 일이 있어서 폴리안까지 가야 해. 그리고… 미안해, 별로 소개할 것이 없는데? 특별하게 살아온 경험이 없어."

"뭐, 그런 건 상관없어요. 그것보다 배 안 고파요? 아까 저녁 먹을 때 보니까 굉장히 조금 먹던데. 그렇게 먹고도 안 굶어 죽는 거예요? 뭐라더라… 으음… 아! 소식을 하는 체질인 거예요? 근데 소식이라는 말이 맞아요? 그렇게 소식을 하고도 어떻게 몸이 견디는 거죠? 나 봐요. 먹는 건 엄청 먹어대는데도 살이 찌기는커녕 일주일 굶은 애처럼 삐쩍 말랐잖아요? 언니는 정말 신기하다. 근데 레미라는 이름은 누가 지어줬어요? 뜻이 뭐예요? 난 뜻도 없는 이름이지만 언니 이름은 뜻이 있겠죠? 어디선가 들었는데 귀족들 이름은 다들 뜻이 있다면서요? 그 뭐라더라? 옛날에 쓰던 말인데… 저지… 암튼 그런 말로 의미가 있는 거예요? 에, 너무 당연한 걸 물어봤나? 하여간 언니는 귀족이니까 의미가 있는 이름이겠죠? 그런데 이언 오빠랑은 어떤 사이에요? 설마 나랑 연적이 되는 건 아니겠죠? 뭐, 언니와 연적이라면 난 포기할래요. 언니는 귀족이고 난 떠돌이 용병의 딸이잖아요? 난 아무래도 경쟁이 안 될 것 같아요. 이언 오빠 어딘지 이상해도 멋있지 않아요? 뭐, 가끔씩은 약간 나사가 풀린 행동을 하는 것 같지만. 그러고 보니 이언 오빠 정말 잠을 많이 자죠? 어떻게 사람이 그렇게 오랫동안 잘 수 있는 걸까요? 근데 이언 오빠 얼마나 대단한 마법사예요? 지진 같은 것도 일으키고 유령도 불러오고 그래요? 오빠도 어딘지 귀족 같죠? 귀족일지도 몰라요. 무슨 사정이 있어서 신분을 숨기고 다니는 귀족이요. 혹시 스톨츠의 왕자가 아닐까요? 왜 스톨츠냐구요? 그냥 스톨츠 출신들이 검은 머리가 많잖아요? 혹시 그럼 언니랑 튜멜 오빠와는 어떤 사이에요? 연인 사이? 난 솔직히 그런 남자는 싫어요. 언니는 취향이 이상해. 그런 남자는 최악이야. 유머 감각도 없고, 예절만 따지는 깐깐한 성격에 왜 항상 그렇게 짜증을 내는 거죠? 그리고 무엇보다 난 나보다 약한 남자는 질색이야. 내가 지켜줘야 하잖아요? 튜멜 오빠는 검도 똑바로 쥘 줄 모르고 기초도 없어요. 내가 있던 용병단에는 어떤 말이 있는 줄 알아요? '에피보다 검 실력이 딸리는 녀석들은 집에 가서 접시나 닦아라! 그건 남자도 아니다' 였어요. 그 오빠는 기초부터 다시 배워야 해요. 남자다운 배짱도 없고, 기초도 부실하고… 완전 구제 불능이죠. 당연히 실전 경험도 전혀 없는 주제에 자존심은 왜 그리 센지…….”

"미안한데 질문 하나 해도 될까?"

레미가 한 손을 들면서 어색하게 웃자 에피는 말을 멈추고 의아한 눈동자를 반짝거렸다. 그녀는 조금 어색한 얼굴로 쿡쿡거리고 웃었다.

"내가 어디서부터 대답해야 하니? 필기해 두는 걸 잊어먹었거든."

"에헤헤! 내가 원래 그래요. 그래서 정신 나간 계집애라는 소릴 자주 들어요."

레미와 에피는 동시에 웃기 시작했다. 두 여자의 웃음소리가 창밖으로 흘러나와 어두운 밤하늘을 떠돌았다. 두 여자는 거의 동시에 고개를 돌려 밤하늘을 올려다보았다. 늦은 시각이라 도시는 어둠에 잠겨 있었고, 여관 주변에만 햇불이 고집스럽게 어둠과 싸우고 있었다. 그런 도시의 머리 위에 기대고 있는 밤하늘은 너무나 맑아 별빛이 질식할 것만 같이 밀려 내려오고 있었다. 두 여자는 각자 다른 생각에 잠긴 채 밤하늘을 올려다보고 있었다. 별빛을 보면서 꿈꾸듯, 중얼거리듯 입을 뗀 것은 에피였다.

"언니가 부러워요. 책도 읽을 수 있고, 그래서 유식하고, 단정하게 식사를 하는 법도 알고 있고. 나도 가끔은 언니처럼 유식해서 어려운 말을 이해할 수 있었으면 할 때가 있어요."

"글쎄, 나도 별로 행복한 어린 시절을 보낸 건 아니란다. 친구도 없었고, 나가서 놀지도 못했어. 다섯 살 때부터 하루 종일 공부만 해야 했는걸? 남들이 창문 밖에서 흐드러진 꽃밭에서 놀고 있을 때 난 나 혼자서는 들지도 못하는 두꺼운 책을 공부하고 있었거든. 17살 때 내 소원은 집 밖으로 나가보는 거였어. 세상이 어떻게 생겼는지 보고 싶어서. 그건 감옥이나 다름없는 집이었어."

"지금은 어때요? 만족해요?"

"글쎄, 만족이라는 게 뭘까? 소원대로 그 집을 나와서 좋은 사람들도 만나고, 이렇게 여행도 하고 있으니 그 시절 소원은 이루어진 것 같아. 하지만 밖으로 나와서 내가 본 것은 사람들이 죽어 나가는 거야. 너무 끔찍스러워. 아무도 사람이 죽을 때 그렇게 끔찍하다는 걸 가르쳐 준 사람이 없었어."

"사람이 죽는 게 끔찍한가? 에, 그건 나한테 물어봐야 소용없어요. 난 아장아장 걸어다니면서 처음 본 게 시체들이었는걸요? 난 기억도 없지만. 용병대에서 태어나 용병대에서 자랐으니 맨날 보는 건 시체들뿐이죠. 어제 나한테 설탕 덩어리를 주었던 아저씨가 다음날 일어나 보니 내장이 주르륵 흘러나온 채 죽어 있었죠. 처음엔 그게 죽음이란 걸 알지도 못했죠. 아저씨 일어나라고 떼를 쓰면서 울었거든요. 설탕 덩어리가 먹고 싶다고 죽은 시체를 흔들며 울었어요. 지금 생각하면 좀 끔찍스럽네요."

"……."

"생각해 보면 어린 시절에는 언니 같은 사람을 질투했어요. 얇은 레이스가 달린 옷을 입고서 한가하게 그 뭐라더라? 하여간 이상한 실뜨기나 하고 있을 때, 나는 뭐 했는지 알아요? 어제까지 나하고 놀아주던 인간이 창자를 양손에 들고 실려왔을 때 그 창자를 뱃속에 집어넣고서 다시 꼬매주는 일을 했어요. 똑같은 바느질이지만 그건 하늘과 땅 차이라구요. 대여섯 명쯤 꼬매주고 피투성이로 물러나 앉으면 왈칵 울음이 나오죠. 이유 따윈 나도 몰라요. 그리고 그렇게 꼬매줘 봐야 한 놈도 살아나지 못해요. 다들 꼬맨 자리에서 썩은 고름이 흘러나오며 괴로워하다가 죽어버리죠. 난 뭐를 한 건지."

레미는 무언가 자신의 몸속에서 거북하게 소용돌이치는 것을 느끼고 있었다. 그것은 역겨움이나 동정심이 아니었다. 정체 모를 그 움직임은 요란하지는 않았지만 느리고 조용하게, 하지만 꾸준하게 그녀의 몸속에서 거북살스럽게 움직이고 있었다.

그녀는 가만히 눈을 감았다. 도저히 에피의 모습을 시선에 담아둘 용기가 나지 않았다. 그녀는 자신의 한계를 알고 있었다. 그런 삶이 존재한다는 걸 알지도 못했고, 그런 삶을 살아온 사람에게 직접 듣게 될 줄도 몰랐다. 하지만 그 삶이라는 건 자신의 의식 체계 속에서는 왠지 모를 이질감과 거리감이 머물고 있었다. 마치 두꺼운 성벽 너머에서 들려오는 비명 소리와도 같았다.

비명 소리는 현실이었고, 그 너머에서 누군가 고통받는 것도 현실이었다. 하지만 단단한 성벽이 존재하는 한 그것은 보이지도 않는 그 너머의 고통일 뿐이었다. 그녀가 돋음발을 깡충거려도 그것은 결코 도달할 수 없는 또 다른 세계에 불과했다.

어쩌면 그녀의 그런 행동 자체도 성벽 너머에 살고 있는 사람들에게는 위선으로 보일지도 몰랐다. 남들이 고통에서 벗어나고자 지르는 비명을 듣기 위해 깡충거리는 행동은 분명히 위선이었다. 설사 성벽 위에 올라 그 너머에서 들려오는 비명의 근원을 눈으로 보았다 해도, 그 자신의 위치가 성벽 위에 머물고 있다는 것은 변함이 없었다.

성벽을 쌓아 올린 것은 그 모습 그대로 '단절'을 위함이었다. '안'과 '밖'. 그것을 나누기 위해서 사람들은 땀을 흘리며 성벽을 쌓았다. 그럼에도 불구하고 사람들은 스스로 격리시킨 두 세계의 존재를 인정하지 않은 채 성벽 너머의 모습을 보기 위해서 땀을 흘리며 깡충거린다. 누구도 성벽을 허물어 그 너머로 발걸음을 내딛기를 원하지 않았다. 그저 성벽 너머를 기웃거리는 것만으로도 만족했다.

'난 얼마나 많은 성벽을 갖고 있는 걸까? 그리고 얼마나 많은 성벽을 새로 쌓고 있을까?'

레미의 감겨진 눈꺼풀이 가늘게 떨렸다. 에피는 창틀에 턱을 기댄 채 손가락으로 촛불을 가지고 장난을 치고 있었다. 촛불은 마치 고양이처럼 그녀의 손가락을 깨물기 위해서 흔들거렸지만 그 자리를 벗어나지는 못했다. 에피는 무심하게 장난에 열중하던 얼굴로 입을 열었다. 그녀의 목소리는 보통 때의 카랑카랑한 목소리가 아닌 평범한 또래 여자들의 목소리였다.

"나 머리가 이상한 애 같죠? 맞아요. 나 미쳤어요. 생각해 봐요. 난 회색남풍 용병대의 손에 의해서 키워졌어요. 용병대 안에서 여자는 나 혼자였어요. 용병이라는 종족들이 뭐 하는 종족인지 알죠? 돈 받고 사람을 대신 죽이는 존재예요. 뭐, 개중에는 온갖 잡다하고 어려운 목적을 덧붙이는 역겨운 자식들도 있었어요. 그런 놈들이 지껄이는 말의 특징은 한결같이 나같이 무식한 계집애들은 한마디도 못 알아듣는 어려운 말이에요. 난 그런 말을 흉내도 못 내겠어요. 그리고 항상 혹처럼 따라붙는 건 '우리는 정당하다, 어쩔 수 없이 죽여야 한다. 그렇지만 나중에는 사람들이 우리가 잘했다고 칭찬해 줄 것이다'. 뭐, 그런 것들이죠. 그딴 머저리 자식들은 막상 전쟁터에 나서면 부들부들 떨면서 바지에 오줌이나 싸죠. 사람이 죽는 게 얼마나 무서운 일인지 피부로 실감하지 못했던 놈들이니까 그런 거창하고 어려운 말을 하는 거겠죠. 게다가 아빠라는 머저리는 내가 7살이 되던 해, 내가 도박의 판돈으로 쓰기에 아주 적합한 계집아이라는 엄청난 진리를 발견했죠. 7살 때 내 값어치가 어느 정도였는지 알아요? 겨우 300파이트(Faitt)였어요. 아직도 그 일을 기억하죠. 계속 돈을 잃던 그 머저리는 갑자기 곁에서 배고파 찡찡대던 나를 가리키면서 말했어요. '이봐, 돈 대신 이 녀석을 걸겠어. 얼마나 쳐줄 거야?' 나를 물끄러미 보던 동료 용병은 피식 웃더니 말하더군요. '300파이트! 그 이상은 한 푼도 못 줘'. 그때 내가 어떻게 했을 거 같아요? 그 머저리의 허리춤에서 단검을 뽑아 머저리의 허벅지를 찔러줬어요. 뭐, 워낙 어린애여서 별로 심각한 상처는 내지 못했죠. 지금이라면 확실하게 목을 따줄 텐데… 봐요. 난 이런 어린 시절을 보냈다구요. 가정교육이 돼먹지 못한 건 내 탓이 아니에요. 용병대라는 거, 특히 회색남풍처럼 사람 잘 죽이기로 유명한 용병대라는 건 어린 여자애를 키우기에는 별로 바람직하지 못한 환경이거든요. 덧붙여 말하자면, 거기에 있으면서 여자로서 가장 질 나쁜 습격을 당할 뻔하기도 했어요. 그게 뭔지는 알죠? 내가 최초로 죽인 사람이 누굴 거 같아요? 있잖아요, 한밤중에 자다가 숨이 막혀서 눈을 떠보니 웬 머저리가 내 위에 올라타 있더라구요. 그 머저리의 손은 내 바지 속으로 들어와 있었고. 난 별로 망설이지 않고 그 자식의 목에 단검을 꽂아버렸어요. 멍청한 아빠한테 배웠거든요. 근거리에서 사람을 확실하게 죽이고 싶으면 목을 찔러라. 어때요? 내가 13살 때 있었던 일이에요. 그 후로 비슷한 머저리를 세 놈인가 네 놈쯤 더 죽였고, 그 이후로는 잠자리를 방해 받는 일은 없어졌고, 아침에 일어나 사내놈들처럼 바지춤을 확인할 필요도 없어졌죠. 그런 곳이에요. 용병대라는 건 숙녀를 위한 교육 환경으로는 최악이죠."

레미는 아무런 말도 하지 않았고, 동정의 눈빛을 보내지도 않았다. 그저 성벽만큼 무거운, 그러면서 성벽처럼 완고하고 단단한 눈꺼풀을 열어 에피를 응시했다. 무거운 눈꺼풀을 열자 그녀는 그곳에 앉아 있었다. 마치 성벽 너머에서 들려오던 비명 소리처럼. 에피는 혀를 내밀고 히죽 웃었다.

"역시 그럴 거라고 예상했어요. 난 이런 이야기를 해도 언니라면 동정하는 표정을 짓지 않을 거라고 생각했거든요. 난 그런 표정을 증오해요. 단검으로 목젖을 따주고 싶을 만큼 증오하죠. 헤헤, 물론 나는 무식하고 머리도 나쁜 계집애죠. 하지만 나도 잘하는 건 있어요. 활솜씨 하나는 회색남풍에서도 알아주는 실력이었죠. 칼질도 괜히 겉멋으로 검을 차고 다니는 얼간이 녀석들의 바짓가랑이를 쑤셔줄 만큼의 실력은 되죠. 언니가 부러운 건 사실이지만, 언니처럼 살고 싶지는 않아요. 이렇게 사는 데 겨우 익숙해졌는데 또 다른 것에 다시 익숙해져야 한다는 건 질색이에요. 그냥 언니가 좋아져서 이런 수다를 떠는 거예요. 뭐랄까… 에구, 말로 설명을 못하겠네. 역시 난 무식해요. 에헤헤."

에피는 혀를 내밀고 웃으면서 레미를 바라보았다. 레미는 어색하게 미소를 지으며 시선을 돌렸다. 그녀는 어쩐지 자신이 비참해지는 기분을 느끼며 한숨을 쉬었다. 하지만 그 비참함이 어디서 오는지는 알 수가 없었다.

〈 5 〉

 별빛이 유난히 밝은 밤이었다. 먹빛 구름 한 점 얼씬거리지 못하는 밤하늘에는 엄청난 숫자의 별들이 신경을 곤두세우고 흐느적거리며 깜박이고 있었다. 그런 별빛으로부터 눈을 감아버린 숲은 별빛이 스며드는 것을 용납하지 않았다. 숲은 지독히 어두웠다.
 몇 개의 횃불들이 신경질적으로 일렁거리며 어둠과 치열하게 싸우고 있었다. 횃불이 거칠게 휘둘러지자 어둠은 소리없이 비명을 지르며 물러섰다.
 낮게 흐느끼는 피리 소리가 어둠이 지른 소리없는 비명을 대신해서 진혼곡을 불러주고 있었다. 조용하지만, 때로는 격정적인 진혼곡은 죽은 자들의 영혼과 비명을 지르는 어둠의 안타까움을 달래고 있었다. 그 피리 소리 아래서 사내들은 불편한 눈으로 눈치를 살피고 있었다.

"이것도 저것도 모조리 마음에 들지 않아!"

가래가 끓는 듯한 듣기 거북한 목소리가 피리 소리를 끊었다. 피리 소리는 일순간에 멎었고, 견디기 힘든 압박감을 가진 침묵이 어둠을 대신해서 밀려 들어왔다.

누군가 어깨로 진저리를 치면서 모닥불을 피워 올렸다.

"그 짜증나는 피리 좀 때려치워!"

파이세(Faisse)는 피리로 머리를 긁적거리며 데곤(Degon)을 바라보았다. 데곤은 여전히 화가 치민 표정으로 불가에 앉아 있었다. 텁수룩한 머리의 데곤은 보통 사람의 두 배는 족히 넘는 거구를 가지고 있었다. 파이세는 피리를 허리춤에 꽂아 넣으며 모닥불 곁으로 걸어왔다. 가늘고 호리호리한 체구의 사내는 쭉 찢어진 눈으로 두목인 데곤을 물끄러미 보고 있었다.

"이제 그만 하시지요. 화를 낸다고 변하는 건 없습니다."

파이세는 어깨를 으쓱하고는 어두운 숲 속을 둘러보았다. 데곤이 들고 있는 배틀엑스(Battle Axe)에는 동물의 것이 아니라는 것이 분명한 옷 조각과 살점이 굳기 시작한 피에 뒤엉켜 있었다. 그는 데곤이 만들어놓은 새로운 창조물을 힐끔거렸다. 배틀엑스는 결코 허명이 아닌 파괴력을 갖고 있었고, 단련된 근육의 단호한 움직임과 수없는 시간을 건너 반복되며 쌓여진 경험을 바탕으로 세계관을 재정립하고 있었다.

배틀엑스와 메이스, 워햄머(War Hammer)로 죽임을 당한 존재들을 시체라고 부르기에는 나름대로 거부감이 있었다. 시체란 인간의 죽은 육체를 지칭하는 말로 보편적으로 사용되는 법이었는데, 어두운 숲 속 여기저기에 널브러진 것들은 조금 전까지 인간이었다는 증거가 어디에도 없을 정도로 확실하게 뭉개져 있었다.

데곤과 파이세의 지휘를 받는 사내들은 그런 아수라의 한켠에 모닥불을 피우며 야영을 준비하고 있었다. 정상적인 신경과 상식을 가진 인간들이라면 처참하게 으깨지고 박살난 시체 조각 옆에 모포를 깔고 눕지는 못했다. 하지만 그들이 신경 쓰는 것은 고약하게 비린 냄새를 풍기며 풀밭 여기저기에 흩어진 시체 조각들이 아니었다. 성질 나쁘고 난폭한 두목이 여전히 얼굴을 붉히며 경련을 일으키듯 배틀엑스의 손잡이를 움켜잡고 있다는 것이었다.

그들은 지난 시간 동안 전쟁터에서 두목의 배틀엑스가 어떤 위력을 발휘하는지 몸으로 체험한 자들의 집단이었다. 단지 파이세만이 한숨을 쉬고 고개를 절레절레 저으며 데곤의 곁에 앉아 있었다. 현재 배틀엑스의 회전 반경 안에서 머물고 있는 자는 그가 유일했다. 다른 사내들은 여기저기 피워놓은 모닥불 곁에 비좁게 모여 앉아 있었다. 데곤이라는 이름을 가진 사내는 언제나 두려운 사내였다.

오후에 이언의 협박에 겁을 집어먹고 피네벡으로 무작정 도망친 사내들이 정신을 차렸을 때, 그들은 서쪽 숲에 머물고 있었다. 그들은 공포를 진정시키고 이성을 되찾았을 때 자신들이 조금 곤란한 지경에 처했다는 것을 깨달았다. 원래 남쪽으로 내려가 중앙산맥을 넘어서 크림발츠로 들어가기로 예정되어 있던 사내들이었다. 그들은 다시 피네벡으로 되돌아갈 엄두가 나지 않았기 때문에 일단 숲에서 야영을 하고 날이 밝으면 숲을 벗어나기로 마음먹었다.

그들은 불행하게도 몇 가지 사실을 간과하고 있었다. 일단 그들은 지도에도 없는 숲이기 때문에 그다지 크지 않을 거라고 생각하는 외지인들이었다. 하지만 그 숲은 마차로 통과하는 데도 4일이나 걸리는 숲이었다. 군용 지도가 아닌 이상 이런 경우는 흔했다. 그리고 더욱 불행한 사실은 그곳은 데곤과 그 부하들과 같은 무리가 은신처로 삼을 경우가 많다는 사실이었다. 그리고 그들을 여관에서 쫓아낸 사내의 일행들이 이 숲을 일직선으로 가로질러 달려왔다는 사실이었다. 가장 불행했던 사실은 그 일행들이 은퇴 기사 떠돌이 마법사, 귀족 기사와 전직 용병, 그리고 전직 용병의 딸이 있다는 것이었다. 6명의 일행 중 5명이 전투력을 갖고 있는 막강한 여행자들이었고, 그 실력을 겸손없이 발휘했다.

튜멜 일행은 4일 동안 숲을 가로질러 오면서 끊임없이 몰려드는 도적 일행에 충분히 질려 버렸다. 이언이 짜증스러운 어투로 이 숲이 중앙 기사단 막사냐고 욕지거리를 내뱉었을 정도였다. 별로 틀리지는 않다는 것이 문제다.

레미는 마지막 이틀 동안은 비릿한 피 냄새에 지쳐 거의 혼절한 채 여행을 해야 했다. 무엇보다 튜멜 일행이 성대하게 장례식을 치른 40여 명이라는 도적들의 숫자는 데곤이 가진 부하들 중 절반을 의미했다. 나머지 절반의 부하들을 데리고 원정을 나갔다 돌아온 데곤은 숲길을 따라서 일렬로 늘어선 채 전멸해 있는 부하들의 시체를 보고서 노성을 터뜨렸다.

그리고 그때 마침 불행하고 가련한 상인들이 숲에서 야영을 하고 있었다.

"이거 도대체 어떤 놈들이야?!"

"마을 놈들이 아닐까요?"

무심결에 대답을 꺼낸 사내는 데곤의 살기 어린 눈초리에 질려 식은땀을 흘리며 뒤로 넘어졌다. 사내는 겁에 질린 얼굴로 허둥지둥 뒷걸음질쳤지만 다행히 배틀엑스가 날아와 그의 머리를 부수는 일은 없었다.

"이런 멍청한 놈들을 데리고 있어야 한다니. 네놈들은 검과 쟁기도 구별 못하나!"

"집요할 정도로 예리한 검과 잘 손질된 화살과 나무 몽둥이가 사용되었습니다. 근데 불에 타죽은 놈들은 어떻게 된 건지 모르겠습니다."

키가 3미터는 되고 성질이 난폭하여 힘 세기로 유명한 회색 곰도 때려잡는다는 데콘은 예전에 회색 곰도 때려잡았던 배틀엑스로 멍청한 부하를 찍어버리지 않았고, 대신에 똑똑한 부하를 바라보았다. 파이세에게는 별다른 표정이 머물지 않고 있었다. 데콘은 배틀엑스를 내려놓고 손가락 마디를 우두둑 꺾으며 힐끔 파이세의 대답을 기다렸다.

"…그래서?"

"최소한 세 명에서 네 명 정도는 잘 훈련된 놈들이라는 겁니다. 특히 검을 가진 자는 질려 버릴 정도입니다. 아무리 검술의 천재라고 20년 이상 전쟁터에서 보내지 않은 이상 단번에 사람의 뼈를 자르기는 쉽지 않습니다. 저도 못합니다."

"그래서?"

"최소한 한 놈당 우리 열 명을 상대할 겁니다. 수적으로 우리는 전혀 우세가 아닙니다."

"상대는 그럼 기사단인가?"

"아뇨, 그건 아닐 겁니다. 이런 걸 발견했거든요."

파이세는 데콘의 분노에도 아랑곳하지 않았다. 그는 태연하고 차분한 얼굴로 주머니에서 무언가를 꺼내 데곤에게 건네주었다. 데곤은 그것을 모닥불에 비춰보고는 의아한 얼굴로 파이세 쪽으로 고개를 돌렸다.

"화살 깃이잖나?"

"죽은 시체에 박혀 있던 겁니다. 자세히 살펴보시죠."

데곤은 이해하지 못하는 표정으로 다시 화살 깃을 모닥불 빛에 비춰보았다. 황색 불빛이 그의 얼굴에 어지러운 그림자를 그리는 동안에 그의 표정은 서서히 변하기 시작하더니 나중에는 격렬하게 변화하기 시작했다. 데곤은 의아함에서 놀라움으로 이내 격한 분노에 잠긴 얼굴로 듣기 거북한 신음 소리를 냈다.

평범한 화살 깃을 장식하는 부류는 많지 않았다. 잘 모르고 장식을 하는 경우엔 화살 자체의 정확성과 위력을 감소시키는 경우도 있을 수 있기 때문이었다. 결이 다른 깃을 쓰기도 하고 평범한 화살을 구입해 화살 깃에 물을 들이는 경우도 많았다. 화살 깃에 물을 들이는 것은 커다란 의미는 없고 단지 자신의 존재나 소속감을 강화하기 위한 방법이었다.

귀족들이 가문의 문장을 명예로 생각하고, 기사들이 자신의 검에 화려한 장식을 하는 것과 비슷한 맥락으로 해석될 수 있었다. 뛰어난 궁사의 경우에는 자신만의 독특한 방식으로 화살 깃에 물을 들였다. 대부분의 경우에는 반사적으로 자신의 소속이나 출신 지역에 맞춰서 물을 들이는 경우가 많았다. 에피는 습관적으로 화살을 구입한 뒤 회색남풍식으로 물을 들이는 버릇을 갖고 있었고, 때문에 그녀의 화살은 회색남풍의 화살이 되었다.

"회색남풍? 그 자식들이 어째서 여기에?"

"화살 깃을 장식하는 방법으로 봐서는 틀림없이 회색남풍식 장식입니다. 녀석들은 아주 심각하게 용병들의 룰을 어긴 거죠. 만약, 죽은 녀석들이 같은 용병이라는 것을 알고 있었다면 이건 심각한 문제입니다. 전장 이외의 장소에서 같은 용병을 죽인 거니까요."

"이 개자식들, 모조리 죽여 버리겠어!"

전장에서 적으로 만나기 전에는 서로를 죽이지 않는 것이 용병들의 철칙이었다. 특별히 누가 법으로 구체적으로 만든 것은 아니었지만 아무리 사이가 나쁜 용병들이라도 전쟁터가 아닌 이상은 부득이한 경우를 제외하고는 서로에게 검을 겨누지 않았다.

그런 룰이 없다면 동료나 친구들의 복수가 끊이지 않았을 것이고 용병들은 서로 죽고 죽이다가 자멸해 버릴 수 있었다. 적이 되면 친구도 죽이는 것이 용병이지만, 전장을 벗어나면 자신의 한쪽 팔을 잘라간 원수라도 싸우지 않았다. 물론 감정의 골이 사라지는 것은 아니고, 격한 시비 끝에 칼부림을 일으키며 서로 죽이는 일이 없지는 않았다. 하지만 그것은 정당하게 싸움을 걸고 도전을 받아들이는 전제를 필요로 했다. 그리고 보통은 다른 용병들이 그 과정을 지켜보기 마련이다. 서로가 용병임을 밝혔는데 죽이는 경우는 드물었고, 그런 짓을 저지른 용병은 항상 복수를 당했다.

"저 숲을 벗어난 곳에 마을이 있던데 이름이 뭐였지?"

"피네벡입니다만, 좀 신중하셔야 합니다."

"어째서?"

"우리는 저들의 정확한 전력을 모르지 않습니까? 그리고 왜 우리 부하들을 죽였는지도 모릅니다."

"제기랄! 그냥 넘어가지는 않는다. '묘지의 까마귀' 용병대의 이름을 걸고서!"

데곤은 이를 갈면서 다시 한 번 자신의 배틀엑스를 힘주어 움켜잡았다. 그 소리에 화답하듯 여기저기서 철그럭거리는 쇳소리가 들려왔다. 두 사람의 대화를 듣고 있던 사내들도 같은 용병들이 동료들을 죽였다는 사실에 흥분하고 있었다.

파이세는 모두가 흥분하고 있다는 사실에 한숨을 쉬었다. 항상 흥분하는 것을 타인들의 몫이었다. 자신은 미처 흥분할 기회가 주어지지 않았다. 그는 알고 있었다. 자신까지 흥분하면 조직은 붕괴할 거라는 것을. 자멸은 파이세의 취향에 별로 맞지 않았다.

"회색남풍이라면 보통 실력은 아닙니다. 정규 기사단 이상의 전투력을 보유한 용병대는 흔치 않습니다. 그 녀석들은 거의 군인들처럼 움직입니다. 세상에 병참 부대를 끌고 다니는 용병대가 어디 있습니까? 자유 기사들이 모인 사설 군대라고 보는 편이 정확합니다."

"시끄럿! 나도 알고 있어."

"이번 일은 조금 고민해 봐야 할 것 같습니다."

"고민은 네놈이나 해. 그리고 결론만 말해 주면 되는 거야."

'가끔씩 혼자서만 머리를 써야 하는 저도 이해해 주시죠, 대장.'

데곤의 음산한 말에 파이세는 그런 생각을 하면서 모닥불에 장작을 집어 넣었다. 물론 파이세는 자신의 생각을 항상 입 밖으로 낼 정도로 멍청이는 아니었다.

"잠시 얘기를 할 수 있을까?"

"누구냐?!"

〈6〉

　새벽 공기는 차가웠다.
　피네벡은 전형적인 라이어른 남부 지방의 기후를 갖고 있었다. 라이어른의 북부 지방은 대해(Grand Sea)에서 흘러 들어온 난류의 영향을 받아 여름엔 시원하고 겨울엔 따스한 대신에 일 년 내내 비가 오는 날이 많았다. 겨울철에도 눈이 오는 경우는 드물었다.
　그에 비해 라이어른 남부 지방은 중앙산맥의 산악성 기후의 영향을 받았다. 봄이면 크림발츠에서 비를 뿌리고 중앙산맥을 넘은 바람이 고온 건조한 상태로 불어왔고, 여름엔 덥고 겨울엔 춥고 눈이 많이 내렸다. 일교차가 크기 때문에 낮에는 따가운 햇살이 비추었지만 밤과 새벽 공기는 뼈를 얼릴 정도로 차가웠다.
　하지만 라이어른 중부와 북부 지역과는 달리 풍부한 햇살을 받을 수 있다는 점은 남부인들 특유의 자부심이었고, 지역성을 만들어냈다. 농업이 발달한 남부인들은 상업과 수산업이 발달한 라이어른 북부인들을 깔보는 성향을 갖고 있었다. 물론 북부인들도 나름대로 지역적 자부심이 있었고, 남부인들을 나름대로 멸시하고 조롱했다.

어스름하게 깔린 새벽 안개가 회색과 청색 사이에서 방황하는 어중간한 빛을 띠고 있었다. 새벽 안개 덕분에 희미한 바람은 겨울 바람처럼 얼음이 박힌 차가운 바람이었다.

파일런 디르거는 고개를 들어 새벽 안개 사이로 흐릿하게 보이는 마을의 모습을 바라보았다. 마을은 아직까지 침대 속의 달콤한 온기에 취해 있었다. 새벽 안개 사이로 집들은 첫 닭이 우는 소리를 못 들은 유령처럼 희미한 그림자를 드리우며 머뭇거리고 있었다.

파일런은 한 손을 자신의 허리에 짚고 검을 비스듬히 바다 쪽으로 늘어뜨린 자세로 서 있었다. 거의 흰머리에 가까운 회색 빛 짧은 머리와 더부룩한 흰 수염, 눈매는 오래된 선원처럼 겹쳐진 주름을 끌고 있었다. 광대뼈가 튀어나오고 주름진 얼굴 때문에 나이가 들어 보이는 그였지만, 그는 늙지 않았다.

새벽 안개의 싸늘함을 막기에 부족해 보이는 얇은 셔츠는 그 아래 숨겨진 빈틈없고 단단한 근육질의 몸을 숨기지 못했다. 그는 오랜 시간 전장에서 삶을 낭비했던 자들 특유의 모습을 갖고 있었다. 우람한 근육질은 아니었지만 가장 필요한 부분에 가장 알맞을 정도의 근육들이 발달해 있었다.

그런 파일런의 모습은 마치 늙은 선원을 연상케 하는 면이 있었다. 평생을 바다에서 파도와 싸워온 늙은 선원은 우람한 근육을 가진 젊은 선원들보다 강했다. 그들은 삶의 파도를 어떻게 헤쳐야 살아남는지 알고 있었다. 파일런은 수평선 너머에서 떠오르는 육지를 보고는 늙은 선원 같은 얼굴로 새벽 안개 너머를 보고 있었다.
"이제 진정이 되나, 남작?"
"하아~ 하아! 네, 네… 디르거 경……."
 대답과는 달리 튜멜의 목소리는 가쁜 숨결에 막혀 제대로 흘러나오지 못했다. 끈적이는 단내를 풍기는 숨결이 어스름한 새벽 공기 속에서 투명한 입김을 만들었다. 튜멜은 풀려 버린 무릎을 가누지 못한 채 여관 뒤뜰 한켠에 놓여진 벤치에 앉아 있었다.
 어깨까지 들썩이며 헐떡거리던 그는 자신이 입고 있는 갑옷의 무게가 얼마나 되는지 진지하게 고민하기 시작했다. 여행을 하는 동안에는 단지 거추장스럽고 낮에는 깜짝 놀랄 정도로 달아오르던 갑옷이었지만, 막상 1시간도 넘게 검을 휘두르다 보니 또 다른 성격을 드러내고 있었다.
 지금까지 전투를 겪었어도 그가 검을 휘두를 일은 없었다. 하지만 파일런을 상대로 검을 휘둘러 본 튜멜은 자신의 갑옷이 어떤 물건인지 몸서리치게 깨닫고 있었다. 그의 갑옷은 그 주인을 쉽게 관 속에 눕히지 않기 위하여 충분한 방어력을 가진 대신, 역시 충분하게 무거웠다. 튜멜은 자신이 걸치고 있는 갑옷이 자신의 몸을 땅속으로 끌고 들어가려 한다는 착각을 느낄 정도였다. 갑옷 하나하나가 약속이나 한 듯이 그의 몸을 아래로 끌어내리고 있었다.
 튜멜은 허버크의 체인메일 무게에 짓눌려 숨도 제대로 쉬지 못하고 있었다. 당장이라도 이 무겁고 거추장스러운 갑옷을 벗지 않으면 질식할 것만 같은 절박함이 그를 괴롭히고 있었다. 그의 갑옷은 여전히 여행을 시작한 직후처럼 상처 하나 없이 은색으로 반짝이고 있었다.

그리고 지금은 새벽 안개의 습기와 튜멜이 흘린 땀으로 흠뻑 젖어 있었다. 그는 허버크 안에 껴입은 가죽 옷까지 흠뻑 젖어 있다는 것을 알고 있었다. 습기를 머금은 가죽은 미쳐 버릴 정도로 뻣뻣해지고 무겁게 달라붙었다. 평소에는 그다지 무겁다고 느껴본 적이 없는 롱 소드조차도 이제는 튜멜에게는 절망적으로 무거웠다. 마치 기병용 특제 메이스를 들고 있는 것만 같은 착각이 들 정도였다.

묵묵히 튜멜을 기다리던 파일런은 자신의 클레이모어로 가볍게 자신의 어깨를 두드리기 시작했다. 롱 소드와는 질적으로 다르게 예리한 클레이모어로 이런 짓을 했다가는 자신의 귀나 어깨를 잘라 버리기 좋을 만큼 위험한 행동이었다. 하지만 파일런은 자신의 검을 신체의 일부처럼 다루고 있었고, 그런 실수는 하지 않았다. 그는 검을 세워 자신의 한쪽 어깨에 걸쳐 둔 자세로 서서 튜멜을 내려다보았다.

"그 나이에도… 헉헉… 대단하십니다…….”

"뭐, 심심해서 나이를 먹는 건 아니지.”

"저, 저로서는 도저히… 근처도 못 가보는군요. 하아~”

"그렇게 무리할 건 없다네. 시간은 많으니까. 자네, 걷기도 힘들어 보이는군.”

파일런은 눈을 가늘게 뜨면서 튜멜을 바라보았다. 그는 땀에 젖은 얼굴로 여전히 헐떡거리고 있었다. 미남은 아니었지만 그런대로 호감이 갈 만한 얼굴이었다. 희고 매끄러운 얼굴에 다소 신경질이 얹혀 있는 눈매는 나름대로 젊은 귀족다운 매력이 있었다. 조각상을 연상케 하는 절대적인 아름다움은 없었지만, 예민하고 약간의 신경질이 있으면서도 몸가짐을 가눌 줄 아는 매력이 그에게 머물러 있었다.

단지 그의 외모는 갑옷을 입고 검을 드는 것과는 별로 어울리지 않앉다. 차라리 책을 들고 있는 편이 더 어울릴 법한 얼굴이었다. 그런 면에서 얇은 셔츠 아래로 팽팽한 근육 때문에 나이를 가늠하기 힘든 파일런이 풍기는 위압감과는 대조를 이루고 있었다.

그들의 모습은 마치 마지막 항해에서 돌아온 늙은 선원과 수도원에서 공부하는 젊은 대학생과 같은 모습이었다. 올해 32세인 케이시 튜멜 남작은 실제로 한창 대학에서 공부할 나이이기도 했다.

"그런데 갑자기 이런 걸 원하는 이유가 뭔가?"

"그냥… 검술을 배우고 싶은 겁니다."

"예전에 어디에선가 만났던 동료가 했던 말이 있지. '한번 검을 쥔 자는 결코 되돌아가지 못한다'. 무슨 의미인지 알겠나?"

튜멜은 지친 눈을 들어서 파일런을 올려다보았다. 그의 머리가 천천히 좌우로 서너 번 움직였다. 파일런은 피식 웃으면서 고개를 들어 시선을 멀리 던졌다.

"뭐, 그렇게 조급하게 스스로 건너갈 필요는 없다는 말이지. 언젠가 운명이라는 것에 이끌려 건너게 될지 모르고, 그때는 자네가 거부해도 두 번 다시 되돌아가지 못할 게야. 언젠가 말한 것처럼 나는 15살 때 처음 검을 잡았고, 20살이 되기도 전에 벌써부터 전쟁터에서 사람을 죽였지. 지금껏 얼마나 많은 전쟁터를 다녔는지 나 자신도 모른다네. 세어보고 싶지도 않을 만큼 많은 숫자의 사람들을 죽여봤고, 얼굴도 기억나지 않을 정도로 많은 친구들을 그 전쟁터에서 잃어봤지. 친구의 시체를 땅에 묻고 잠에서 깨어나 보면 언제나 딱딱하고 차가운 야전 침대 속에 누워 있는 자신을 발견하지. 피비린내를 안주 삼아서 술을 마시고 한두 번쯤 사랑을 했을지도 모르지만, 그녀들의 기억은 아무것도 없어. 어디서 무얼 하던 여자였는지,

어떤 외모를 가졌는지. 내가 젊음을 대가로 사랑했던 여자가 눈부신 저택 부인실에 앉아서 자수를 놓는 백작 가문 영애였을지도 모르고, 혹은 누더기를 걸치고 전쟁터를 따라다니며 병사들에게 싸구려 미소와 몸을 파는 여자였을지도 모르지. 저녁놀을 받아 발갛게 달아오른 금발 머리의 여자였을지도 모르고, 밤하늘처럼 검은 머리의 여자였을지도 몰라. 전쟁터를 헤매고 다니며 검을 쥐고 살아오는 사람들에게 그런 것은 무의미하지. 살인을 하는 자들은 그 대가로 다른 모든 이들이 갖는 것을 내주어야 하는 법이야. 자네는 그런 게 부럽나?"

튜멜은 파일런이 이렇게 오랫동안 이야기를 하는 경우를 보지 못했다. 그는 여전히 헐떡이는 숨결을 고르기 위해서 입을 멍하니 벌린 채 그의 말을 듣고 있었다. 마치 오랜 항해를 마치고 항구로 돌아와 자신의 고단했던 항해를 햇병아리 선원에게 들려주는 늙은 선원 같은 말투였다. 파일런은 가만히 눈을 감았다.

하늘이 있었다.

레이크 뮈트에르그(Rake Muitergh)는 힘겹게 숨을 몰아쉬다가 문득 푸른 하늘을 발견했다. 그의 눈동자에는 구름 한 점 없을 정도로 맑은 하늘이 눈을 찌르며 버티고 있었다. 긍지 높은 동방 원정 기사는 그런 하늘 아래 서 있었다. 피처럼 붉은 십자가가 그의 검정 서코트 가슴에 새겨져 있었다.

희생, 사랑, 자비 이 세 가지 덕목을 위한 상징인 십자가는 혈관을 달리며 온몸을 데우는 뜨거운 피처럼 붉었다. 겸허와 인내를 위해 서약한 자긍심과 신앙심은 붉은 숨결이 되어 그의 턱을 타고 흐르고 있었다.

벌판은 성서에서 그렇게 지겹게 묘사하던 지옥이 현실 속에 나타난 '재래'였다. 영겁의 세월 저편에 이미 한번 세상은 지옥이 존재하고 있었고, 위대하신 신의 이름과 광영으로 세상은 낙원이 되었다. 그리고 '두 번째 인간'이 기꺼이 희생함으로 세상에 십자가가 그 희생의 증거가 되었다. 그런 세상에 두 번째 지옥이 존재하고 있었고, 세상은 또 다른 자가 순교하기를 강요하고 있었다.

함성과 비명은 서로 뒤엉켜 어느 쪽도 구분하지 못하게 만들었다. 망가지고 부러진 무기들이 바닥을 뒹굴고 있었고, 죽은 자들은 산을 이루고 그들이 흘린 희생의 증거는 뜨거운 강물이 되어 벌판을 흐르고 있었다. 벌판은 부서지고 잘려진 시체들로 가득했고, 발목까지 질척거릴 정도로 흐르는 피 때문에 미끄러웠다. 바닥에 깔려진 시체들을 밟지 않고는 한 걸음도 움직이지 못할 정도였다.

누군가 검을 휘두르려고 하다가 바닥에 뒹굴던 잘려진 팔목을 밟고 휘청거렸다. 또 다른 누군가가 휘청거리는 그의 목에 검을 찔러 넣었다. 대륙 저편의 스테인드글라스 아래 무릎 꿇은 자들이 칭송하는 '희생'이 그의 검정 서코트를 축축하게 적시며 흘러내렸고, 또 다른 자가 대지에 몸을 눕히며 순교했다.

하늘을 올려다보던 레이크는 무언가 물컹한 것을 밟고는 중심을 잃었다. 누군가의 몸속에서 흘러나온 내장이 그가 신고 있는 서배튼(Sabbaton)에 밟혀 '울컥!' 하는 소리와 함께 터져 버렸다.

공포와 피로를 잊기 위해 아편을 씹으며 싸우는 병사들에게 이제 아군과 적군의 구분은 없었다. 그들은 그저 자신에게 다가오는 존재를 향해 본능적으로 검을 휘둘렀고, 검에 찔리며 끔찍스러운 비명을 질렀다. 개중에는 자신의 왼팔이 잘려 동맥에서 피가 솟구치는데도 웃으며 검을 휘두르는 자도 있었다.

너무 많은 아편을 씹은 그 병사는 자신의 팔이 잘려 나간 고통도 알지 못했다. 그리고 다른 이의 검에 찔리기도 전에 출혈 과다로 넘어졌다. 약에 찌들은 그의 심장은 마지막까지 안타깝게 피를 흐르게 하려 했지만 더 이상 심장이 뿜어낼 피가 없었다. 병사는 자신의 피로 만든 웅덩이 속에서 미소를 지으며 죽었다.

그렇게 넓은 대평원 한가운데서 격돌한 두 부류의 인간들은 모든 것을 버렸다. 그들은 자신의 국가를 버렸고, 자신들의 동료를 버렸고, 멀리서 기다리고 있을 자신의 애인과 아내를 버렸고, 자신의 인간성과 신앙심을 버렸다. 그리고 마지막으로 자신의 생명까지 버렸다.

몇 세기 전까지만 해도 후추를 싣고 일확천금을 기대하던 상인이 걸어갔고, 기다리고 있을 아내를 위해 멋진 금세공품을 들고 돌아갔을 평원이었다. 새로 태어난 아들을 기뻐하던 양치기가 설레는 기분으로 양 떼를 몰아가던 평원이었는지도 모른다. 그 평원에서 이들은 주저없이 검과 도끼를 휘둘러 상대를 파괴했고, 파괴당했다. 이곳에 문명은 존재하지 않았고, 본능은 존재했다. 피는 피를 불렀고, 그 피는 그 자신을 뜨겁게 달구었다.

동방 원정 기사 레이크는 헐떡거리며 눈가를 문질렀다. 건틀렛에서 질퍽거리던 피가 눈가로 묻어났고 어딘지 모를 곳에서 흘러내린 피가 눈가로 스며들었다. 투구 같은 것은 어디론가 날아간 지 오래였다. 그의 머리는 피와 땀으로 흠뻑 젖어 있었고, 머리칼에 엉킨 채 굳어가는 피 때문에 그의 머리 색은 구별할 수 없었다. 마치 불타는 붉은 머리라는 착각이 들었다.

"우아아!"

어디선가 알아듣지 못하는 고함을 지르며 달려들었다. 동방어로 뭐라고 고함을 지르는 상대는 검을 휘두르며 레이크를 노렸다. 레이크는 고개를 들었고, 그것보다 빠르게 검을 치켜들었다. 그는 본능적으로 자신에게 달려오는 상대를 향해 마주 달렸다.

동방 원정 기사의 긍지. 그것은 악에 현혹된 배교자와 이교도들에게서 등을 돌리지 않는 것. 레이크의 이성은 그것을 생각하지 않았다. 단지 그의 몸이 그 계율에 충실하게 반응했다. 그의 몸은 존엄한 계율에 충실했고, 성당의 자랑스런 검이었다.

그의 의식, 그의 기억은 아무런 상관이 없었다. 움직이는 것은 고단한 육체였지 보이지 않는 의식이 아니었다. 잔뜩 치켜 올려진 피 묻은 검이 기묘한 모습으로 보였다. 그는 이교도가 휘두르는 검이 두렵지 않았다. 단지 지겨웠다. 한시라도 빨리 이 피곤한 육체를 눕히고 싶었다. 시체를 짓밟으며 달려오던 상대는 바닥을 뒹구는 누군가의 갑옷을 밟고 휘청거렸다.

레이크는 고개를 숙이며 그대로 상대와 격돌해 버렸다. 피로와 죽음의 공포를 씻기 위해서 아편을 씹기 시작하면서부터 이쪽도 저쪽도 '전략'은 '전술'이 되었고, 이내 '전투'가 되었다.

'방어 및 공격에 대한 12세' 또는 '야전에서 고속 기동 전술'은 시답잖은 농담이 되었다. 아득할 정도로 먼 옛날이야기였다. 누가 더 빠르고 덜 지쳐 있는가가 모든 것을 저울질했고 서로의 생사를 심판했다. 죽음의 천사는 한 손에 저울을 들고 전장을 오가며 병사들의 무게를 쟀고, 죽일지 살릴지를 결정했다. 그 속에서 인간들은 저마다 두 손으로 자신의 무기를 꼬나 들고 사창가 부랑자들처럼 사방으로 마구 휘두르고 있었다.

레이크의 롱 소드는 서로가 마주 달려오던 힘과 검 자체의 강도에 힘입어 상대의 갑옷을 관통했다. 절그럭거리는 이교도의 스케일 메일(Scale Mail) 따위는 아무런 의미도 없었다. 그는 개구리처럼 꿈틀거리는 이교도의 어깨 위에 턱을 얹은 채 상대의 등 뒤로 비죽 솟아나온 자신의 롱 소드를 힐끔거렸다.

롱 소드, 정확하게 말하면 템플 소드(Temple Sword)는 십자가의 형상을 본떠서 만들어진 검이다. 검정 서코트에 그려진 붉은 십자가처럼 그것은 신앙을 의미했고, 자기 희생을 의미했다. 기사들은 그것을 희생의 십자가 삼아서 성호를 긋고 가족들과 이별했다. 그리고 여기서 싸우고 있었다.

레이크와 상대는 하나가 되어 시체 더미 위로 나뒹굴었다.

"크아악!"

그는 넘어지고 나서야 자신도 공격을 받았다는 것을 깨달았다. 고통은 '인지'와 함께 무섭게 찾아들었다. 상대의 검은 자신의 폴드런을 부수고 어깨로 들어와 있었다. 그는 자신의 왼쪽 어깨가 잘려 나가자, 불로 지지는 듯한 고통 속에서 비명을 지르며 눈물을 흘렸다.

그는 눈물을 흘리며 상대가 검을 들고 있었다는 사실에 감사하고 있었다. 배틀엑스였다면 그의 어깨는 잘려 나갔을 것이고, 메이스였다면 곤죽으로 으깨졌을 것이다.

고통을 감사히 여기라. 고통은 곧 삶의 증거이니, 죽은 자들은 고통이라는 축복을 받지 못하리라. 고통은 삶에 대한 증언이며 숭고한 인도자이니, 고통에 몸을 맡기고 분노에 충실하라. 고통은 삶에 대한 들이쉬는 호흡이고, 분노는 내쉬는 호흡이다. 고통과 분노가 너와 함께하는 동안에 너는 살아 있을 것이다.

레이크는 인간이 가진 언어로 표현할 수 없는 고통을 느끼며 누구의 말이었는지 생각했다. 그동안 눈물은 그의 눈가에서 말라붙은 핏자국을 적시고 그의 입에서는 핏덩이가 뱉어졌다.

'나는 무엇을 보고 있었지?'

'푸른 하늘이다.'

'하늘? 어째서 하늘 따위를 보고 있었지?'

'직접 눈을 들어보라. 하늘은 너무나 맑다.'

레이크는 고통 속에 일그러진 얼굴로 천천히 몸을 뒤집었다. 바닥에 고여 있던 피와 내장 때문에 그의 목덜미가 축축하게 젖어들었지만, 그는 거기에 개의치 않았다.

정말 푸른 하늘이었다. 시리도록, 차마 똑바로 응시하지 못할 정도로 푸른 하늘이 거기에 있었다.

그는 문득 자신의 검을 기억했다. 하지만 그는 자신의 검이 어디 있는지 알지 못했다. 템플 소드. 그의 존재 증명. 희생의 십자가. 십자가의 형상을 본떠 만든 검. 그는 지금껏 십자가를 들고 지옥을 헤매고 있었다.

전장을 헤매는 기사에게 검은 생명이고 명예다. 전장에서 기사가 검을 잃는다면 그는 자신의 생명도 잃을 것이다. 검을 잃으면 생명을 잃고, 생명을 잃으면 검을 잃는다. 양자는 동일한 결과를 가져오고 동일한 목적을 갖는다.

'명예는? 기사의 명예는 뭐지? 주군에 대한 충성? 자신의 양심과 기사도에 대한 준수? 자신의 길을 올곧게 걷고 있다는 증거? 기사의 명예란 검을 쥔 채로 죽는 것.'

죽는 순간까지 싸움을 포기하지 않는 존재. 기사는 명예를 위해서, 기사도를 위해서 존재하는 것이 아니다. 기사는 살인을 하기 위해 훈련을 하고, 살인에 대한 합리화를 위하여 주군을 섬기고, 기사도를 섬긴다.

기사도와 주군, 명예는 살인이라는 알몸을 가리기 위한 아름다운 속옷이다. 그리고 때로는 그런 속옷 위에 정의라는 이름의 멋진 갑옷을 걸친다. 그랬을 때 살인은 투쟁이라고 불리워질 수 있다. 기사들의 알몸은 살인, 자신의 모습에 성실하기 위해서 기사는 검을 쥔 채로 죽어야 한다.

'내 검은 어디 있지?'

살인을 포기한 기사는 더 이상 기사가 아니다. 속옷은 알몸을 포기할 자격이 없다. 알몸이 없다면 그것을 가릴 속옷은 필요하지 않는다. 알몸은 속옷을 포기할 수 있지만 속옷은 알몸을 포기할 수 없다. 그것은 법칙이다.

'내 검은 어디 있지?'

레이크는 피가 끓어오르는 헐떡임 속에서 손에 잡히는 것을 움켜잡았다. 이교도의 샴시르(Shamshir)가 그의 손에 쥐어졌다.

'이 자식들은 왜 이런 검을 사용하지?'

'La, Dal, Ala, Hadar.'

레이크는 문득 이교도의 샴시르에 새겨진 문구를 읽었다. 기초적인 동방어를 읽을 줄 아는 그는 그 경구의 의미를 알고 있었다. '용기의 금성(Venus)과 신의 뜻이 여기에' 라는 의미였다. 레이크는 맥빠지게 웃기 시작했다. '신의 뜻이 여기에(Ala, Hadar)'라는 말이 소용돌이처럼 그의 귓가를 맴돌았다. 어째서 싸우고 있는지의 회의에 대한 대답치고는 지나치게 조소적인 대답이었다.

레이크는 시체처럼 누워서 한 손에 샴시르를 쥔 채 나락으로 떨어지고 있었다.

'이교도란 무엇이지?'

이교도, 나와는 다른 신을 믿는 존재. 신이란 것은 유일하고 절대적인 존재. 따라서 세상에 다른 신이란 존재할 수 없다. 그러므로 이교도란 신을 믿지 않는 자. 신의 은총을 거부하는 자. 하지만 그들은 여전히 신을 믿고 있는 자. 신을 믿지 않으면서 신을 믿는자?

'그건 불가능해.'

단지 다른 신을 믿는 자. 하지만 신은 절대적이고 유일무이한 존재. 다시 말해 둘이 될 수 없는 존재. 그러므로 하나일 수밖에 없는 신을 두 개라고 주장하는 이교도는 신을 믿는 자가 아니다.

'우리가 싸우는 이유는?'

신을 믿지 않는 자들과 맞서기 위하여. 신을 믿는 자들을 그들로부터 보호하기 위하여. 또한 신의 무한한 은총과 사랑을 그들에게 전하기 위하여. 그들의 거짓된 믿음을 벗겨내고 참된 신의 존재를 알리기 위하여.

'그런 우리는 순교자인가?'

순교자. 신을 위해 신께서 선물한 생명을 포기하는 존재. 피를 흘리는 존재. 우리는 순교자. 거짓된 신을 숭배하는 이들로부터 진실된 신을 믿는 자들을 보호하기 위한 존재. 검을 들고, 도끼를 들고 그들과 맞서 이 땅에서 피를 흘리며 신께로 회귀하는 존재.

　우리의 검은 신의 은총이고, 우리의 도끼는 신의 준엄한 꾸짖음. 우리는 신의 분노를 대신하는 자. 우리는 신의 검. 검은 그 자신을 위해 싸우지 않는다. 검이란 그것을 쥔 존재를 위해 싸우는 법. 그러므로 우리는 신을 위해 싸우는 존재. 또한 우리는 신의 은총과 사랑을 알리는 존재.

　"웃기지 마! 역겨워!"

　레이크는 힘겹게 몸을 일으켰다. 상처에서 흘러나오는 피는 그의 육체를 적셨고, 그의 마음을 적셨다. 핏물이 섞인 호흡은 거품이 되어 그의 입술을 타고 흘렀다. 그는 감겨지는 눈을 들어 평원을 둘러보았다. 어디에도 신의 은총과 사랑은 없었다.

　인간이 고안한 도구와 인간의 근육이 만들어낸 물리력은 세상을 파괴하고 있었다. 날아드는 메이스에 맞아 누군가의 머리가 토마토처럼 으깨졌다. 그 순간 신의 은총도 으깨졌다. 파고드는 검이 누군가의 심장을 관통할 때, 신의 사랑도 검에 꿰어져 피를 흘렸다. 누구의 신인지는 중요하지 않았다. 우리들의 하나뿐인 거룩한 이름인지, 이교도들의 거짓된 신인지… 아무도 그런 것은 중요하게 생각하지 않았다.

　레이크는 이교도의 검에 자신의 몸을 의지한 채 스스로 일어서기 시작했다.

　'La, Dal, Ala, Hadar.'

　"디르거 경?"

차가운 새벽 공기 속에서 튜멜은 땀에 젖은 하얀 얼굴로 쿨럭거리고 있었다. 파일런은 움푹 꺼지고 피로한 눈으로 튜멜을 내려다보았다.

"자네는 무엇을 위해 싸우나?"

튜멜은 대꾸를 하는 대신에 천천히 몸을 일으켰다. 여전히 그의 어깨는 가쁜 호흡을 이기지 못해 들썩거렸고, 힘이 풀려 버린 무릎은 휘청거렸다. 그가 걸치고 있는 갑옷은 새벽 안개가 놀라지 않도록 속삭이듯 작은 소리를 냈다. 그는 천천히 허리를 폈고, 어깨를 폈고, 마지막으로 호흡을 골랐다. 그리고 희미해지는 새벽 안개의 자취를 쫓으며 희게 웃었다.

"무엇인지 모릅니다. 하지만 저는 제가 소중히 여기는 두 가지를 위해 싸우고 싶습니다."

파일런은 튜멜에게 소중한 두 가지가 무엇인지 묻지 않았다. 그런 것은 아무런 의미도 없었다. 그는 묵묵히 검을 내려 겨누며 거리를 만들었다. 튜멜은 잔뜩 긴장한 얼굴로 파일런을 보고 있었다.

"자네가 200년쯤 더 나이를 먹게 되면… 그런 젊은 치기는 부끄러워질 거야."

"전 그렇게 오래 살고 싶은 생각이 없습니다. 앞으로 50년만 더 살고 82세의 나이로 손자들과 자식들이 보는 앞에서 조용히 죽을 겁니다."

"그 소원을 이루려면……."

파일런의 말이 채 끝나기도 전에 클레이모어가 허공을 날았다. 튜멜이 어금니를 악물며 롱 소드를 세워 들었지만 이미 늦었다. 망치로 모루를 때리는 소리가 나면서 튜멜은 무릎을 꿇었다. 그는 어깨까지 시큰거리는 통증 때문에 얼굴을 찡그렸다. 파일런은 가볍게 검을 회수하며 웃었다.

"그 어설픈 검술부터 고칠 생각이나 하게, 앞으로 50년이나 더 살고 싶다면."

파일런의 말에 튜멜은 넌더리가 난다는 얼굴로 고개를 흔들었다.

〈 7 〉

　정원 가득 화사하게 피어진 꽃들은 바람에 진저리를 치며 어깨를 움츠렸다. 세심하고 꼼꼼한 솜씨로 가꾸어진 정원은 아름다웠다. 솜씨 좋은 정원 설계자의 도면을 바탕으로 꾸며진 정원은 잘 손질된 정원수들과 화단, 분수대, 조각상들로 이루어진 멋진 교향악이었다.
　그 자체로도 이미 값비싼 대리석 조각상들은 말없는 위용을 뽐내고 있었다. 4개의 감시탑과 성벽으로 보호되는 정사각형의 정원 안에는 모든 것이 존재했다. 정원 한가운데 위치한 흰 색 대리석으로 만들어진 8개의 원기둥을 가진 퍼골라(Pergola)에는 담쟁이 덩굴이 보기 좋게 휘감고 있었다.
　퍼골라 주변에는 사생활의 보호, 즉 감시탑의 보초병들의 시선을 막기 위해서 원을 그리며 키 큰 나무들이 심어져 있었고, 그 너머로 완벽한 좌우 대칭을 이룬 화단이 있었다. 마지막으로 잘 손질된 장미

덩굴이 편안한 터널을 이루며 정사각형의 성벽을 따라 만들어져 있었다.

　루엘라이 파반트(Luelrai Fahrwand)는 조용한 눈으로 미로처럼 얽혀 있는 화단 사이를 걸었다. 종류를 미처 헤아리기도 힘든 꽃들이 심어진 화단의 테두리까지 대리석 마감으로 되어 있었고, 바닥에는 부드러운 자갈이 깔려져 있었다. 3층 높이까지 치솟아오른 성벽 덕분에 이곳은 폐쇄된 낙원이었다. 감시탑의 꼭대기에서 휘날리는 국기와 왕실기를 제외하고는 푸른 하늘밖에 보이지 않았다.

　루엘라이는 볼이 부은 얼굴로 정원을 걷고 있었다. 모처럼 정원을 찾았지만 이곳에서도 왕실의 깃발과 크림발츠의 국기가 휘날리고 있었고, 다른 것은 아무것도 존재하지 않았다. 높은 성벽은 시선만이 아니라 외부의 소음까지 차단했다.

　덕분에 쥐 죽은 듯이 고요했지만 그녀는 알고 있었다. 그녀가 위험에 처해 도움의 손짓만으로도 4개의 감시탑에서 눈을 부라리고 있는 경비병들이 일개 백인대는 간단히 넘기는 숫자로 뛰어나올 것이라는 것을. 물론 그 병력들은 최초에 도착하는 숫자를 의미했다.

　앞가슴이 브이 자 형태로 깊숙이 패이고 섬세하게 금실로 자수가 놓인 값비싼 흰 색 레이스로 장식된 드레스를 입은 그녀는 습관적으로 머리를 쓸어 넘기려다 손을 내렸다. 그녀의 갈색 머리는 단정하게 정리되어 진주가 박힌 머리 장식으로 고정되어 있었다. 그녀의 수석 시녀이면서 또한 유모이기도 한 백작 부인의 잔소리에도 그녀는 머리를 쓸어 넘기거나 만지작거리는 버릇을 쉽게 고치지 못했다.

　'공주님! 천박한 여자들처럼 머리를 쓸어 넘기지 마세요!'

루엘라이는 수석 시녀의 말을 기억하면서 눈살을 찌푸렸다. 루엘라이는 이름을 잊어버린 남부 지방의 어느 항구 도시가 그녀의 영지라는 사실을 떠올렸다. 죽은 남편의 백작 가문을 승계한 그녀가 어째서 날씨 좋고 살기 좋은 영지를 놔두고 왕성에서 자신의 시녀로 일하는지는 알 수 없었다. 하지만 루엘라이는 백작 부인이 영지로 떠나버린다면 대성당에서 감사의 기도를 세 번쯤 드릴 수 있겠다고 생각했다.

"아아, 바보들이 즐거워할 날씨야. 그렇지 않아?"

"죄송합니다. 무슨 말씀이신지?"

발자국 소리도 내지 않도록 조심하면서 그녀의 뒤를 따르던 이아엘라(Iaela Kurin)는 고개를 들어 그녀의 뒷모습을 바라보았다.

"세상의 많은 바보들은 날씨가 좋으면 무턱대고 좋아하지."

"죄송합니다만, 무엇 때문에 화가 나셨는지요?"

루엘라이는 고개를 돌려 자신의 시녀를 바라보았다. 이아엘라는 왕실 시녀들의 제복을 입고 있었다. 밝은 회색 빛 블라우스에 짙은 회색 코르셋과 풍성한 스커트를 입은 그녀는 고개를 숙이고 눈을 내리깔고 있었다.

"당연히 오전 내내 저능아들에게 붙잡혀 책을 읽어야 했으니까. 우리 말도 똑바로 읽지 못하는 작자들에게 뭘 배우라는 거야?"

"그분들은 이름 난 학자분들이십니다, 루엘라이 공주님."

"정말? 진짜로? 우리 말도 똑바로 해석하지 못하던데? 글이란 건 소리 나는 대로 읽는다고 해결되는 게 아냐. 모르고 있었어?"

이아엘라는 또다시 시작되는 루엘라이의 히스테리를 묵묵히 받아들이고 있었다. 오전 공부를 마치고 차를 마시기 전에 가볍게 정원을 도는 산책 시간이면 그녀는 무섭도록 냉소적인 악담을 퍼붓곤 했다. 그런 면에서 공주의 정원은 천혜의 요새였다. 아무도 들어오지 못하는 이곳에서는 당연히 그녀가 쏟아내는, 정통 왕가의 권위를 실추시키는 발언을 듣고 놀랄 사람이 없었다. 물론 이아엘라가 듣곤 했지만 그녀는 언제나 침묵으로 일관하는 시녀였다.

"도대체가 아무런 의미도 없는 지식을 머리 속에 우겨넣어서 뭐 하자는 거야? 머리 나쁜 사람들은 그걸 교양이라고 부르는 모양인데, 다른 사람들에게는 그게 교양이고 지식일지 몰라도 나에게는 아니야. 책 한 권 똑바로 읽을 능력도 없는 사람들이 누굴 가르치겠다는 거야? 게다가 지식이라는 건 상대적인 문제야. 모든 사람에게 보편적인 지식이라는 건 존재하지도 않는 허상이라고!"

"…그렇게 말씀하셔도 저는 무슨 소리인지 이해하지 못합니다, 공주님."

"예를 들어볼까? 크림발츠 왕성에서는 후계자 교육의 일환으로 대륙의 역사를 가르치지. 언제 최초의 통일 제국 하이파(Haifa)가 성립되었고, 언제 북 하이파와 서 하이파로 분열되었는지를 말이야. 하지만 달리 생각해 봐. 야르 산맥의 지옥의 누아 족에게는 그런 것은 의미가 없어. 그들에게는 어떻게 하면 쉽게 사람 가죽을 벗길 수 있는가가 진짜 지식이겠지."

"루엘라이님!"

"알아! 내가 조악한 예를 들고 있다는 거. 이게 다 그 멍청한 선생들 덕분이야. 크림발츠의 후계자 교육은 후계자의 상상력을 죽이는 데 목표를 두고 있어. 덕분에 크림발츠의 미래는 어둡다고 할 수 있지. 오랜 기간 동안 꼼꼼하게 상상력이 죽어버린 왕자와 공주들이 왕권을 승계하게 되니까."

이아엘라는 숨이 막히는 눈으로 주변을 둘러보았다. 교수형당하고 싶어서 미친 인간이 아니라면 공주가 정원을 산책하는 시간에 여기에 들어와 얼쩡거리는 인간은 없을 것이다. 하지만 그녀는 쉽사리 불안한 기분을 삭이지 못했다.

"난 지식이란 건 그런 거라고 생각해. 그런데 나를 가르치는 인간들은 지식이란 절대적인 것이라고 굳게 믿고 있어. 마치 이런 걸 모르면 엄청난 얼간이가 되고 세상을 살면서 스스로는 아무것도 할 줄 모르는 인간이 된다고 생각해. 마치 세상의 종말을 보는 눈이라니까. 나는 그런 얼간이들이 나를 가르친다는 명목으로 돈을 챙겨가는 것에 절망을 느껴. 그런 식으로 국고를 낭비하면 나라가 힘들어져. 무엇보다 지식이라는 건 음식이 아니야. 억지로 우겨넣는다고 소화가 되는 게 아냐. 아니, 음식도 억지로 우겨넣으면 체하기 마련인데, 그 자들은 대대로 내려오는 왕실 교육 지침서를 신봉하면서 그대로 따라하려고 하지. 8살에 승마를 시작하고, 12살에 문법을 배우고, 14살에는 철학과 천문학을 배우지. 그치들은 상상력도 없고 음식과 지식도 구별할 줄 몰라. 아마 그 인간들은 음식을 암기하고 지식에 브라운 소스를 뿌려 먹을 거야. 내기해도 좋아."

이아엘라는 시녀들끼리 수군대는 것을 들은 적이 있었다. 그녀들 말에 의하면 루엘라이 공주는 역대 왕가의 자손들 중에서 가장 명석하고 예리하다는 평가를 받고 있었다. 물론 시녀들은 그런 특징을 '우리 공주 전하가 엄청난 천재래!' 라는 간단한 문장으로 표현했다. 그녀는 어려서부터 마치 해면처럼 배운 것을 그대로 흡수하고 있었다. 하지만 거기에 비례해서 그녀의 신랄한 독설은 해를 거듭할수록 강도가 높아졌고, 이제는 왕실에 대한 중대한 모독을 할 지경에 이르렀다.

"그렇지만, 그런 것에도 미처 발견하지 못한 중요한 것이 있지 않을까요? 연륜과 경험이 풍부하신 분들의 생각이잖아요?"

"너도 나이를 먹어가면서 변하는구나? 사람들이 하게 되는 가장 큰 착각은 나이와 현명함이 비례한다는 생각이야. 현명함과 사고의 예리함은 나이와 별 상관이 없어. 그건 별개의 문제야. 물론 7살짜리보다는 70살짜리 노인네가 실수할 확률은 적겠지. 하지만 그건 단순히 실수할 확률이 적다는 의미야. 왜냐하면 70년을 살아오면서 수도 없이 실수했을 테니까. 정말 현명한 사람은 실수하지 않고도 아는 사람이야. 모닥불에 손을 넣어보고서 '앗! 뜨거!' 하고는 사람들에게 모닥불은 뜨겁다고 의기양양하게 말하는 사람들이 세상엔 너무 많아. 현명한 사람이라는 것은 모닥불에 손을 넣어보지 않고도 그것이 뜨겁다는 것을 아는 사람이야. 내 말이 무슨 말인지 이해해?"

"아뇨. 하지만 루엘라이님의 말이 옳을 거예요."

그녀의 말에 루엘라이는 맥 빠진 표정을 짓더니 한숨을 쉬며 포기했다. 이아엘라도 그 정도 비유는 이해할 수 있었다. 하지만 그대로 놔두면 루엘라이는 세상의 모든 것을 부정하는 극단적인 생각으로 치닫는다는 것을 알고 있었다. 물론 그녀 자신은 그것을 전혀 깨닫지 못하곤 했다.

"너는 국왕이 되기 위한 조건이 뭐라고 생각해?"

너무나 갑작스러운 질문이었다. 그리고 그것은 위험한 질문이었다. 일개 시녀가 잘못 입을 놀리면 교수형을 당할 수도 있는 문제였다. 이아엘라는 질문 자체의 위험성 때문에 당황하지는 않았다. 그런 것은 아무래도 좋다고 생각하고 있었다. 그녀가 당황하는 것은 그 추상적이고 어려운 질문에 대한 대답 때문이었다.

국왕. 그녀로서는 한 번도 생각해 본 적이 없는 문제였다. 왕성에서 일하지만 일개 시녀인 이아엘라는 아직도 한 번도 여왕을 본 적이 없었다. 크림발츠의 권력을 가진 존재가 어떤 존재인지 본 적도 없는 그녀에게 그 존재가 갖춰야 하는 덕목을 질문한 것이다.

"글쎄요. 죄송합니다. 잘 모르겠습니다. 아마도 사랑과 헌신이 아닐까요?"

"그건 이 나라의 통치 이념이긴 한데, 말 그대로 이념이지 현실은 아니야. 국왕이나 여왕으로서 필요한 것은 차가운 냉정함과 뜨거운 실천력이야. 아끼는 사람이라도 죽음을 요구할 수 있는 냉정함, 사랑하는 사람이라도 죽일 수 있는 실천력 그것뿐이야. 하지만 난 그런 것들이 싫어. 머리로는 이해하지만 가슴으로는 이해하지 못해. 오빠가 왕위에 오르고 그런 모습을 보여준다면 정말 슬플 거야. 하지만 오빠가 그런 모습을 보여주지 못한다면 오빠는 훌륭한 국왕이 아니라는 얘기가 되지. 그건 그 나름대로 끔찍해. 요즘 이 지독한 아이러니를 보면 화가 나서 견딜 수가 없어. 물론 사랑과 포용으로 나라를 이끌어갈 수도 있을 거야. 그리고 크림발츠에 헌신할 수도 있을 거야. 하지만 나는 현실과 이상이 다르다는 걸 알아. 이상이 달콤한 벌꿀 케이크라면 현실은 차가운 스튜야. 벌꿀 케이크가 없어도 사람이 살아가는 데 문제는 없어. 하지만 차가운 스튜라도 없으면 사람을 굶어야 하는 거야. 벌꿀 케이크만 먹고도 살 수 있다고? 그럴까? 사람이 살아가는 데 필요한 건 스튜 안에 들어간 고기와 야채, 곡물이야. 달콤하게 혓바닥을 간지럽히는 벌꿀이 아니거든. 먹기 고약해도 차가운 스튜를 먹어야 하는 거야. 하지만 내 오빠가 국왕이 되고 그런 모습으로 변하는 건 죽어도 보고 싶지 않아. 그걸 보는 것만으로도 내 인생은 끔찍해질 것 같아. 난 언제까지나 이상적인 크림발츠의 하늘을 이야기하며 화사하게 웃는 오빠를 보고 싶어."

갑작스럽게 말이 끊긴 적막은 두 배로 견디기 힘들다. 얼굴을 붉혀가면서 떠들던 루엘라이가 입을 다물자 정원은 어색한 침묵이 맴돌았다. 이아엘라는 묵묵히 그녀의 뒤를 따르고 있었다. 열심히 듣고 있었지만 그녀는 루엘라이의 말을 전부 이해하지는 못했다. 그녀는 알고 있었다. 그러기에는 두 사람 사이의 간극이 너무나 넓었다. 하지만 그녀는 루엘라이가 자신에게 해주는 말이라는 것 자체에 고마움을 느끼고 있었고, 그것으로도 충분히 소중한 가치를 지녔다고 생각했다. 그것이 무엇을 의미하는지는 그녀에게 별 의미가 없었다.

"너는 나를 어떻게 생각해?"

"네? 그야 당연히 우리 크림발츠의 영광이시자, 순결함과 영민함, 예리함을 상징하는 하얀 장미의 소유자이신 루엘라이 A. 파반트 공주님이시죠."

"흥! 수식어가 너무 길다는 생각이 들지 않아? 한 개인을 지칭하는데 그렇게 많은 수식어를 필요로 하는 이유가 뭘까? 그건 그만큼 권력에 가깝다는 의미겠지. 그리고 동시에 그런 수식어에 의존하지 않으면 안 될 만큼 그 사람에게 아무런 미덕도, 가치도 없다는 의미겠지. 결국 나는 수식어만 요란한 빈 껍데기 계집아이에 불과한 거야."

"그건 절대로 아니에요!"

"그럼 난 너에게 어떤 의미가 있는 거지? 그런 거창한 수식어를 빼고서."

"말 그대로 저는 당신의 시녀입니다."

"말 그대로 나는 너의 공주이고? 난 너를 내 유일한 친구라고 생각해. 그런데 너는 나를 그저 철없는 불평이나 늘어놓는 공주님 정도로 생각하고 있어. 불공평해."

"시녀는 공주님의 친구가 될 수 없습니다. 왕성을 드나드는 지체 높으신 영애님들이 많지 않습니까?"

"새로운 보석 목걸이로 치장할 생각만 가득한 그 바보 같은 년들?"

루엘라이는 점차로 과격하게 말하기 시작했다. 이아엘라는 알고 있었다. 그녀가 진심으로 화를 내기 시작하고 있다는 것을. 이아엘라는 가만히 입술을 깨물었다.

"우린 겨우 17살이야. 그런데 왜 벌써부터 어른 흉내를 내려고 바둥거리는 거야? 벌써부터 그럴 필요가 있는 거야? 아니면 진심으로 그러고 싶은 거야? 넌 얼마 전까지 나와 뒹굴면서 장난을 쳤지. 둘만 있었을 때는 공주도 시녀도 없었잖아? 그저 루엘린과 일리였을 뿐이야. 오빠를 봐. 오빠는 여전히 친구를 갖고 있어. 그런데 나는 벌써 친구가 내곁을 떠나 버리려고 해. 그리고 난 혼자가 되겠지, 오빠가 국왕이 되면."

이아엘라는 비로소 요즘 들어서 부쩍 그녀의 짜증이 늘어난 이유를 알았다. 그녀는 짜증을 내고 화를 내고 있었다.

친구. 이아엘라는 자신이 과연 그녀의 친구로서 가치가 있는지 고민했다. 신분이 너무나 달랐다. 천재 소리를 듣는 공주와 자기 이름도 쓸 줄 모르는 시녀가 친구로 지내는 문제에 대해서 그녀는 지극히 회의적이었다. 그리고 이미 자신은 마음의 정리를 끝내고 있었다. 그녀는 루엘라이 공주를 사랑했다. 하지만 그걸로 족했다. 그녀는 아무런 결과도 바라지 않았고, 아무런 행동도 원하지 않았다.

그녀는 그런 자신의 생각을 차마 말할 수가 없었다. 어려서부터 함께 자란 루엘라이였다. 그녀는 루엘라이가 어떻게 생각하고 어떤 감정을 느끼는지 자신보다 정확하게 알고 있었다. 오직 그녀만을 보고 커왔기 때문에. 그녀의 오빠가 국왕이 되면 그녀는 공작 부인이 되어 왕성을 떠날 것이다. 이아엘라는 그때까지 계속해서 그녀의 곁에 머물 수 있기를 바랬다. 그 이상도 이하도 아니다. 하지만 그런 부끄러운 생각을 그녀에게 말해 줄 수는 없었다.

"나는 너를 친구로 생각했는데, 너마저 나이가 들었다고 나를 떠나려고 해."

"공주님……!"

말해야 한다. 이성적으로 설명하지는 못하지만 이아엘라는 무언가 말해야 한다고 생각했다. 그런 의지는 스스로 입술을 열고 자신도 모르는 말을 토하게 만들었다.

"당신이 저를 처음 봤을 때 뭐라고 했는지 기억하세요? 언제인지 아실 거예요."

루엘라이는 걸음을 멈추고 하늘을 올려다보았다. 크림발츠의 봄 하늘은 맑고 투명했다.

그랬다. 두려움과 본능적인 공포에 떨고 있던 5살짜리 계집아이에게 있어서 그것은 한줄기 빛이었다. 푸른 하늘에서 지금처럼 쏟아지는 맑은 햇살이었다. 누군가의 손에 이끌려 부모님과 헤어지고 어딘지도 모를 거대한 곳으로 와야 했던 계집아이는 그저 무섭고 울고 싶었다.

　몇 번이고 부모님을 부르며 애타게 울고, 떼를 쓰고, 바닥을 뒹굴었다. 하지만 계집아이의 소원은 묵살되었고, 그녀의 부모님은 두 번 다시 나타나지 않았다. 대신에 몸서리치게 가혹하고 엄한 매질이 그녀를 기다렸다. 하늘 대신에 존재하는 것은 무섭도록 높은 천장이었고, 그곳의 밤은 견딜 수 없이 추웠다.

　계집아이는 두꺼운 모포 속에서 웅크린 채 지독한 외로움과 싸우며 덜덜 떨어야 했다. 아니, 5살짜리 계집아이에게 외로움은 이해할 수 없는 거대한 벽이었다. 그녀는 단지 본능적인 공포만 느끼고 있었다. 무릎이 깨지면서 뛰어놀던 비좁은 마당도 없었고, 배고파서 칭얼거릴 때 엄마가 끓여주던 귀리 죽도 없었다.

　엄마는 그녀가 아플 때면 그 비싼 우유를 듬뿍 넣은 귀리 죽을 끓여주었다. 단지 그것 때문에 그녀는 언제까지나 아파서 냄새나는 침대에 누워 있기를 기도했다. 게걸스럽게 뜨거운 것도 모르고 우유를 넣은 귀리 죽을 손으로 퍼먹던 그녀를 침대 머리맡에서 보고 있던 엄마는 가만히 웃으며 이마를 쓰다듬어 주었다.

　그리고 아빠. 해가 지고 어둠이 깔리면 시큼하고 이상한 냄새를 풍기며 들어온 아빠는 그녀를 번쩍 안아서 까칠한 턱수염으로 그녀의 뺨을 비볐다. 한 달에 한 번, 냇가에서 그녀를 목욕시킬 때 엄마의 손에 들려 있던 목욕솔만큼이나 까칠한 아빠의 턱수염. 그런 아빠의 손에는 진득하니 녹아서 엉겨 붙은 시커먼 설탕 덩어리가 있곤 했다. 계집아이는 밤새도록 이불 속에 누워 닳아 없어지는 그 안타까운 단맛을 만끽했다.

　그런 엄마 아빠와 헤어진 계집아이에게 밤이란 너무나 무서웠다.

그리고 그 사람을 만났다. 그 사람은 자신과 똑같은 모습을 하고 있는 여자 아이였다. 계집아이는 그 사람의 화려한 옷에 주눅이 들었다. 땟국물이 흐르는 자신의 손으로 만지면 시커먼 자국이라도 남을 것처럼 얇고 예쁜 옷이었다.

계집아이는 그 사람의 옷이 너무 아름다워서 그녀가 페어리(Fairy)라고 생각했다. 언젠가 엄마가 침대 맡에서 머리를 쓰다듬어 주면서 말해 준 옛날이야기 속에서 페어리는 마음 착한 아이들에게 나타난다고 했다. 보석처럼 빛나는 얇은 옷을 입고 한 쌍의 투명한 수정처럼 생긴 날개를 가진 페어리는 마음 착한 아이의 순박한 소원을 들어준다고 했다.

'나 페어리를 만나면 소원을 빌 거야.'
'무얼 말할 거니, 일리?'
'언제까지나 엄마 아빠하고 살게 해달라고. 그리고 우유를 넣은 귀리 죽을 마음껏 먹을 수 있게 해달라고.'

그 사람은 페어리가 아니었기 때문에 그녀의 소원은 이루어지지 않았다. 그 사람은 계집아이와 같은 나이였지만, 계집아이와 전혀 달랐다. 아주 의젓하고 멋지게 행동했고, 어른스러운 표정으로 조용히 서 있었다. 그녀처럼 울지도 않았고 떼를 쓰지도 않았다. 그리고 아주 어른스러운 말투로 진짜 어른들에게 명령했다.

그녀는 신기했다. 자신과 똑같은 나이의 여자 아이가 말하면 진짜 어른들이 고개를 숙이며 말을 들었다. 계집아이는 겨우 5살이었고, 여전히 집에 두고 온 털뭉치 인형과 헤어진 부모님이 보고 싶었지만 힘의 논리를 이해하는 본능을 가지고 있었다. 그녀는 조그만 주먹으로 꼬질꼬질한 눈가로 흐르는 눈물을 훔쳤다. 그 사람은 의젓하게 어른처럼 서서 눈을 가늘게 뜨고 그녀를 보았다.

'이름이 뭐지? 넌 참 못생겼구나?'

그녀의 첫마디는 그랬다.
"이름이 뭐지? 넌 참 못생겼구나? 어째서 그렇게 시끄럽게 우는 거야? 내가 슬프지 않게 해줄게… 라고 내가 말했던 거 같은데? 후아아~! 내 기억이 맞아?"
"네, 그렇게 말씀하셨어요."
'여전히 기억하고 계시는구나. 그런 사소한 어린 시절을.'
이아엘라는 유쾌하게 웃고 있는 그녀의 모습을 보면서 그렇게 생각했다. 그녀는 무의식 중에 자신의 치마폭을 힘껏 움켜쥐고 있었다.
"확실히 크림발츠 왕실의 가정교육은 형편없어. 내가 이 모양인 건 어려서부터 가정교육이 나빴던 거야. 그게 5살짜리 철모르는 공주님이 한 말이라니. 아이! 더워. 내가 그런 시건방진 소리나 지껄이고 다녔다니."
루엘라이는 웃음을 참지 못하고 킥킥거리면서 손바닥을 부채처럼 파닥거렸다.
이아엘라는 굳게 입을 다물고 있었다. 그것만이 아니었다. 당시 5살이던 루엘라이 공주는 의젓함이 지나쳐 딱딱한 얼굴로 그녀에게 손을 내밀었다. 그리고 그녀는 보았다. 희고 보드라운 그 예쁘장하던 손을. 그녀는 본능적으로 눈물에 젖은 자신의 조그만 주먹을 더러운 치마에 슥슥 문질러 닦고서 그 손을 마주 잡았다. 부드러운 그 손은 무척이나 따스했다.

'나, 이 사람이 시키는 건 뭐든지 할 거야.'

12년 전, 5살짜리 시녀 후보 이아엘라는 역시 5살이던 조숙하고 영민한 루엘라이 파반트 공주의 손을 잡으며 그렇게 생각했다.

"흐으음, 라라라~"

루엘라이는 허밍으로 경쾌한 리듬을 흥얼거리며 혼자서 스탭을 밟기 시작했다. 이아엘라는 또 한 번 깜짝 놀라 주변을 힐끔거렸다. 물론 파반트 공주가 산책하는 정원에 들어올 수 있는 권력을 가진 사람은 그녀보다 높은 지위의 두 사람뿐이었다. 그녀의 어머니이자 현재 크림발츠의 여왕인 에이샤 6세 여왕과 그녀의 친오빠이자 왕위 계승 내정자 카시안 루엘 파반트(Karsian Luel Fahrwand) 왕자, 두 사람밖에 없었다.

루엘라이는 마치 무도회 한가운데 서 있는 사람처럼 흥겹게 스탭을 밟았다. 이아엘라는 자신의 신분 때문에 그녀가 참가한 무도회를 구경해 본 적이 없었다. 하지만 충분히 상상은 가능했다. 춤을 추던 루엘라이는 갑자기 멈춰 섰다. 그녀는 턱을 치켜들고 물끄러미 정원 저편에 서 있는 감시탑을 바라보았다. 왕실의 깃발은 바람을 받지 못하고 얌전히 몸을 기울이고 있었다.

"부탁이야. 계속해서 내 친구로 남아주겠니?"

"아뇨, 그럴 수는 없어요."

"역시… 안 되는 거야?"

"저는 당신의 시녀 중 한 사람이니까요. 하지만……."

"응?"

"당신이 저를 어떻게 생각하는지는 상관없다고 생각해요. 저는 당신에게 명령을 내릴 수 없으니까요. 당신이 저를 친구로 생각하든 시녀로 생각하든 저는 그저 따르겠어요."

"이아엘라……."

잠시 동안 망설이던 이아엘라는 용기를 내어 말했다.

"당신은 이곳에서 처음으로 저에게 손을 내밀어준 분이에요. 당신을 위해서 살아가는 게 제 운명이었나 봐요. 이런 미천한 생각을 비웃어도 좋아요. 저는 그때 당신이 원하는 것은 뭐든지 하겠다고 생각했는걸요."

"난 적어도 친구를 비웃지는 않아. 다른 모든 것들을 비웃고 살지만."

"당신은 제 페어리가 맞는지도 몰라요."

"응?"

"아뇨, 아무것도 아니에요."

이아엘라는 고개를 숙인 채 가만히 있었다. 페어리가 맞을지도 몰랐다. 그녀가 그때 무심결에 마음속으로 빌었던 소원은 '부모님 곁으로 돌아가게 해줘요'가 아니었다. 그리고 그녀의 소원은 지금껏 이뤄지고 있었다.

"우습지 않아? 난 지금의 나를 원한 적이 없어. 사람들은 나를 보기 좋은 인형 취급해. 아무것도 생각할 줄 모르고 머리 속에 텅 빈 인형 말이야. 그 치들은 나를 옷장 위에 올려두고 말하지. '아! 높으시고 귀하신 분이다!' 라는 질 나쁜 농담을 하면서 나를 우러러보곤 해. 인형은 스스로 옷장 위로 올라가진 않아. 그들이 올려놓을 뿐이지."

"그런 인형을 바라보며 사는 인형도 있답니다. 예쁘지도 않고 고급스럽지도 않아서 침대 밑에 버려진 인형이죠. 오가는 사람들에게 채이고 밟히고… 그래도 살아가는 인형이죠. 하지만 그런 인형도 살아가지요. 못생겼어도 인형은 인형이니까요."

"우리는 어째서 그런 인형으로 살아가는 걸까?"

"……."

"자신의 의지로 삶을 선택하면서 살고 있다고 느끼고 싶어. 내가 스스로 사랑하는 사람을 찾고, 내가 스스로 내가 하고 싶은 일을 하고, 스스로의 의지로 살고 있다고 믿고 싶어. 만약에… 내가 너를 버리고 배신하게 된다면, 이건 너를 친구라고 생각해서 부탁하는 거야. 내가 너를 배신하면 나를 마음껏 저주하고 욕을 해줘. 나에게 남아 있을 양심이 너무 힘들어 하지 않도록 말이야."

"저는 당신을 원망하지 않을 거예요. 단지 저를 배신할 수밖에 없었던 당신의 슬픔에 아파하게 될 거예요."

"난 그런 것을 원하는 게 아냐, 이 바보야! 나를 힘들게 하지 말아 줘. 부탁이야. 나를 저주해 줘. 나의 내일과 미래를 저주해 줘. 그래야 내 위선적인 양심이 아파하지 않을 거야. 그렇지 않는다면 난… 어?"

루엘라이는 눈을 감고 소리 지르다가 따스한 손길에 흠칫 놀랐다. 이아엘라는 어느새 그녀의 손을 다정하게 잡아주고 있었다. 고된 일과 덕분에 거칠어진 그녀의 손이지만 따스했다.

12년 전, 거만스럽게 턱을 들고 어른 흉내를 내던 루엘라이의 표정은 미묘하게 변했다. 이아엘라는 다정하게 웃었다. 다른 사람이 본다면 공주의 몸에 함부로 손을 댄 그녀는 무조건 교수형에 처해질 터였다. 하지만 17살인 두 여자에게 있어서 그런 것은 아무래도 좋았다.
 이아엘라는 가만히 그녀를 끌어안았다. 루엘라이는 불안한 눈으로 그녀의 어깨 너머로 감시탑을 힐끔거렸다. 경비병 중 누군가 이 광경을 본다면 이아엘라는 죽을 것이다. 하지만 그녀는 부드럽고 따스한 이아엘라의 품에서 벗어나기 싫었다. 그녀는 가만히 눈을 감았다. 이아엘라의 목소리는 꿈처럼 귓가에서 들려왔다.
 "루엘리, 당신이 저를 친구로 생각한다면 그런 것에 마음 아파하지 말아요. 그러면 저도 슬플 거예요. 친구가 괴로워하는 모습은 보고 싶지 않아요. 만약에 저를 배신한다면 망설이지 마세요. 조금 전에 당신이 세상을 비웃던 그 얼굴로, 당신이 저를 배신해야 하는 그 상황을 비웃어줘요. 저는 당신이 그런 얼굴을 하고 있을 때가 가장 좋아요. 저는 세상을 비웃을 힘이 없거든요. 나약하니까."
 "나약하니까 세상을 비웃는 거야. 세상과 싸울 용기가 없으니까."
 그제야 루엘라이도 그녀를 마주 껴안아주었다. 그리고 가만히 눈물을 흘렸다. 그녀는 이아엘라가 지금 자신을 끌어안고서 울고 있는지 아닌지 몰랐다. 하지만 울지 않기를 바랬다. 그녀는 처음 만났을 때부터 울고 있었다. 우는 건 지금까지로도 충분했다.
 "당신과 저는 친구죠?"
 "응, 내 유일한 친구. 그래서 너를 배신하고 싶지 않아."
 "알아요. 하지만 때가 되면 당신을 저를 배신해야 할 거예요. 카시안 왕자님이 변하게 되는 걸 원치 않는 당신처럼, 당신도 언젠가는 변해야 할 거예요. 기억해 줘요. 그냥 잊지만 말아줘요, 제 이름을."

〈 8 〉

꿈에서 깨어나는 기분은 별로 좋지 않았다. 그것이 따스한 봄날 오후의 한가로움에 의존해야 하는 것이라면 더 더욱.
"나는 지금 무얼 하고 있는 걸까?"
레미가 희미한 목소리로 그렇게 말했을 때, 튜멜과 이언은 힐끔 고개를 들었다. 따스한 봄 햇살은 눈부시게 쏟아져 내리고 메아리처럼 반향했다. 무거운 들창을 떼어낸 창문으로 바람이 불어왔다.
레미는 여관 식당에 놓여진 긴 테이블의 창가 쪽 끄트머리에 앉아 있었다. 여행을 하는 동안에 레미와 튜멜은 평민들이 사용하는 등받이 없는 의자에 적응하는 데 고생했다. 테이블에 딸려 있는 긴 벤치에 앉은 레미는 그래서 일말 불안감을 느꼈다.
이언은 투박한 초벌구이만으로 구워진 찻잔을 내려놓았다. 평민들은 귀족들처럼 유약이 발라진 도자기를 쓰지는 않았다. 흙을 그냥 대충 구워버린 식기도 평민들의 입장에서는 비싼 물건이었다. 대부분의 평민들은 나무 컵으로 모든 것을 해결했다. 나무 컵들은 물 컵으로 사용되기도 했고, 경우에 따라서는 술잔으로도 사용되었다.

"앉아서 차를 마시고 있잖아?"

"아! 고마워. 내가 지금 차를 마시고 있다는 거지?"

레미는 손에 들고 있던 자신의 찻잔을 힐끔거리고는 한 모금 마시면서 말했다. 여관에는 마땅한 찻잎이 없었기 때문에 여행을 떠나면서 준비해 온 차를 여관에서 끓여 마시고 있었다. 그녀는 이제 손잡이도 없는 투박한 초벌구이 찻잔에 익숙해졌다. 제대로 씻지도 않아서 희미하게 술 냄새가 났지만 그걸로 불평하지는 않았다.

"왜 그런 말씀을 하시죠, 아낙스 양?"

"그냥 갑자기 생각난 거예요. 뭐, 오래된 인형 이야기라도 생각났나 보죠 뭐. 갑자기 내가 뭐 하면서 살고 있나 싶어진 거예요."

"차를 마시고 있다고 말했잖아?"

"시끄러! 그런 것쯤은 말해 주지 않아도 알고 있어."

레미는 입술을 깨물며 두 손으로 쥐고 있는 찻잔을 내려다보고 있었다. 그녀는 매사에 무신경한 이언이 짜증스러웠다. 그의 말 한마디 한마디는 그녀의 신경을 긁어대는 무언가가 있었다. 덕분에 한가로웠던 티타임은 껄끄러운 침묵이 맴돌게 되었다. 이언은 하품을 하면서 새로운 차를 잔에 따랐다. 그는 차 향을 음미하기보다는 차를 물을 대신한 음료수 정도로 취급하고 있었다.

"굳이 진지하지 않아도 세상은 충분히 복잡하고 시끄러워. 그런 걸 고민하는 인간들은 배가 불러서 진짜 할 일이 없는 인간들이라구."

"상당히 편리한 사고방식이야. 존경하고 싶어져."

이언은 피식 웃으면서 레미를 바라보았다. 레미는 습관처럼 두 손을 탁자 위에 올려놓고 물끄러미 탁자를 응시하고 있었다.

"표정하고 말이 맞지 않잖아? 얼굴에 지금 난 모든 걸 비웃고 있어… 라고 씌여져 있거든."

"시끄러! 떠돌이 따위가 상관할 일이 아니야."

"저어, 아낙스 양께서는 뭐가 불안하신 겁니까? 역시 저주받을 악마의 사생아이자 대륙을 위협하는 페스트균이나 다름없는 야만적인 마족들의 땅으로 들어가는 게 불안한 겁니까?"

"대단하군, 남작. 어떻게 그런 표현을 즉흥적으로 생각하지?"

"이봐, 내가 말재주가 없어서 잘 설명은 못하지만, 난 예의를 중요시하는 인간이야. 그리고 너처럼 사람의 말꼬리를 붙잡고 헛소리하는 인간을 제일 싫어해. 어째서 매사에 그렇게 대화의 초점을 흐리는 거지?"

"그런 건 아니에요. 다만……."

레미가 이언과 튜멜의 대화에 끼어들었다.

"가끔씩은 내가 어째서 이렇게 살아가는가 싶어요. 지금 여행도 그렇죠. 이번 여행을 결정한 것은 나예요. 참 어리석지 뭐예요? 여행을 너무 쉽게만 생각했어요. 모두가 이렇게 고생을 하게 될 거라고는 생각하지 못했어요. 그리고 제가 여행을 결정하지 않았다면 죽는 사람도 없었을 테죠. 그런데도 일행 중에서 아무것도 못하는 건 저 혼자예요. 하다못해 이번처럼 물건 사러 가는 것도 다른 사람들만 가게 되죠."

"난 니가 부러운데? 얼마나 좋아?"

이언의 무성의한 대답에 레미는 그를 힐끔거렸다. 하지만 그녀는 화를 내지 않았다. 그저 묵묵히 시선을 주고 있었다. 그는 대화에 흥미를 잃었는지 지루한 얼굴로 하품을 했다. 튜멜은 침도 제대로 삼키지 못하면서 안절부절못했다. 그는 어째서 이언이 저렇게 말하는지 이해할 수 없었다. 사실 유무를 떠나서 다른 사람에게 그런 식으로 말하는 것은 좋지 않았다. 레미는 결국 대답을 포기하고는 피곤한 얼굴로 고개를 숙였다.

"나도 내가 있을 장소를 찾고 싶어."

"무덤 속은 어떨까?"

"그만 해! 이 떠돌이! 아낙스 양은 진심으로 하는 말이잖아!"

튜멜은 탁자를 내려치면서 소리 질렀다. 이언은 조금 졸린 얼굴로 심드렁하게 튜멜을 바라보았다. 튜멜은 일순간 붉어진 얼굴로 헛기침을 하면서 머쓱하게 옷깃을 가다듬었.

'흥분을 참지 못하고 무례하게 탁자를 내려치다니. 아무리 여행 중이라고는 하지만 내가 이렇게 방만하게 굴다니.'

튜멜이 붉어진 얼굴로 자신을 반성하고 있을 때 이언은 슬그머니 상체를 일으켜 세웠다. 그의 잔뜩 좁혀진 미간은 허공을 응시면서 입을 다물었다. 그리고 이내 지겨운 표정으로 엉덩이를 털고 일어섰다.

"좀 쉴까 했더니… 준비해, 남작."

"뭐?"

굳이 이언이 대답해 줄 필요가 없었다. 해답은 저절로 굴러 들어왔다. 찢어지는 비명 소리와 함께 다급한 고함 소리가 들려왔다. 곧바로 교회 종탑이 미친 듯이 종을 울리기 시작했다.

"도적이다!"

그 한마디 고함 소리가 모든 것을 대답해 주었다. 레미는 두 손으로 입을 가리며 소리없는 비명을 질렀다. 튜멜은 흥분된 얼굴로 벌떡 일어섰다.

"이 미천한 것들이!"

"그보다 네 녀석 무장부터 점검해 봐. 그게 순서야."

"응? 아차!"

튜멜은 흙빛으로 변한 얼굴로 침을 삼켰다. 그는 갑옷을 입고 있지 않았다. 새벽의 격한 훈련 덕분에 온몸이 욱씬거렸기 때문에 도저히 갑옷을 입고 있을 수 없던 상태였다. 튜멜은 여행 중인데도 용케 주름이 잡히지 않은 깨끗한 흰 색 셔츠에 푸른 실크 조끼와 스톨츠식 바지를 입고 있었다. 그나마 다행인 것은 혹시나 싶어서 롱 소드를 갖고 있었다는 것이다. 이언은 짜증스러운 얼굴로 머리를 벅벅 긁으며 일어나 관절을 풀었다.

"제기랄! 디르거 경도 없이 혼자 싸우라는 말이군. 날 죽여라!"

"도적?! 오, 맙소사! 신이시여!"

소란을 듣고 뛰쳐나온 주인 사내는 창백해진 얼굴로 비명을 지르고 있었다. 그는 식당 안에서 안절부절못하며 행동의 갈피를 잡지 못했다. 이언은 하품을 하면서 차갑게 말했다.

"살고 싶으면 지하실에 숨던지 어디로 도망가는 게 좋을거요. 이런 건물 따위는 홀라당 타버릴 테니까."

이언은 투덜거리면서 밖으로 나가기 시작했다. 튜멜과 레미는 거의 동시에 이언의 뒤를 따라 나갔다. 그는 의아한 눈으로 두 사람을 돌아보았다.

"뭐야? 왜 따라 나와? 마을 사람들이랑 어디로든 도망쳐."

"도와주겠다. 불의를 묵과하지 않는 것이 귀족의 의무니까."

"웃기는 소리. 그래 봐야 결국 살인이야. 그런 거창한 이유를 붙이면 덜 괴로운가? 인간들이란……."

"말은 그렇게 하지만 너도 마을 사람들을 돕기 위한 거 아냐?"

"핫! 웃기지 마. 내가 왜 이름도 모르는 놈들을 도와줘야 하는데? 내가 그렇게 싸구려로 보여? 난 원래 성격이 더러워서 살인을 즐기는 것뿐이야."

"여지껏 교수형을 당하지 않은 게 기적이다! 네놈은……."

'이 인간의 머리 속에는 대체 뭐가 들어 있을까? 한 조각의 양심이나 죄 의식도 없다는 걸까?'

여관이 있는 마을 대로는 이미 아수라장이었다. 사람들은 비명을 지르며 동쪽으로 도망가고 있었고, 서쪽의 집들은 불길이 치솟기 시작하고 있었다. 부모의 손을 놓쳐 버린 아이가 빼액 소리를 내면서 울었고, 부모들은 광란에 빠져 아이들을 찾았다. 다정하던 이웃이 넘어져도 손을 건네는 이들은 아무도 없었다. 그들은 서로를 밀치며 도망치고 있었다. 마을 자치 대원들이 막아서려고 했지만 그들은 허무하게 피를 흘리며 나뒹굴었다.

"지켜드리겠습니다, 아낙스 양. 제 뒤에서 한 발자국도 움직이지 마십시오."

튜멜은 갑옷도 걸치지 않은 몸으로 검을 뽑아 들었다. 레미는 불안한 눈으로, 도움을 요청하는 얼굴로 이언을 힐끔거렸다. 이언은 한숨을 쉬면서 고개를 저었다.

"어쨌거나 여관은 위험해. 저 자식들이 불을 지르고 있어. 주민들과 대피를 한다 해도… 알지도 못하는 마을에서 믿을 수도 없고. 에라! 바보 남작! 노처녀를 책임지고 지켜. 마차도 여기 있으니까 여기서 막는다. 디르거 경과 그 미친 부녀가 돌아올 때까지 버티는 거야."

"튜멜 가문의 명예를 걸고 내가 아낙스 양을 반드시 지키……."

"헛소리 그만 나불거리고 정신 똑바로 차려!"

"그… 그……."

"항상 죽이지 않으면 죽는다고 생각해! 고해 성사를 하고 싶으면 살아남고서 하는 거야."

도적들은 닥치는 대로 불을 지르고 있었고, 가차없이 마을 사람들을 죽이고 있었다. 소수의 자치 대원들이 어설프게 스피어를 들고 상대할 수 있는 자들이 아니었다. 자치 대원들의 방어선은 계속 후퇴했지만 그럭저럭 마을 사람들은 거의 대피하고 있었다.

"입 닥치고 검이나 이리 줘봐."

"응?"

이언은 튜멜의 대답도 듣지 않고 그의 손에서 검을 낚아챘다. 검이란 것은 그 소유주에게 있어서 특별한 의미를 부여하는 것이기 때문에 그의 행동은 결투의 빌미가 될 수도 있는 무례한 행동이었다. 하지만 튜멜은 기사도에 대해서 자세히 알지 못했고, 아수라장인 현실 때문에 이언의 행동이 일일이 반응할 심적 여유가 없었다.

"피를 먹지도 않은 검이잖아? 잘도 이런 검을 가지고 있군. 이런건 장식용이나 마찬가지야. 제대로 쓸모도 없을 것 같아."

"사람을 함부로 죽이고 다니는 게 자랑이냐?"

튜멜의 검은 별로 특별하달 것이 없는 평범한 롱 소드였다. 롱 소드의 흉내만 내는 싸구려는 아니었지만 그렇다고 보석까지 박힌 장식용은 아니었다. 가드와 폼멜에 간단한 장식이 들어가 있는 롱 소드는 그런대로 무게 배분이 잘되어 있고 검날도 제대로 제련되어 있었다. 튜멜은 그저 멍하니 이언을 보고 있었다.
"뭐, 뭐 하는 거야?!"
갑자기 이언의 손끝에서 불길이 치솟더니 검신을 타고 뻗어 올라갔다. 튜멜은 너무 놀라서 혀를 빼문 자세로 서서 멍하니 있었다. 이언은 만족스럽게 웃으면서 검을 돌려주었다. 불길에 그슬린 검은 별다른 변화가 없어 보였다.
"이게 뭐?"
"저주를 걸어놨다. 검날에 손을 대면 무덤 속까지 들어가서 후회할 거야. 조심해."
물론 이언의 말은 거짓말이었다. 싸움이 시작되기도 전에 주눅부터 들어버리는 튜멜을 위한 속임수였다. 그저 평범한 화염 마법으로 검신을 태워봤을 뿐 달라진 것은 아무것도 없었다. 하지만 마법에 대해서 무지한 튜멜은 잔뜩 긴장한 얼굴로 검을 고쳐 쥐고 있었다.
'저 인간의 성격상 끔찍한 저주를 걸어놨을 거야.'
튜멜은 검날이 자신에게 닿을까 어깨를 움츠렸지만 조금은 안도하고 있었다. 얼마나 끔찍한 저주인지는 모르겠지만 적어도 없는 것보다는 나았다. 문득 튜멜은 걱정이 되는 것이 생각나 이언의 얼굴을 보았다.
"이 검… 계속 저주가 걸려 있는 거냐? 손질을 어떻게 하지?"
'머저리.'
"걱정 마. 전투가 끝나면 저절로 사라질 거야."
"아아, 그렇군."
튜멜의 얼굴에 희미하게 화색이 돌았다. 이언은 두통을 느끼는 얼굴로 한 걸음 앞으로 나섰다. 자치 대원들은 이미 저항하는 것을 포기한 채 소극적으로 후퇴를 거듭하고 있었다. 호기로운 젊은 사내들이 쟁기와 망치를 들고 나섰지만 도적들의 메이스와 워햄머에는 속수무책이었다. 농기구로 쓰는 쟁기 자루 같은 것은 메이스로 맞으면 대번 부러져 버렸고, 곧 이어 벌어지는 일은 메이스가 사내의 미간을 찍어버리는 것이다. 두개골이 함몰된 사내는 부러진 쟁기 자루를 들고 돌바닥에 나뒹굴었다. 그는 더 이상 움직이지 않았다.

이언의 양손에서 빛이 일렁거리다가 곧바로 눈부신 불길로 변했다.

"이, 이길 수 있을까?"

"절대 못 이겨."

"고, 고맙군."

"흥! 불꽃! 태워라!"

엄청난 기세로 뻗어 나간 불길은 마침 중심을 잃고 넘어진 자치대원의 머리 위로 스쳐 지나갔다.

"미, 미친……!"

튜멜이 미처 소리 지르기도 전에, 정면에 서 있던 도적의 가슴을 화염이 관통했다. 후득득 소리를 내면서 찢겨진 채 불탄 살점이 넘어진 자치 대원의 머리 위로 쏟아졌다. 가슴 한복판에 머리가 들어갈 만큼 커다란 구멍이 뚫린 도적은 천천히 무너져 내렸다.

"마, 마법이다! 악마다!"

이언의 공격에 도적들은 겁을 집어먹으며 비명을 질렀다. 두 번째 화염이 허공을 날았다.

퍽!

사람의 머리가 거대한 힘에 짓눌려 으깨지는 소리는 섬뜩했다. 화염은 불행한 도적의 머리와 어깨를 날려 버렸다. 어깨가 박살나 구속이 풀려진 두 팔이 허공으로 날아올랐다. 그리고 명치 윗부분으로 아무것도 남지않은 시체는 수직으로 피를 뿜으며 바닥을 나뒹굴었다.

도적들이 갑작스러운 마법 때문에 정신을 차리지 못하는 동안에 이언은 놀랄 만한 속도로 끊임없이 화염을 날려 착실하게 숫자를 줄였다. 하지만 그것만으로는 압도적인 숫자를 가진 도적들에게 타격을 주지는 못했다.

"악마가 있다!"

"겁먹지 마라! 뭐든 죽기 마련이야!"

"저 새끼, 죽여 버려!"

빠르게 이성을 회복한 도적들이 고함을 지르자 도로는 단번에 난투장으로 변했다. 도적들과 비슷한 속도로 이성을 되찾은 자치대원들은 무엇에 홀린 듯 스피어를 휘두르기 시작했다. 이언은 스산하게 웃으며 계속해서 화염을 날리고 있었다. 벌써 땀에 젖어버린 이언의 관자놀이에는 핏줄이 솟고 있었다.

"온다! 망설이지 마라! 선택은 한 번이고 영원하지."

'검을 쥔 자는 결코 되돌아가지 못한다.'

이언이 땅을 박차고 나섰을때, 튜멜은 멍하니 서서 파일런의 말을 기억해 냈다.

'과연 그럴까?'

그에게는 해답을 찾을 시간이 없었다. 눈앞으로 도적들의 모습이

커져 가고 있었다.

"죽여 버려!"

"……."

이언은 평소처럼 떠들어댈 여유가 없었다. 그의 두꺼운 부츠가 상대의 사타구니를 걷어찼다. 기습 공격을 받아 고환이 파열된 상대는 아랫도리를 움켜잡으며 무릎을 꿇었다.

파직!

프레일(Frail)에 맞은 얼굴은 절반쯤 허물어져 버린 채 어깨 위로 부서진 뇌수가 흘러내렸다. 이언은 짜증스러운 얼굴로 프레일을 던져 버리며 몸을 돌렸고, 아슬아슬하게 날아드는 롱 소드를 피했다. 비스듬히 옆구리를 보인 상대의 머리에 손바닥을 펼친 이언은 차갑게 웃었다. 간단하게 상대의 머리를 부순 화염은 바로 옆에 서 있던 사내를 덮쳤다.

"우아아!"

불길에 휩싸인 사내는 사지를 버둥거리며 비명을 질렀지만 아무도 도와주지는 못했다. 이언은 공격의 결과를 확인하기 위해서 멍하니 서 있지는 않았다. 곧바로 몸을 움직이자 숏 소드가 날아들었고, 이언은 상대의 손목을 부러뜨리며 숏 소드를 빼앗았다.

"크헉!"

상대가 손목이 부러진 고통으로 비명을 지르기 위해 입을 벌리는 순간, 이언은 빼앗은 숏 소드를 상대의 입에 찔러 넣었다. 숏 소드의 날카로운 검끝이 상대의 목덜미를 비죽 뚫고 나왔다. 그동안 이언은 또 다른 사내의 얼굴을 부츠로 걷어차고 있었다. 뼈가 내려앉는 소리가 나면서 또 다른 사내가 피투성이 얼굴을 부여잡으며 비명을 질렀다.

 그동안 이언은 바닥에 떨어져 있던 워햄머를 두 손으로 쥐고는 비명을 지르며 주저앉은 사내의 관자놀이를 겨냥하고 온 힘을 다해서 수평으로 휘둘렀다. 부서진 뇌수의 일부가 포물선을 그리며 날아갔다. 일방적이던 싸움은 갑자기 격렬한 난투극으로 변질되기 시작했고, 이언은 악마처럼 웃으며 시체들 사이를 헤집고 있었다. 땀과 피에 젖은 머리칼이 출렁거리는 동안에 또 다른 사내가 핏덩이 속에 나뒹굴었다.

 이언은 자치 대원과 싸우던 사내의 뒤통수를 어디선가 주운 메이스로 으깨 버리고는 만족스럽게 웃었다. 정정당당하게 정면으로 싸우는 것은 그의 가치관에 위배되었다. 그가 넘어뜨린 사내들의 절반은 뒤통수나 등 뒤를 공격당한 상처를 입고 있었다.

 "싸움의 정석은 뒤통수를 치는 것이지."
 이언의 웃음소리는 어찌하기 힘들 정도로 음산했다.

〈 9 〉

"이, 이……."

튜멜은 말을 할 여유가 없었다. 그가 휘두른 롱 소드는 도적이 들고 있던 메이스에 맞아 허무하게 허공으로 튕겨져 올라갔다. 만약에 그가 좀 더 숙련된 기사였다면 대번에 롱 소드가 부러졌을 테지만, 튜멜에게는 그런 속도와 힘이 부족했다. 그 덕분에 튜멜은 검은 이빨이 조금 나가는 것으로 부러지는 불상사를 벗어났다.

도적은 더러운 이를 드러내며 허술하게 드러난 튜멜의 옆구리를 노리고 메이스를 휘둘렀다. 튜멜은 절망감을 느끼며 몸을 뒤로 움직였지만 죽음의 냄새는 비릿하게 그의 코끝으로 화악 끼쳐 왔다.

퍽!

메이스는 허공에서 멎었다. 그리고 목이 없어져 버린 시체는 힘없이 바닥을 뒹굴었다. 튜멜이 얼빠진 얼굴로 고개를 돌렸을 때, 이언은 튜멜 쪽으로 향했던 손을 다시 옆으로 뻗었다. 또 다른 한 명이 거센 압력으로 뻗어 나온 불길에 맞아 복부에 구멍이 뚫렸다.

"어! 어! 어……!"

사내는 찢겨져 나간 복부에서 흘러나오며 불에 타고 있는 자신의 창자를 두 손으로 받아 들었다. 불길이 사내의 내장은 물론 두 손과 가슴까지 태우고 있었지만 사내는 잔뜩 오그라들며 타고 있는 내장을 부여잡고 있었다.

"머저리! 롱 소드로 메이스를 자를 수 있다고 생각했냐?!"

"……."

튜멜은 이언의 욕지거리에 화를 낼 여유가 전혀 없었다. 그는 재빨리 몸을 옆으로 돌리며 검을 휘둘렀다. 롱 소드는 어설프게 허공을 베었고, 그런 검에 맞을 도적은 없었다. 빈틈을 노리고 다시 배틀엑스가 날아들었다.

"우아아악!"

튜멜의 몸은 본능적으로 움직였다. 그는 비명을 지르며 바닥에 주저앉아 버렸다. 그 덕분에 그의 머리를 노리던 배틀엑스는 허무하게 허공을 스치고 지나갔다. 튜멜은 죽고 싶을 정도로 수치스러웠다. 하지만 그의 몸은 덜덜 떨고 있었고 식은땀을 흘리고 있었다. 상대는 섬뜩한 흉터를 찡그리며 히죽 웃었다.

튜멜은 귀족 신분으로, 그것도 적을 앞에 두고 땅바닥에 주저앉은 자신을 혐오할 여유가 없었다. 수치심보다는 공포가 먼저 그를 지배하고 있었다. 튜멜은 죽음의 공포가 무엇인지 사무치게 경험하고 있었다.

그는 파일런의 빈자리를 형언하기 어려울 정도로 절실히 느꼈다.

이언과 파일런이 앞에 섰을 때 그는 굳이 싸우지 않아도 좋았다. 한 번도 제대로 검을 휘두를 일이 벌어지지 않았기 때문이다. 하지만 지금은 이언 혼자서 일방적으로 불리한 싸움을 하고 있었고, 그가 그 빈자리를 어떻게든 메워야 했다. 레미를 지키는 것은 그가 아니라 이언이었다. 하지만 그녀를 지키겠다고 맹세한 것은 이언이 아니라 그였다.

'자신의 힘으로.'

튜멜은 자신에게 부여된 그 무거운 의무를 실감하면 몸을 떨었다.

'나 자신의 힘으로. 나 자신의 힘으로. 누구의 도움도 없이.'

그 순간 튜멜은 기억하고 싶지 않았던 기억을 발견했다.

'난 너를 인정하지 않는다. 너 자신의 힘으로 살아가라. 난 너를 돕지 않는다. 너에게 자신의 힘으로 살아갈 능력이 있는지도 의심스럽지만…….'

"빌어먹을!"

튜멜은 악에 받친 고함을 지르며 몸을 옆으로 굴렸다.

쩡!

엄청난 소리를 내면서 배틀엑스가 땅바닥에 부딪쳐 불꽃과 돌 조각을 날렸다. 무섭게 튀어 오른 돌 조각이 튜멜의 이마에 맞았고 그는 비로소 제정신을 차렸다. 상대는 기대하지 않았던 충격에 미간을 찡그렸다. 튜멜은 피가 나도록 입술을 깨물었다. 그리고 누워 있던 그대로 검을 휘둘렀다.

그의 롱 소드는 간신히 상대의 발목을 베고 지나갔다. 발목을 공격 당한 상대는 '허억!' 소리를 내며 주저앉았다. 보통 때의 튜멜이었다면 롱 소드의 변화가 없는 것을 깨닫고 이언을 찾았겠지만 지금의 그에게는 이언이 걸어주었다던 저주는 의식에 남아 있지 않았다.
"니가 뭔데!"
튜멜은 벌떡 일어서면서 구둣발로 상대의 얼굴을 걷어찼다. 불행하게도 튜멜의 구둣발은 상대의 눈에 명중했다. 안구가 터져 나간 사내는 비명을 지르며 피가 쏟아지는 눈을 감싸 쥐었다. 하지만 튜멜의 발길질은 멈추지 않았다.
"니가 뭔데! 니가 뭔데! 니가 뭔데에―!!"

'넌 결국 그런 놈이지. 너 혼자서는 아무것도 못하거든. 강가의 돌멩이는 절대로 보석이 되지 못하는 법이야. 태생이 쓸모없는 돌멩이거든? 넌 그런 놈이야. 어디에나 널려 있는 흔해 빠지고 쓸모없는.'

"닥쳐! 시끄러! 쓸모없는……!"
튜멜은 멋모르고 다가오는 도적을 향해서 검을 휘둘렀다. 갑자기 기세가 실린 검이 수평으로 날아오자 프레일을 든 도적은 핼쑥해진 얼굴로 한 걸음 물러섰다. 이번에는 워햄머가 날아왔다. 튜멜은 충혈된 눈으로 허리를 숙인 채 상대에게 뛰어들었다.
그는 모르고 했던 행동이었지만 중량급 무기를 가진 적을 상대할 때는 상대의 팔꿈치 안쪽으로 뛰어드는 것이 정석이었다. 그가 알고서 그랬던 것은 아니었다.
튜멜은 악에 받친 비명을 지르며 상대의 복부를 머리로 받아버렸다. 두 사람은 하나가 되어 나뒹굴었고, 튜멜은 상대의 귀를 물어뜯기 시작했다.

"카악!"

귀가 찢겨 나가기 시작하면서 사내는 고통을 이기지 못하고 허우적거리며 튜멜을 밀어내려고 안간힘을 썼다.

튜멜의 턱을 타고 피가 흘러내렸다. 전투 중에 귀를 물어뜯는 튜멜의 모습을 보고 곁에 서 있던 사내는 동료를 도와줄 생각도 못하면서 입을 멍하니 벌리고 있었다. 귀를 물어뜯는 짓은 어린아이의 싸움도 아니고 어이없는 행동이었다.

"흐걱?! 꾸륵!"

그 찰나의 방심을 비집고 섬뜩한 단검이 사내의 목덜미에서 목젖을 뚫고 나왔다. 조금 전까지 자신의 허리에 꽂혀 있던 단검이 어느새 그의 목에 꽂혀 있었다. 이언은 짜증스러운 눈으로 피 묻은 손을 털어냈다. 귀를 물어뜯던 튜멜은 롱 소드를 손에 쥔 채 사내의 머리를 발로 걷어차고 있었다.

"쓸모없는 인간이란……."

"카악!"

사내는 부러져 나간 이빨을 뱉어냈다.

"없어! 쓸모없는 인간이란 없어!"

"커헉!"

사내의 콧뼈가 부러지며 내려앉았다.

"그런 인간이 어딨어? 웃기지 말란 말야! 우아아~! 이런 놈들도 살아가는데! 내가 왜?!"

목젖을 걷어차인 사내는 이미 피가 가득 고인 입 때문에 숨도 쉬지 못하고 허우적거렸다. 부러져 내려앉은 코 뼈와 부러진 이빨로 인해 입 안에 핏덩이가 가득 찬 상태에서 목젖을 맞았기 때문에 그는 기도가 막혀 버렸다. 하지만 튜멜의 악에 받친 발길질은 계속되고 있었다.

"우아아—!"

기억이 떠올랐다. 별로 기억하고 싶지 않은 얼굴. 따스한 햇살을 등지고 그들은 서 있었다. 입가에 조소를 머금은 채. 그들은 저쪽에 서 있었고 나는 이쪽에 서 있었다. 나는 울고 싶었지만 눈물이 나오지 않았다. 쓸모없이 한 가닥 남아 있던 비참한 자존심은 내가 우는 것을 허락하지 않았다.

"니들은 뭐가 그리 잘난 거야?! 이런 인간도 살아가! 내가 어때서?!"

튜멜은 이제 완전히 제정신을 잃은 채 발길질을 퍼붓고 있었다. 이미 얼굴이 만신창이가 된 채 숨도 쉬지 못하고 있던 도적은 본능적으로 몸을 움츠리며 울고 있었다. 튜멜의 집요하고 광기 어린 발길질은 사내의 얼굴과 옆구리로 사정없이 날아들었다. 근처에 서 있던 몇몇 도적들은 어이가 없는 눈으로 튜멜을 바라보고 있었다. 누가 봐도 튜멜의 눈빛은 정상이 아니었다.

'너 같은 것도 귀족이냐? 억울하면 덤벼봐. 그럴 용기가 있다면. 아프냐? 고통은 느끼냐? 더러운 녀석!'

어느 오후, 믿었던 그 사람은 그를 흠씬 두들겨 패고는 히죽 웃었다. 그를 때릴 이유는 애초부터 없었다. 단지 무료한 오후가 심심했던 차였다. 그는 그것을 알면서도 반항 한번 하지 못한 채 맞아야 했다. 지독한 몽둥이 세례. 온몸의 뼈가 비명을 지르던 기억. 단지 심심했기 때문에 맞아야 했던 처지.

"닥쳐! 닥쳐! 닥쳐! 네놈들이 뭔데?!"

기억하고 싶지 않아. 그냥 잊어버리고 싶어. 그 눈빛. 나를 보는 그 눈빛. 제발 그런 눈으로 나를 보지 마! 너희를 기억하고 싶지 않아. 내 기억 속에서 나가줘!

튜멜은 비명도 지르지 못하고 있는 사내의 얼굴을 걷어차고 있었다. 한 번, 두 번, 세 번……

"컥!!"

무기도 없이 단지 발길질에 맞아서 한 인간이 반신불수가 되어가는 광경은 어지간히 단련된 도적들의 신경까지 얼어붙게 만들고 있었다. 검으로 후벼파는 광경을 태연하게 웃으며 보던 사내들이었지만, 지금은 경우가 달랐다.

눈동자가 풀린 튜멜은 알아듣지도 못할 고함을 지르며 악귀처럼 사내를 걷어차고 있었다. 발길질을 막기 위해 허무하게 허우적거리던 손이 '우두둑!' 소리를 내면서 손가락들이 부러져 버렸다. 늑골이 부러지고 쇄골이 끊어진 것은 이미 예전이었다. 사내는 이제 꾸르륵거리며 피 거품만 뱉어내면서 축 늘어져 있었지만, 튜멜은 여전히 헛소리를 지르며 발길질을 멈추지 않았다. 프레일을 들고 있던 도적이 갑자기 튜멜에게 덤벼들었다.

화라락!

"아아아악!"

사내는 프레일을 어깨 위로 치켜든 자세로 불타오르기 시작했다. 지옥 같은 비명을 지르며 불길 속에서 버둥거렸지만 그의 심장이 불태워지는 시간은 오래 걸리지 않았다. 이언은 튜멜에게 달려들면서 그의 턱을 주먹으로 후려쳤다.
"제기랄!"
이언은 시큰거리는 손목을 잡으며 욕설을 내뱉었다.
"미친 새끼! 죽고 싶어?!"
튜멜은 이언에게 턱을 맞은 채로 여전히 발길질을 하고 있었다. 이언은 싸늘한 눈으로 손을 내뻗었다. 동시에 이언의 손에서 화염이 치솟았다.
"안 돼!"
등 뒤에서 레미가 비명을 질렀다.
화르륵!
돌 바닥을 뒹굴며 튜멜에게 호된 발길질을 당해 반신불수의 빈사 상태가 되었던 사내가 불길에 휩싸이자 어디서 그런 힘이 났는지 싶을 정도로 처절하게 몸부림쳤다. 튜멜은 그제야 움찔 놀라며 한 걸음 물러섰다. 튜멜은 눈동자가 풀린 얼굴로 이언을 멍하니 쳐다보았다.
"정신 차리지 못해! 이 미친 자식아!"
"너, 너는?"
"내 이름은 하 이언. 만나서 반갑군, 케이시 튜멜 남작."
이언은 접근할 기회를 노리고 있는 도적들을 쏘아보면서 으르렁거렸다. 그는 언제라도 앞으로 돌격할 태세로 허리를 굽히고 있었고, 양손에서 불길이 희생자를 요구하며 아우성치고 있었다. 도적들은 몇 걸음 물러나 거리를 확보했다.
"지… 지금……."
"닥쳐! 한 번만 더 그런 얼빠진 짓거리를 하면 너부터 죽여 버린다!"

"미, 미안하다."

"검 똑바로 못 들어?! 그거 부엌칼이냐?!"

튜멜은 화들짝 놀란 표정으로 검을 치켜들었다. 그의 검끝은 위태롭게 휘청거리고 있었다. 미친 듯이 격돌하던 싸움은 잠시 동안 멈춰져 버렸다. 자치 대원들은 슬금슬금 물러나 이언들과 어깨를 맞추었고, 도적들은 이언의 화염 마법 때문에 감히 접근할 생각도 하지 못하고 거리를 두고 있었다. 그들은 마법에 대해서 무지했고, 마법사를 상대하려면 접근해야 한다는 사실을 모르고 있었다. 이언은 땀에 흠뻑 젖은 채 움직이지 않았다. 위태로운 균형은 이언이 누군가를 공격하는 순간 깨져 버릴 것이 분명했다.

"지옥을 좋아해?"

"뭐?"

"지옥을 좋아하냐고 물었다."

"무슨 소리야?"

"닥치고 잘 들어! 죽여 버리는 수가 있어. 지옥은 각자가 만들어낸다. 뭐 하러 현실을 지옥으로 만들고 있지? 죽어서 찾아갈 곳이 궁금했냐? 어떤 곳인지? 지옥은 스스로가 만들어낸다. 스스로 지옥을 만들고, 스스로 그곳에 자신을 가둔다. 그리고는 현실은 힘든거라는 미친 소리를 지껄이지. 명심해라!"

튜멜은 이언의 섬뜩한 기세에 눌려 혀가 굳어버렸다. 양측이 대치하는 가운데에서는 부상당한 자들이 손을 허공에 허우적거리며 도움을 요청하고 있었다. 하지만 어느 누구도 이 상황에서 걸음을 내딛지 못했다.

"이, 일레인… 살려줘……."

가슴에 둔기를 맞은 농부 복장의 젊은 사내가 피를 뱉어내면서 애절하게 여자의 이름을 불렀다. 애인의 이름일지도 모르고, 아내의 이름일지도 몰랐다. 도적들과 이언들의 시선이 자연스럽게 그에게로 쏠렸다.

"조금만 참아, 키란! 금방 일레인을 볼 수 있어! 키란! 포기하지 마!"

피 묻은 스피어를 들고 있던 사내가 안타까운 목소리로 외쳤다. 그도 이미 한쪽 뺨이 심하게 찢겨져 나가 피를 흘리고 있었다. 갑자기 예고도 없이 두 개의 불길이 허공을 날았다. 첫 번째 불길은 가장 가까이에 있던 도적에게 명중했고, 두 번째는 돌 바닥에 작렬했다.

싸움은 다시 시작되었다. 튜멜은 경련을 일으키고 있는 몸을 움츠리며 검을 고쳐 쥐었다. 모두들에게 시간은 정지되어 있었고, 오직 그들이 딛고 서 있는 공간만이 존재했다. 지금 이 순간, 따스한 남쪽 나라의 오렌지 농장을 상상하는 인간은 없었다. 이언은 그 속에서 늙은 묘지기 같은 미소를 흘리며 달리고 있었다. 지금 무엇을 위해서 싸우고 있는지 모두 잊어버린 지 오래였다. 그저 살아남기 위해서 싸우고 있었다.

'지옥. 각자의 지옥. 현실을 지옥이라고 규정 짓는 것. 망각하지 못한 자에게 현실은 지옥인가?'

튜멜은 검을 휘두르며 그렇게 생각했다. 순간, 무언가 서늘한 것이 그의 귓가를 스치고 지나갔다. 튜멜은 본능적으로 고개를 움츠리며 몸을 돌렸다.

'생각은 살아남은 뒤에 하기로 하자.'

튜멜은 잇소리를 내면서 다시 한 번 검을 휘둘렀다.

〈 10 〉

　레미는 움직이지 않았다. 그녀는 여관 건물을 등지고 벽에 붙어서 있었다. 그리고 앞에는 튜멜과 이언이 마을 자치 대원들과 함께 도적들에게 대항했다.
　그녀는 온몸의 피가 흘러나간 듯한 감각 속에서 후들거리는 무릎을 가누려고 애쓰고 있었고, 공포에 짓눌려 숨도 쉬지 못했다. 가슴 속 깊은 곳에서 그녀에게 어디론가 도망치라고 소리치고 있었지만 그녀의 몸은 이미 그녀의 것이 아니었다. 공포의 것이었다. 공포는 그녀의 몸을 가졌고, 그녀는 껍질만 남은 채 멍하니 서 있었다. 희미하게 깜박거리며 지탱하고 있는 그녀의 의식은 자신이 도망치면 다른 이들이 더욱 힘들어진다고 희미한 비명을 질렀다.
　그녀는 이언이 자신의 위치를 기준으로 움직이고 있는 것을 의식하고 있었다. 그녀가 움직이면 이언은 무리를 해서라도 그녀를 따라 움직여야 했다. 레미는 본능적으로 자신이 어떤 행동을 취하는 것이 타당한가를 알고 있었다. 현재 상황에서 도망치려는 시도는 치명적인 문제가 될 수 있었다. 레미는 전투에 대해서는 무지했지만, 여행을 떠난 이후로 경험으로 터득하고 있었다.

이언은 분명 격투전에 능한 미친 마법사였지만, 다른 사람들에 비하여 빠르게 지쳐 가고 있었다. 그리고 튜멜은 기량 면에서 실전에서 닳고 닳은 도적들의 상대가 되지 않았다.

레미는 초조한 표정으로 반대 편을 바라보았다.

마을 대로는 잠깐 사이에 텅 비어 있었다. 그 많던 마을 사람들은 어디로 도망을 갔는지 흔적도 없었다. 아무도 도와주러 오지 않았다. 이기적인 것은 아니다. 그저 공포와 본능을 이기지 못하는 평범한 이들일 뿐이었다.

레미의 시선은 간절하게 시장에 갔던 동료들이 나타나길 기대했지만 그들은 상당한 시간이 지났는데도 오지 않았다. 그녀는 기도를 올릴 여유조차 없었다. 벌써 상당히 많은 집들이 불길에 타고 있었지만 아직도 싸움이 한창 진행 중인 상황에서는 속수무책이었다.

그녀는 떨리는 턱을 진정시키려고 애쓰며 억지로 사고를 회전시켰지만, 그녀의 명석한 머리도 이런 때는 아무런 도움이 되지 않았다. 병장기가 충돌하는 섬뜩한 소리와 비명 소리들은 아득하게 멀어지고 있었다. 그녀는 지면이 출렁거리는 현기증을 느끼고 있었다.

'마, 마을 시장이 이렇게 멀었던가?'

"우라질! 몇 놈이야? 이 썩을 놈의 동네는 왜 이리 도적이 많아?! 불꽃! 다 태워 버렷!!"

사방으로 화염 마법을 날리며 지르는 이언의 목소리는 마치 술에 취해 들리는 것처럼 현실감이 없었다. 레미는 절망적인 현실을 인지할 여유도 없었다. 그녀의 눈앞에서 사람들의 목이 잘리고 피가 수직으로 치솟았다.

"아악! 사, 사람 살려!"

또 한 명의 도적이 온몸에 불이 붙은 채 몸부림치기 시작했다. 튜멜은 문득 지금까지와는 달리 상대가 즉사하지 않는다는 것을 깨달았다. 처음처럼 위력적으로 사람을 관통하는 일도 없었다. 그는 불안한 시선으로 이언을 쫓았다. 이언이 상대의 무기를 빼앗아 사용하는 빈도는 확실히 늘어가고 있었다.

"지옥도 건너온 몸이다! 여기서 죽을 것 같아!"

이언은 땀에 젖은 얼굴로 다시 한 번 화염을 날리며 욕설을 내뱉었다. 튜멜은 후들거리는 무릎을 가누며 지지 않고 검을 휘둘렀다. 튜멜의 실력으로 상대를 쓰러뜨리는 요행을 두 번째로 기대하기는 무리였다. 그는 그저 끊임없이 견제를 하는 것으로 만족했다.

튜멜은 어금니가 부서져라 깨물며 점심 식사를 게워내는 것을 간신히 참았다. 이곳의 모습은 절대로 참을 수가 없는 끔찍한 모습이었다. 하지만 튜멜은 그 찰나의 무방비 때문에 자신의 오른쪽을 돌아 레미에게 달려드는 도적을 놓쳤다.

레미는 비명을 지르지 않았다. 그저 겁에 질린 눈으로 자신을 향해 치켜올려진 프레일을 바라보았다. 물론 레미는 그 흉측하게 생긴 무기가 프레일이라는 이름을 갖고 있다는 사실까지는 몰랐다. 하지만 그 외형으로 미루어 그 무기가 어떤 효과를 가져다 줄 수 있는지는 알 수 있었다. 지금까지 이곳에 서서 역겹게 봐오던 모습이었다. 그것에 맞으면 자신의 머리가 으깨질 것이다.

'나를 다시 만나면… 용서해 줄 거지?'

레미는 눈을 질끈 감아버렸다. 으깨져서 죽는 순간을 눈을 뜨고 맞이하고 싶지는 않았다. 어깨가 잔뜩 움츠러들고 신경이 빳빳하게 굳었다. 순간은 영원처럼 길었다. 사방에서 터져 나오는 고함과 비명 소리는 아득히 멀어져 갔고, 어둠이 찾아왔다.

그녀는 어둠 한복판에서 홀로 서 있었다. 하지만 아무런 고통도 느낄 수 없었다. 한참을 기다리던 레미는 천천히 눈을 떴다. 그리고 자신의 앞에 서 있는 존재를 알아보았다.

희끗희끗한 뒷머리와 엄청나게 크고 단단한 등과 어깨가 보였다. 낡고 상처투성이의 하드레더를 걸친 모습이었다. 그녀는 한 번도 이렇게 가까이서 본 적이 없는 흉갑을 바라보며 더듬거렸다.

"디, 디르거 경……?"

파일런은 레미의 앞을 막아서면서 자신의 클레이모어로 프레일을 막아내고 있었다. 레미는 전투에 무지한 만큼 병기에 관해서도 철저하게 무지했기 때문에 검으로 프레일을 막아내는 농담 같은 곡예를 이해하지 못했다. 하지만 파일런이 마치 움직이는 성채처럼 그녀를 보호하며 서 있는 것은 현실이었다.

파일런의 클레이모어는 용케 부러지지 않은 채 프레일의 쇠사슬을 휘감고 있었고, 프레일의 묵직한 철주는 클레이모어의 검신에 매달려 흔들거렸다. 프레일을 들고 있던 손이 힘없이 풀리며 도적이 쓰러졌다. 화살이 그의 머리를 옆으로 관통하고 있었다. 머리 양쪽으로 화살 깃과 화살촉이 비죽 튀어나온 모습의 도적은 눈을 치뜬 표정으로 죽어 있었다.

에피가 새로운 화살을 시위에 매기며 다가왔다. 파일런은 클레이모어의 검신에 매달린 프레일의 손잡이를 잡고 풀어냈다.
 레미가 그렇게 애타게 기다리던 일행이 돌아온 것이다. 긴장이 풀린 레미는 바닥에 주저앉아 버렸다. 더 이상 견딜 힘이 그녀에게는 남아 있지 않았다.
 "이런 저급한 무기는 오랜만에 써보는데."
 "오셨군요……."
 파일런은 왼손에 프레일을 들고 오른손에는 피가 흐르는 클레이모어를 들고서 어깨 너머로 레미를 내려다보았다. 이언이라면 이 순간에 히죽 웃으며 뒤통수를 칠 만한 말을 내뱉었을 테지만 파일런은 과묵했다.
 "미안하네. 다른 방향으로 들어온 녀석을 청소하느라 늦었네."
 쒜애액!
 소름 끼치는 소리가 나면서 에피의 화살이 시위를 떠났다. 화살은 난장판 한가운데를 날아가 도적의 가슴에 박혔다. 갑자기 날아든 화살의 존재 때문에 도적들은 동요하기 시작했다. 피 묻은 도끼를 내던지면서 이언이 힐끔 뒤를 돌아보았다.
 "어서 와. 이 빌어먹을 자식들 좀 죽이자! 지겨워 죽겠다."
 이언은 창백해진 얼굴로 비죽 웃으면서 등 뒤로 다가온 동료들에게 미소를 지었다. 그의 얼굴은 시체처럼 창백하게 변해 있었다. 그동안 무섭게 화살을 날리던 에피의 화살이 떨어졌고, 활을 내던진 그녀는 검을 뽑아 들었다.
 "아까 화살을 낭비할 때 알아봤다. 이쪽에서도 필요할 거랬지?"
 "닥쳐! 네 녀석이 아무것도 하지 않은 탓이야!"
 "난 이제 전투를 못하잖아?"

"닥쳐! 이 밥벌레!"

"에피이!"

레이드가 고함을 질렀을 때 에피는 벌써 검을 세워 들고 달리고 있었다. 레이드는 제정신이 아닌 레미를 여관 벽에 붙여 세우고는 자신의 나무 지팡이를 단단하게 거머쥐었다. 상대가 전부 메이스나 워햄머 같은 중량급 타격 무기였기 때문에 레이드의 나무 지팡이로는 아무런 쓸모가 없어 보였다. 하지만 상황은 굳이 레이드가 나설 필요가 없었다.

마을 대로에서의 싸움은 파일런 디르거라는 한 명이 가세하는 것으로 상황이 변했다. 그는 입을 꾹 다물고 양손에 클레이모어와 프레일을 들고 움직이고 있었다. 양쪽 모두가 치명적인 무기였기 때문에 그가 움직일 때마다 시체의 숫자는 무섭게 늘어갔다.

"허어, 디르거 경은 대단하시군."

레이드는 감탄하는 눈으로 파일런의 모습을 쫓았다. 레미는 자신이 어찌할 수 없을 만큼 처절한 공포에서 벗어나고 싶었다. 그녀는 레이드의 중얼거림에 필사적으로 매달리기 시작했다. 그녀의 목소리는 억양과 리듬을 잃어버린 지 오래였다. 무슨 말이라도 좋았다. 말을 하지 않으면 지금 이 순간에 미쳐 버릴 것만 같았다.

"네?"

레이드는 레미 쪽을 돌아보지 않은 채 말했다.

"클레이모어는 원래 한 손 검 정도 길이를 갖고 있지만, 그걸 양손으로 다루기 때문에 치명적인 속도와 베기 성능이 나오죠. 그런데 디르거 경은 한 손으로 그걸 다루면서도 속도가 전혀 떨어지지 않고 있어요. 게다가 왼손에 프레일 같은 무거운 무기를 휘두르면서 몸의 균형이 깨지지 않고… 대체 사람이 어떤 지옥을 다녀오면 저렇게 되는 거지? 게다가 저 사람, 적어도 50살은 예전에 넘긴 것 같은 나이인데."

"그래요?"

그녀에게는 정상적으로 대답할 기력이 없었다.

"저 무서운 전투력을 보면, 용병이나 군인들이 저 모습을 보면 울고 싶어질 겁니다. 저도 이제부터 어디가서 검을 쓸 줄 안다고 말도 못하겠어요."

그동안 파일런은 거의 혼자서 압도적인 전투력으로 도적들의 숫자를 착실하게 줄여가고 있었다. 이언은 이제 완전히 지쳐 버렸고, 튜멜의 검술은 자기 방어에도 벅찼다. 에피도 분명 날렵하고 빠르기는 하지만, 젊은 여자의 완력으로는 롱 소드의 위력을 제대로 발휘하지는 못했다. 더군다나 상대는 스쳐도 치명적인 중량급 무기들뿐이었다. 검으로 어설프게 막았다가는 검신이 부러질 수도 있었다.

그 순간에도 파일런은 도적의 옆구리를 검으로 찌르며 동시에 프레일로 상대의 이마를 때렸다. 프레일은 상대의 이마에 반뼘이나 파고들어 갔다. 파일런의 주름진 뺨으로 피에 젖은 뇌수가 달라붙었다.

"제기랄! 어떻게 된 놈들이야?"

데곤은 자신의 배틀엑스를 거머쥐면서 마침내 참았던 분통을 터뜨렸다. 그의 곁에서 롱 소드를 들고 있던 파이세는 눈살을 찌푸리고 있었다. 마을 반대 편으로 우회를 지시한 별동대는 모습을 보이지 않고 있었다. 이 정도 시간이라면 전멸했다고 보는 것이 이성적이었다. 그리고 기존에 있던 마법사와 새로 나타난 늙은 사내는 이보다 더한 전쟁터에서도 살아남았던 부하들의 숫자를 착실하게 줄여가고 있었다. 이런 식으로 소모전이 계속되면 전멸하는 쪽은 어느 쪽인지 명확해졌다.

'돌파구를 찾아야겠어. 한낱 여행자들 따위에게 고전하리라고는……'

파이세는 도로 한가운데서 벌어지는 전투를 빠르게 훑으며 생각에 잠겼다.

"뭐냐? 네놈들은? 죽고 싶은가?"

데곤은 어두운 숲 속에서 걸어나오는 사내들을 바라보며 으르렁거렸다. 사내들은 모두 갑옷도 걸치지 않은 차림이었지만 롱 소드를 등에 메고 있었다.

'기사들은 아니군.'

데곤은 숲 속에서 걸어나오는 사내들을 보면서 생각했다. 각국의 정규 기사단 소속 기사들은 바스타드 소드(Bastard Sword)나 투 핸드 소드(Two Hand Sword) 정도의 대형 검이 아니면 등에 검을 메고 다니지 않는다. 투 핸드 소드의 경우에도 길이가 긴 경우에는 아예 손에 들고 다닌다. 등에다 검을 메는 방식은 보통 용병들이 사용하는 방식이었다. 기사들과는 달리 움직임이 잦은 용병들은 허리춤에 길고 거추장스러운 검을 메지 않았다.

어두운 숲 속에서 나타난 사내들은 전부 다섯 명이었고, 평범한 얼굴과 복장에 무기라고는 롱 소드 하나뿐이었다. 하지만 그들의 표정은 결코 평범하지 않았다. 데곤이 보기에도 그들의 얼굴은 지나치게 개성이 없고 평범했다. 그것은 이들이 평범한 자들이 아니라는 반증이었다. 그런 얼굴로 검을 용병식으로 메고 다니는 인간은 흔치 않았다.

데곤과 파이세는 긴장을 늦추지 않은 채 가운데 서 있는 사내를 바라보았다. 다섯 명 중 가운데 서 있던 사내는 얼굴에 복면을 쓰고 있었다. 대단한 것은 아닌, 그저 평범한 검은 두건에 구멍을 뚫은 복면이었다. 어둠 속에서 복면을 쓴 사내의 눈동자가 유난히 반짝거렸다.

"모자를 고르는 취향이 유치하군."

데곤의 농담에도 사내들은 전혀 반응하지 않았다. 그것 때문에 오히려 좌우로 늘어선 데곤의 부하들은 천천히 긴장하기 시작했다. 파이세는 한 손으로 검의 손잡이를 쥔 채 가만히 있었다. 그는 상대와의 거리와 자신의 검이 가진 사정 거리를 조용히 가늠하고 있었다.

툭!

사내 중 하나가 가죽 주머니를 던졌다. 파이세는 검 손잡이를 더욱 단단히 감아쥐었다.

'지금이 가장 위험한 순간이다.'

주의력이 한곳으로 쏠리는 순간은 기습 공격을 당하기 가장 쉬운 상태가 된다는 것이 전장의 법칙이었다. 그런 방어 본능이 몸에 익은 파이세는 모든 신경을 예리하게 세운 채 턱짓을 했다.

부하 한 명이 재빨리 그것을 주워 데곤에게 건네주었다. 데곤은 천천히 가죽 주머니를 열었다. 순간, 그의 미간이 가늘게 좁아졌다. 그는 돈이라고 생각했던 내용물이 보석인 것을 발견하고는 미소를 거두었다. 엄청난 액수였고, 웃을 일이 아니었다. 그는 사나운 눈으로 사내들을 바라보았다.

사내들은 한밤중의 숲 속에서 40여 명의 도적들을 마주하고도 태연한 얼굴을 하고 있었다. 누구도 동요하는 기색이 없었다. 데곤은 다섯 사내들의 리더로 보이는 복면을 쓰고 있는 사내를 바라보았다. 어두운 숲 속인데다 복면을 쓰고 있어 사내의 얼굴은 보이지 않았다. 보통 키에 지극히 평범한 체구를 가진 사내였다.

데곤은 주머니를 곁에 서 있던 파이세에게 넘겼다. 파이세는 긴장을 풀지 않았고, 여전히 한 손으로 검 손잡이를 쥔 채 내용물을 확인했다. 그는 풋내기가 아니었고, 상당한 양의 보석을 보고도 놀라지 않았다.

'갈수록 나빠지는군. 시세보다 후한 보수는 뒤끝이 안 좋은 법이야.'

파이세는 이제는 정말로 맘에 들지 않는 표정으로 사내들을 노려보았다. 이런 것은 그가 좋아하는 스타일이 아니었다. 보수가 적어도 안정적인 일이 그의 취향에 맞았다. 하지만 세상은 그의 뜻대로만 움직여 주지 않았다.

"원하는 게 뭐냐?"

데곤은 천천히 자신의 배틀엑스를 내리며 물었다. 그것을 신호로 등 뒤에서 튀어나올 준비를 하던 부하들이 긴장을 풀었다. 하지만 파이세는 여전히 굳은 얼굴로 발검 동작을 취하고 있었다. 리더인 듯한 사내가 어깨를 으쓱하더니 피식 웃는 소리를 흘렸다.

"저 앞의 마을을 쳐들어가 주는 것."

"여긴 우리 본거지다. 본거지 근처 마을을 건드리는 건 자살 행위란 걸 아는가? 우리가 여기에 있다고 광고를 하는 셈이 되지. 그런 위험을 감수해야 되는 이유는?"

데곤은 턱을 문지르며 웃었다. 파이세는 소리없이 안도했다. 대장은 전혀 자신의 페이스를 잃지 않았다. 그는 분명히 절실하게 돈을 필요로 했지만, 돈 앞에서 이성을 잃지는 않았다. 그것을 지켜보던 파이세는 비교적 정신이 제대로 박힌 사내를 모시고 있다는 사실에 만족했다. 이제 문제는 불청객들이었다.

"액수는 충분하지 않은가? 그리고 그쪽은 아마도 개인적인 원한이 있을 텐데?"

"뭘 알고 있는 거냐?"

"희안한 광경이었지. 지나가던 여행자들이 이 지역을 지배하던 데곤의 부하들을 간단하게 도륙을 냈다지?"

차악!

파이세의 검이 섬뜩하게 뽑혀져 나왔다.

"정체가 뭐냐?"

데곤은 팔짱을 끼고서 묵묵히 물었다. 파이세는 이미 공격 자세를 취하고 있었고, 등 뒤의 부하들도 무기를 꼬나 들었다. 굳이 데곤이 직접 나설 일도 아니었다. 여차하면 파이세를 중심으로 잘 훈련된 부하들이 움직여줄 것이다.

"자네 부하들은 그저 불필요하게 접근한 여행자들을 놀래켜서 쫓아내려는 의도였던 것 같지만, 상대를 잘못 골랐어. 제법 이상한 여행자들이었거든."

"그래서? 너무 많은 것을 아는 놈들은 위험하지. 그런데 내가 그런 놈들을 믿어야 하는 이유가 과연 있을까?"

"어차피 자네들은 놈들을 습격할 거야. 우린 그걸 알아. 단지 우리는 그걸 좀 더 일찍 실행해 주길 원하는 거야. 보수라는 건 그런 의미에서 주는 것이다."

"그래서 너희들이 얻는 것은?"

"언제부터 용병들이 의뢰인에게 그런 걸 물었지? 그건 계약금이다. 나머지 절반은 일이 끝난 후에 주겠다."

'나머지 절반이라고?'

검을 들고 있던 파이세는 아찔한 기분이 들었다. 파이세는 지금의 이런 상황이 맘에 들지 않았다. 저마다 패를 숨겨두고 카드 놀이를 하고 있었고, 태연한 표정을 짓고 있었다. 문제는 숨겨진 패들이 한결같이 원래 카드에는 있지도 않은 패들이라는 사실이었다. 저마다 미리 속임수를 생각하고 있었고, 또한 상대가 속임수를 쓸 것이라는 사실을 알고 있었다. 파이세는 그런 카드 놀이는 별로 좋아하지 않았다. 원래 카드 놀이 자체도 좋아하지 않았다.

'카드 놀이에서 속임수를 당하는 건 한 번으로 족해.'

파이세는 접전이 될 경우에 먼저 상대의 리더를 노릴 준비를 했다. 상대가 아무리 빠르더라도 검을 손에 쥘 시간이면 자신은 최소한 첫 번째 상대를 찌를 자신이 있었다. 상대의 실력을 예측하기는 힘들었지만 어설픈 초보자가 아니라는 것은 분명했다. 처음부터 전력을 다해 쳐들어가야 한다는 의미였다.

"지금 우리가 너희들을 죽이고 몸을 뒤지면 어떨까?"

"대륙 끝까지 쫓기는 신세가 되겠지. 보석을 토해내는 것이 아니라 너희 목숨을 내놓아야 될 거고."

사내는 아주 태연한 얼굴로 말했다. 데곤은 탐색하는 눈길로 사내들을 훑어보고 있었다. 그의 부하들은 손짓만 해도 앞으로 튀어나갈 준비를 하고 있었다. 그들의 몸에서는 적의와 살기가 숨김없이 뻗어나왔다. 그리고 그 살기의 정점에는 파이세가 서 있었다.

"그런 협박이 통할까?"
"이건 협박이 아니야. 단지 사실을 알려주는 것이지."
"우리가 거절하면?"
"보석을 돌려받고 우리는 사라지겠다."
"정확한 목표는?"
데콘이 물었을 때 사내는 쿡 하고 웃었다.
"진지한 대화를 하기 정말 힘들군."
"난 방금 질문을 했다."
"여관이다. 더 정확하게 얘기하면, 거기에 묵고 있는 여행자들이다. 너희 부하들을 해치운 놈들이지."
"그것뿐인가?"
"우리도 함께 나설 것이다. 당연하지만, 너희와는 별도로 움직인다. 너희는 마을을 적당히 불지르고 평범한 도적인 것처럼 행동해. 뭐, 너희가 그들을 죽인다면 우리로선 더 좋겠지."
"도적들이 습격한 마을에서 불행한 사건을 맞이한다? 암살이군. 그럼 너희는 암살자들이냐? 어디 소속이지?"
"대답할 거라고 보는가?"
데콘은 입을 다물었다. 그리고 힐끔 파이세를 바라보았다.
'안 됩니다.'
파이세는 공격 자세를 취한 채 데콘을 힐끔거렸다. 데콘은 다시 시선을 정면으로 돌렸다. 여전히 다섯 명의 사내들은 그 자리에 서 있었다. 데콘은 천천히 입을 열었다.
"받아들이겠다."

〈 11 〉

데곤은 도끼를 거머쥐고서 사방을 두리번거렸지만, 어젯밤에 숲에서 만난 사내들은 찾을 수 없었다. 마침내 그는 더 이상 참지 못하고 앞으로 뛰쳐 나갔다.
"대장이다! 대장이 나선다!"
데곤의 뒤를 따르던 파이세가 소리를 질렀다. 그 한마디 고함 소리가 주춤거리며 밀려나던 도적들의 기세를 단번에 올려주었다. 고함 소리와 욕설이 터져 나왔고, 뒷걸음질치던 도적들은 다시 함성을 지르며 돌격했다.
용병들에게 있어서 리더는 정규 기사단의 리더와는 그 성격이 달랐다. 용병대에서는 출신 성분으로 지휘관의 자리에 오르지 않았다. 함께 전장을 누비는 사람들 중에서 가장 강한 사람이 지휘관이 되었다. 힘이 없는 지휘관이 살해당하는 경우도 비일비재했다. 약육강식의 준엄한 법칙은 용병대 안에서 여과없이 적용되었다.

"죽여 버려!"

"목을 따버려!"

"원수를 갚는다!"

함성과 함께 다시 돌격해 들어오는 도적들의 기세는 대단했다. 자치 대원들은 슬금슬금 뒷걸음질치고 있었다. 이미 전의를 상실한 것이다. 튜멜과 에피도 신음을 흘리며 한 걸음 물러섰고, 이언은 쓰게 웃으며 땀에 젖은 얼굴을 털었다. 그 자리에서 후퇴하지 않는 사람은 오직 파일런 디르거밖에 없었다.

"다 이겨놓고 망가지는군. 제기랄!"

이언은 못마땅한 말투로 불평하기 시작했다. 초점이 흔들릴 정도로 지쳐 버린 튜멜은 겨우겨우 롱 소드를 지탱하면서 절망스러운 기분을 맛보았다. 그동안 서로의 거리는 급속히 가까워졌다.

데곤은 거침없이 한 지점을 향해 달리고 있었다. 가장 선두에서 가장 많은 숫자의 부하들을 죽이고 있던 나이 든 사내가 동작을 멈췄다. 데곤은 적당한 거리를 두고 사내와 마주 섰다.

"……"

말이 필요없었다. 파일런은 자신과 마주 선 사내를 발견하고는 눈살을 찌푸렸다. 상대가 들고 있는 배틀엑스는 한눈에 보기에도 길이 잘 들어 있어 보였다. 상대의 덩치를 가늠해 본 파일런은 그가 들고 있는 무기를 휘두르기에 그의 근력은 충분하다고 판단했다. 멋으로 들고 다니는 인간은 아니다라는 판단이 서자 파일런은 망설이지 않았다. 그는 찌푸린 얼굴로 왼손에 들고 있던 프레일을 버리고는 두 손으로 클레이모어를 들어 올렸다. 한 손으로 상대할 만한 대상이 아니었다.

"이름이 뭐냐, 늙은이."

"이름 따위가 중요한가?"

"네놈의 묘비를 세우려면 이름이 필요하거든. 어차피 검을 쥔 놈팽이는 이미 인생을 종친 셈이지만."

파일런의 하얀 눈썹이 가늘게 좁혀졌다.

"용병이군."

"끗발 날렸었지. 네놈들이 룰을 어긴 건 알겠지?"

파일런은 클레이모어를 타고 흐르는 피를 털어냈다.

"숲 속의 놈들… 용병이었나? 이상하다고는 생각했다."

"사과를 받기엔 늦었다네."

데곤은 웃으면서 자신의 배틀엑스를 가볍게 휘둘러 보았다. 파일런은 자신의 예리한 클레이모어를 비스듬하게 들고 있었다. 그제야 데곤은 파일런의 클레이모어를 보면서 고개를 조금 갸웃했다.

"고지대 기사? 내가 알기로 용병 중에 고지대 출신은 거의 없는데? 정규 기사단에서 좋은 대우를 받았을 텐데 왜 용병으로 일했지?"

"알카레인(Alkharain) 전투를 아는가?"

파일런의 질문에 데곤은 자신의 배틀엑스를 고쳐 쥐었다. 그의 얼굴에는 호기심이 피어 올랐다.

"참전하지는 않았다. 하지만 지독한 전투였다고 들었다. 내가 듣기로 양측 모두 생존자가 없었지. 알카레인 평원에는 2만 구의 시체만 남았었다고 하더군."

"아니, 한 명은 살아남았다."

"네놈이군."

"생명을 얻고 마음을 잃었지."

"그렇다면 이제 죽을 차례군."

"그럴지도 모르지. 삶은 나에게 너무 길었다."

파일런과 데곤은 적당한 거리를 두고 대치한 상태로 격리되었다. 아무도 그들 사이로 뛰어들지 않았다. 모두들 두 사람의 등 뒤를 습격해도 성공 확률은 거의 없다는 것을 본능적으로 느끼고 있었다. 그것이 아니라도 그들은 움직일 수 없었다. 마치 보이지 않는 벽이라도 존재하는 것처럼 두 사람 사이의 공간은 이질적인 공간이 되어 있었다.

"파이세!"

"네!"

"지휘를 맡아라!"

"네! 파이세가 지휘를 넘겨받습니다!"

"허락한다."

파이세라고 불리운, 눈매가 찢어진 사내는 자신의 롱 소드를 들고서 데곤의 명령에 복종했다. 데곤이 힐끔 파이세를 돌아보는 순간, 파일런의 검이 허공을 날았다. 한 치의 빈틈 사이로 파일런이 끼어든 것이다.

튜멜은 순간적으로 혀를 깨물었다. 사람들은 기사도를 논하지만, 전장에서 기사도란 존재하지 않았다. 전장에서까지 기사의 정의니 명예를 떠드는 기사치고 목숨을 오랫동안 부지하는 자들은 절대로 없었다. 전장에서 기사들끼리의 농담이 있다. '전투에 참가하기 전에 잊지 말고 명예와 긍지를 막사에 놔두고 갈 것.' 누가 처음 했던 말인지는 알 수 없었지만 각국의 기사들이 흔히 써먹는 농담이었다.

파일런과 데곤은 공통적으로 명예보다 생명을 택했고, 그 덕분에 지금까지 살아남았다. 죽음은 모두에게 진지해질 것을 명령했고, 죽음 앞에서까지 인간의 존엄과 명예 같은 농담을 지껄이는 자들은 모두 흙이 되었다. 죽음은 절대적인 권한으로 명령을 했고, 그 명을 거스르는 자들은 준엄한 죽음의 심판을 받았다.

파일런은 데곤의 빈틈을 노려 재빨리 공격을 가했다. 튜멜의 눈에는 비겁해 보일지 몰라도 데곤은 감탄하고 있었다. 그는 비스듬히 비껴서면서 배틀엑스를 치켜들었다. 파일런은 재빨리 검의 진행 방향을 비틀어 검날이 도끼날을 비스듬히 미끌어지게 만들었다. 아차 하는 순간에 검신이 얇은 클레이모어가 박살을 면하고 있었다.

카각!

뼈 속까지 시리게 만드는 소음 속에서 검과 도끼 사이로 불꽃이 튀었다. 데곤은 즉각 배틀엑스를 휘둘렀다. 파일런은 몸을 돌려 배틀엑스의 회전 반경에서 벗어남과 동시에 계속해서 몸을 돌려 다시 배틀엑스의 회전 반경 안으로 들어왔다.

길쭉한 타원형을 그린 파일런의 몸에 붙은 원심력을 이용하여 클레이모어가 수평으로 날았다. 배틀엑스의 공격을 피한 반동을 검의 회전에 실은 공격이었다. 파일런의 두 다리는 과격한 움직임 속에서도 중심을 잃지 않았고, 덕택에 클레이모어는 충분히 빠른 속도를 얻었다. 데곤에게 감탄할 여유 따위는 애초부터 있지도 않았다.

"……."

데곤은 자신의 왼손 아래로 길게 남아 있던 배틀엑스의 손잡이 아랫부분으로 클레이모어를 쳐내었다. 그는 배틀엑스의 사정 거리를 포기한 대신 방어를 위한 여유를 남겨두고 있었다. 다행히 이번에는 데콘의 판단이 맞아 들어갔다. 파일런은 무겁고 위력적인 배틀엑스를 상대로 속도로 맞서고 있었다. 클레이모어만큼 속도와 예리함에 유리한 검은 없었다. 그의 클레이모어는 곧바로 반원을 그리더니 상단 베기를 시도했다.

파일런과 데콘은 아무런 말도 하지 않고 있었다. 그들에게는 그런 여유가 전혀 없었다. 힘과 속도의 대결은 사람들의 상식을 깨고 굳건한 균형을 이루고 있었다. 어느 쪽도 쉽사리 상대에게 우세를 점하지 못했다.

그동안 계속되던 전투는 이제 완벽한 혼전을 이루고 있었고, 양측 모두 급속하게 지쳐 갔다. 수적 우세와 기술적 우세는 쉽사리 상대를 제압하지 못했다. 그동안 계속된 착실한 살육으로 수적 우위는 빛을 바랬고, 최대 전투력을 가진 파일런이 빠지면서 기술적 우위는 주춤거렸다.

"에피이!"

"왜 불러?! 바쁘단 말야! 멍청아!"

에피는 두 손으로 롱 소드를 쥐고 섬뜩한 연속 찌르기를 하면서 소리쳤다. 쉴 틈도 없이 끝없이 이어지는 찌르기에 질린 도적들은 몇 걸음 물러났다. 마치 영원히 계속될 것만 같은 찌르기였다. 에피는 오른손으로는 롱 소드의 손잡이를 잡고 왼손으로는 폼멜을 손바닥으로 감싸 쥐는 자세를 취하고 있었다. 그리고 찌르기에는 왼손을 사용하고 검의 회수에는 오른손을 사용했다. 상당한 균형 감각을 요하는 기술이었지만 빠를 수밖에 없었다.

게다가 에피는 적을 쓰러뜨리기 위해 공격하는 것이 아니었다. 단지 돌격을 저지하는 것이 목적이었다. 그렇기 때문에 찌르기 자체의 위력은 별로 중요하지 않았다. 눈앞에서 끝도 없이 찔러대는 검끝에 질려 도적들이 돌격을 멈추는 것으로 충분했다.

"약속을 깨고 싶다!"

'약속?'

레이드의 외침에 에피는 뒤를 돌아보았다. 그 찰나의 빈틈을 비집고 상대가 메이스를 휘둘렀다. 에피는 순간적인 실수에 혀를 깨물며 재빨리 물러섰지만, 본능적으로 위험을 감지하고 있었다.

사라락!

그 순간, 이언이 두 사람 사이를 끼어들었다. 이언은 능숙하게 상대의 팔꿈치를 잡으며 메이스의 진행 방향을 바꾸었고, 상대는 그 충격으로 얼굴을 찡그렸다. 그는 한 손으로 상대의 팔꿈치를 잡은 채 이마로 상대의 콧잔등을 받아버렸다.

격투전에 능한 미친 마법사라는 의미는 단지 근접전으로 싸움에 임한다는 의미가 아니었다. 이언은 처음부터 지금까지 극단적으로 육체만 발달한 사내들을 상대로 육박전을 치르고 있었다. 그것도 전혀 뒤지지 않았고 오히려 순간순간 우위에 서곤 했다.

"크억!"

투구도 쓰지 않은 상대가 박치기 공격을 하리라 예상하지 못한 상대는 한 걸음 물러섰다. 투구를 쓴 기사들의 혈투가 아닌 이상, 박치기는 술집 부랑자들 사이에서도 변칙으로 취급당했다. 무기를 들고 싸우는 전투에서 쓸 만큼 녹록한 기술은 아니었다. 그만큼 이언의 몸놀림이 좋다는 반증이기도 했다.

빈틈을 만드는 데 성공한 이언은 자신의 투박한 가죽 부츠로 사내의 사타구니를 거칠게 올려붙였다.

"우엑."

에피는 어이가 없는 얼굴로 혀를 내밀었다. 곧바로 이언은 주저앉는 사내의 얼굴을 다시 무릎으로 걷어찼다.

퍽!

사내의 고개가 픽 돌아가며 이빨과 핏줄기가 뿜어져 나왔다. 곧바로 에피가 스르륵 움직였고, 피가 흐르는 얼굴과 사타구니를 동시에 움켜쥔 사내의 목줄기에 롱 소드를 찔러 넣었다.

"케엑! 컥! 커억……!"

에피의 검은 이제 싸울 의지가 꺾인 사내의 목을 잔인하게 관통했다. 이언은 힐끔 뒤를 돌아보며 지친 미소를 지었다.

"맘에 들어."

"오빠를 사랑하니까. 히힛."

에피는 확인 삼아 사내의 심장에 다시 검을 꽂아 넣으며 웃었다. 이미 목을 관통당하고 즉사한 사내의 시체는 심장을 찔리워도 움직이지 않았다. 이언은 그사이에 벌써 이동을 시작했다. 전투가 계속되는 동안에 그는 마르지 않는 우물 같았다.

"에피이!"

"닥쳐! 지키지도 못할 약속은 뭐 하러 하는 거야? 계속 헛소리를 하면 너부터 죽여 버릴 거야!"

에피는 히스테릭하게 고함을 지르며 다시 검을 휘둘렀다. 에피의 검을 피하던 도적 한 명은 난데없이 이언의 발에 걸려 주춤했다. 그녀는 곧바로 검을 찔렀고, 심장을 관통당한 사내는 눈을 뒤집으며 부들부들 떨었다. 사내의 입으로 검붉은 피가 넘어왔다. 그녀가 검을 뽑아내자 사내는 무력하게 바닥을 뒹굴었다. 발을 걸었던 이언은 가

숨에서 피가 울컥거리는 사내의 몸에 화염을 뿜었다. 에피는 힐끔 이언을 바라보았고, 그는 미소를 지었다.

"확실히 해두는 거야."

"내 실력을 못 믿는 거야?"

"아니, 죽일 때는 확실하게 죽이는 성격이라."

일행 중에서 가장 사람을 끔찍스러운 형태로 죽이는 것은 이언이었다. 파일런은 위력적이긴 하지만 낭비가 없었다. 그에 반해서 이언은 부활의 기적을 행하는 절대적인 권능을 지닌 자가 오더라도 아무도 부활시키지 못할 만큼 시체를 부수고 있었다. 살인이 아니라 도살이라고 불러도 아무도 이의를 제기하지 못할 모습이었다.

하지만 이언은 다른 것을 노리고 있었다. 처참하게 부서지고 으깨진 시체들의 모습은 도적들의 몸을 얼어붙게 만들고 있었다. 어지간한 전장에서도 그렇게 죽는 경우는 드물었다. 질려 버려 몸이 둔해진 도적들에게 에피와 이언이 나란히 부딪혀 갔다.

"우웨엑—"

레미는 주저앉은 채 괴롭게 헐떡거렸다. 그녀의 머리칼은 흐트러져 있었고, 땀방울이 그녀의 턱을 따라 미끄러졌다. 다시 한 번 그녀는 격렬하고 괴로운 동작으로 모든 것을 게워내기 시작했다. 공포 앞에서 레미의 인내력은 마침내 고갈되었다. 지금껏 지켜오던 인내력의 실이 끊어지고 그녀는 줄이 끊어진 마리오네트처럼 무너졌다.

그녀는 한 번도 이런 광경을 본 적이 없었다. 늑대들과 싸울 때는 밤이었고, 숲 속에서 도적들과 싸울 때는 안전한 마차 안에 있었고, 절대로 밖을 내다보지 않았었다. 하지만 지금은 대낮이었고 싸움의 한복판에서 모든 것을 지켜봐야 했다. 그것도 이런 소도시에서 믿기 힘든 대규모 전투였다.

"우엑… 웩… 우웨엑!"

피가 흡수되지 못한 채 돌 바닥을 흐르며 철벅거렸고, 잘려진 손목과 머리가 발길에 채여 굴러다녔다. 고함과 욕설과 비명이 사방에서 끔찍하게 뒤엉키고 있었다. 눈물에 젖은 충혈된 눈으로 힐끔 고개를 돌리던 레미는 가까이서 뒹구는 '그것'을 발견했다.

그것은 기묘하게 생긴 신체의 일부분이었다. 왼쪽 관자놀이에서 오른쪽 아래턱까지 비스듬하게 클레이모어에 잘려진 머리 조각이었다. 거기에는 핏자국이 남아 있는 이마와 허무하게 동공이 열린 오른쪽 눈과 코가 붙어 있었다. 왼쪽 눈과 턱은 그곳에 붙어 있지 않았다. 그리고 흘러나온 뇌수의 하얀 색, 그것에 붙어 있는 눈동자와 시선이 마주친 레미는 다시 한 번 격렬하게 모든 것을 토하기 시작했다. 구토는 단지 그녀의 신경을 얼려 버린 공포의 부산물이었다.

촤악!

희멀건 액체가 돌 바닥 위로 쏟아져 내렸다. 레미는 또다시 괴롭게 게워내며 어깨를 떨었다. 그녀는 자신의 입가를 타고 흐르는 구토물을 닦으며 쿨럭거렸다.

"이런 거 싫어… 싫어… 보고 싶지 않아……."

참을 수 있는 한계를 넘어서까지 참고 있었다. 그리고 최후까지 안타깝게 남아 있던 실이 끊기는 순간 레미를 지탱하던 모든 것들이 일순간에 무너져 내렸다. 그나마 그녀가 미치지 않은 것은 그녀가 필사적으로 마지막 한 가닥의 의식을 붙잡고 있었기 때문이다. 그녀는 그것마저 놓아버리면 더 이상 괴롭지 않을 거라고 알고 있었다. 하지만 그럴 수는 없었다. 절대로 그럴 수는 없었다.

그동안 이언, 에피, 튜멜이 반원을 그리며 방어진을 형성하고 있었고, 파일런은 도적들 한복판에서 검을 휘두르고 있었다. 레미는 힘겹게 고개를 들어 레이드를 바라보았다. 항상 허허거리던 레이드조차도 웃고 있지 않았다. 지금은 그럴 상황이 아니었다. 검게 탄 얼굴을 딱딱하게 굳혀 버린 그는 자신의 나무 지팡이를 들고서 동료들이 형성한 방어진을 돌파하는 도적들을 상대할 준비를 하고 있었다. 레미는 레이드의 뒷모습에서 다른 모든 동료들의 모습을 발견했다.

'두려워하지 않아? 죽음을? 어째서?'

레미는 가슴에서 솟구치는 격렬한 기침을 참으며 헐떡거리고 있었다. 그녀의 회색 원피스는 그녀가 게워낸 구토물로 더럽혀져 있었다. 레미는 고개를 숙여 기침을 하면서 자신의 손을 바라보았다. 하얗고 매끈한 그녀의 손은 냄새나는 구토물이 잔뜩 묻어 있었다.

그녀는 천천히 움직이지 않는 신경을 재촉해 주먹을 쥐어보았다. 손바닥으로 미끈하고 끈적이는 기분 나쁜 감촉이 몰려왔다. 레미는 자신의 더럽혀진 손을 바라보고 있었다. 손은 이미 예전부터 더럽혀져 있었는지도 모른다. 레미는 자신의 더럽혀진 손을 내려다보면서 울고 있었다.

〈 12 〉

 사방은 일순간 조용해졌다. 도적들은 동작을 멈추고 놀란 눈으로 바라보고 있었다. 파일런과 데곤은 한 치의 빈틈도 보이지 않은 채 함께 곁눈질을 하고 있었다.
 "……."
 4명의 사내들이 있었다. 그들은 모두 롱 소드를 늘어뜨린 채 서 있었다. 별다른 표정이 없는 그들은 그저 자연스럽게 검을 들고 있었다. 모두들 그들의 출현에 당황하는 이유는 간단했다. 그들은 하늘에서 나타났다. 정확하게 말하면 3층짜리 건물 지붕에서 뛰어 내렸다. 정상적인 인간들이라면 그런 높이에서 뛰어내리고 무사하지 못한다. 하지만 그들은 대수롭지 않다는 듯 무심하게 서 있었다.
 "어떻게 사람이 3층에서 뛰어내리는 거지? 뭐야?"
 "아무리 봐도 우리 편으로는 안 보여."

"에피, 이번에는 정말…….”
"가만히 입 다물고 있어!"
튜멜 일행은 저마다 각자의 방식으로 감상을 표현했다. 튜멜은 자신의 이마를 타고 흐르는 뜨거운 것을 쓰윽 닦아냈다. 손바닥 가득 피가 묻어났다. 그 자신의 것인지, 어디선가 묻은 것인지 알 수 없었다. 너무나 지쳐 버린 몸은 감각이 아득해지고 있었다. 그는 검이 미끄러지지 않도록 피 묻은 손을 바지춤에 문질렀다.
이언은 상처는 없었지만, 눈 주변이 퀭할 정도로 지쳐 있었다. 튜멜과 이언의 입술 사이로 단내가 나는 가쁜 숨결이 흘러나왔다.
4명의 사내들은 천천히 튜멜 일행 쪽으로 걸어오고 있었다.
"어이, 남작. 정말 어디서 여자를 납치한 적 없어?"
"너는 어떤 상황이 돼야 농담을 안 하지?"
"누군가 말했지. 인생이란 비극적인 결말을 가진 긴 희극이라고.”
"지금 그런 말은 듣고 싶지 않아.”
아무것도 한 것은 없었지만 튜멜은 끔찍하게 계속되는 전투 속에서 조금 변해 있었다. 물론 그 변화는 크지 않았기 때문에 얼른 눈이 뜨이는 것은 아니었다. 그는 한숨을 쉬면서 억지로 검을 치켜들었다. 검끝은 휘청거릴 정도로 흔들리고 있었다. 튜멜은 문득 아까 이언의 행동이 기억났다.
"아까 저주를 걸었다며?"
"이제 생각났냐? 빠르기도 해라.”
이언은 쓰게 웃으며 내뱉었다. 피에 질퍽하게 젖은 머리칼이 눈가로 흘러내렸다. 모두가 그렇지만 이언은 특히 더 심하게 피를 뒤집어쓰고 있었다. 어딘가에 몇 군데가 찢어진 것 같았지만 알 수도 없었고 알고 싶지도 않았다. 도적들이 슬금슬금 뒷걸음질치면서 암묵적으로 공간을 만들어주었고, 4명의 사내들은 천천히 걸어와 튜멜 일행 앞에서 정확하게 정지했다. 도적들과 기묘한 사내들이 구면이라는 증거였다. 사내들은 아무런 신호도 없이 튜멜 일행의 앞에서 일사분란하게 동시에 정지했고, 그들의 어깨는 완벽할 정도로 서로 수평을 유지하고 있었다. 레이드와 에피는 그런 그들의 모습에 감탄했다.

"저, 정체가 뭐냐? 뭐 하는 놈들이냐?"

"바보냐? 그런 걸 묻게?"

이언은 튜멜을 흘겨보면서 희게 웃었다.

사내들은 걸음을 멈추고 고개를 갸우뚱했다. 그들이 늘어뜨리고 있는 롱 소드는 차가운 한광을 발하고 있었다. 튜멜은 그들의 롱 소드를 보면서 목덜미가 서늘해지는 느낌을 받았다. 지금까지 상대하던 도적들과 모든 면에서 질적으로 달랐다. 경험이 미숙한 그 조차도 무언가 다르다고 느끼고 있었다.

훨씬 예민한 나머지 사람들은 이미 그들에게서 무언가 잘 정돈된 살기 같은 느낌을 받고 있었다. 원한이나 증오, 분노도 없는 그저 순순한 살기였다. 튜멜은 상대의 그런 살기를 감지할 만큼 숙련된 기사는 아니었다. 반면에 살기에 예민한 레이드와 에피는 가볍게 신음을 흘렸다.

"암살자들이지. 당연한 거 아닌가?"

가운데 서 있던 사내가 음산하게 대꾸했다. 튜멜은 잇소리를 냈고, 이언은 고개를 내저었다. 이언은 눈가로 흐르는 땀방울을 소매로 닦아내며 히죽 웃었다.

"대답 고마워."

"……."

"누굴 노리는 거냐?"

"우리가 어째서 그런 하찮은 질문에 일일이 귀찮게 대답해야 하지, 케이시 파온 튜멜 남작(Keisey Vaon Tuemell)?"

"너를 노리는 자들이었어."

"웃기지 마, 떠돌이! 난 저런 놈들 몰라!"

튜멜은 어금니를 깨물며 화를 냈다. 이언은 흐트러진 앞머리를 쓸어 올렸다.

'역시… 나를 노렸던 거야. 내 영지에서도 그랬던 것처럼. 하지만 왜 이제 와서 나를? 내가 그렇게 신경에 거슬리는 존재라는 의미?'

튜멜은 빠득 소리가 나도록 어금니를 깨물며 4명의 암살자들을 노려보았다. 암살자들이 고의적으로 뿜어내는 살기는 튜멜 자신의 분노와는 상관없이 그의 몸을 오그라들게 만들고 있었다.

그의 검끝은 보기에 애처로울 정도로 흔들리고 있었다. 그는 공포 때문에 굽혀지는 무릎을 펴기 위해서 혀를 깨물었다. 비릿한 맛이 입 안을 감돌기 시작하며 아득하던 감각이 조금쯤 되살아났다.

"이제 목적은 분명하군. 도적들을 고용해 우리의 힘을 빼고 네 놈들이 마무리를 짓는다. 맞지? 마을 사람들의 증언으로 우리는 도적들의 습격을 받아 불행한 죽음을 당한 게 되고?"

"듣던 것보다 머리는 나쁘지 않군, 하 이언."

"누구냐?"

"뭐?"

"내 머리가 나쁘다고 헛소리를 주절거린 놈이?"

이번에는 이언이 입꼬리를 치켜올리며 미소를 지었다. 레이드와 에피는 서로를 힐끔 바라보았다.

"제기랄, 두어 시간 쉬었다 하면 안 될까?"

이언은 두 손으로 무릎을 짚고 허리를 구부린 자세로 말했다. 완전히 무방비 자세였지만 아무도 그것을 신경 쓰지 않았다. 선두에 서 있던 사내는 피식 웃으며 고개를 내저었다.

"미안하군, 바쁜 몸이라."

"인정머리 없기는… 불꽃!"

아무도 이언의 기습을 예상하지 못했다. 4명의 사내들도 그것은 마찬가지였다. 하지만 잘 훈련된 반사 신경 덕분에 그들은 몸을 피했고, 뒤쪽에서 기웃거리던 도적이 불길에 휩싸여 비명을 질렀다.

"호오~ 꾸준히 봐오지 않았다면 당할 뻔했어."

'미행당하고 있었군.'

이언은 실패로 돌아간 기습에 혀를 차면서 차게 웃었다. 4명의 암살자들은 천천히 검을 들고서 한 걸음 앞으로 내디뎠다. 하지만 이언에게는 더 이상 화염 마법을 시동시킬 체력이 없었다. 이언은 입술을 깨물며 헐떡거렸다.

"뭐… 뭐야?!"

튜멜이 기겁을 하면서 신음을 내뱉었다. 어디서 나타났는지 아무도 깨닫지 못했다. 그들은 말 그대로 그림자처럼 튜멜 일행의 등 뒤에서 앞으로 걸어나왔다.

암살자들과 마주 보면서 5명의 기사들은 묵묵히 서 있었다. 검정색 체인 메일에 검정색 서코트를 입고, 검정색 투구를 쓴 기사들이었다. 그들의 갑옷은 광택없는 검정색으로 빛나고 있었다. 그들의 투구는 보는 것만으로도 섬뜩한 형상이었고 바이저가 내려와 얼굴이 보이지 않았다. 가운데 서 있던 사내가 뒤를 돌아보았다.
"멍청이!"
"죄송합니다. 작전 투입 시기라고 판단했습니다."
그것은 도저히 인간의 목소리라고 부르기 힘들었다. 마치 못으로 철판을 긁어대는 듯한 소음이었다. 끔찍한 쇳소리에 가까운 목소리가 사람들의 신경을 거칠게 후벼냈다. 고막을 자극하는 그 소리 때문에 얼떨결에 귀를 막는 자들도 있었다. 이언을 제외한 튜멜 일행조차도 공포에 질려 버린 표정을 지었다.
"부주의하게 움직이다니… 어쨌거나 저 빌어먹을 놈들, 토막내 죽여!"
"멸절입니까?"
"잡소리 그만 하고 죽여! 네놈들의 그딴 웃기지도 않는 복장을 보고 있는 건 짜증나니까. 광대냐, 기사냐, 네놈들은?"
"……."
모두가 입을 다물고 있는 가운데 두 사람의 대화가 끝났다. 그들 중에서 검은 갑옷의 기사들에 대해서 짐작하는 사람들은 아무도 없었다. 도저히 상식으로 이해하지 못할 존재들이었다.
"네 동료… 이상한 놈들을 데리고 다니는군. 어쨌거나 적으로 삼기엔 껄끄러운 놈이군."
데곤의 말에 파일런은 대꾸를 하지 않았다.
그저 검은 갑옷의 기사들과 이언을 번갈아 쳐다보았다. 파일런으로서도 그들의 정체를 짐작하기 힘들었다. 그는 이언을 위해 나타난 존재들이 뿜어내는 위압감을 온몸으로 느끼며 그들을 바라보고 있었다.

"하 이언님의 명령을 수행합니다. 전원 무장!"
 가운데 사내의 구령에 맞춰서 검은 갑옷의 기사들은 동시에 검을 뽑아 들었다. 스릉거리는 소리가 섬뜩하게 들려오는 가운데, 모두들 평범한 롱 소드가 때로는 저렇게 다른 느낌으로 다가온다는 것을 배웠다. 그들의 롱 소드에서는 참기 힘든 불쾌감과 이질감이 뿜어져 나와 사람들을 괴롭히고 있었다. 암살자들은 가장 먼저 이성을 회복해 방어 자세를 취했다. 그들의 얼굴에는 당황이 맴돌았지만 공포는 없었다. 하지만 도적들은 거의 울기 직전의 표정으로 서 있었다.
 "뭐 하는 놈들이냐, 네놈들은? 악마의 기사단이냐?"
 "알려줄 의무가 없다."
 "그러냐? 재수없는 녀석들이군."
 그 말을 신호로 암살자들이 재빨리 몸을 날렸다. 가운데 서 있던 사내를 제외한 나머지 검은 갑옷의 기사들은 엄청난 속도로 접근한 암살자들과 마주했다. 대부분의 사람들은 양측 모두를 순간적으로 시선에서 놓쳐 버렸다.
 깡!
 도저히 검끼리 격돌했다고는 믿기 어려운 소리가 났다. 도적들은 이제 주저앉은 채 뒷걸음질치는 동작으로 허우적거렸다. 암살자들은 두 번째로 부딪치는 대신 재빨리 거리를 두고 물러섰다. 실제로 검을 부딪쳐 본 암살자들의 안색은 창백해져 있었다.
 "뭐, 뭐냐? 이 힘은?!"
 "칭찬해 주지. 보통 놈들이었다면 검이 부러지거나 손목이 부러졌을 거다."
 암살자의 외침에 가운데 서 있던 기사가 대꾸했다. 이언은 상당히 지친 표정으로 머리를 긁더니 짜증이 섞인 음성으로 입을 열었다.

"돌아버리겠군! 이 빌어먹을 자식들아! 네놈들이 언제부터 그렇게 수다를 떤 거냐? 죽고 싶어? 죽여 줄까?"

튜멜은 깨물고 있던 어금니에 통증을 느끼며 미간을 찌푸렸다. 레이드는 슬금슬금 에피 쪽으로 다가서고 있었고, 에피는 고개를 숙인 채 한숨을 쉬었다. 레미는 이제 완전히 비어버린 얼굴로 굳어 있었다. 공포는 이제 그녀의 정신을 완전히 침식해 버리는 데 성공한 이후였다.

그동안 파일런은 힐끔 데곤을 바라보았고, 데곤은 그 시선을 마주했다.

"승부는 다음으로 미루지. 난 파일런 디르거다."

"데곤이다. 기억하지."

"지금 갈 텐가?"

"상황이 좋지 않으니까. 당분간 잠자리를 조심하는 게 좋을 거야."

데곤은 경계 태세를 늦추지 않은 채 물러서기 시작했다. 그의 모습을 지켜보던 파이세는 짧은 피리를 꺼내 불었다.

삐익—

그것을 신호로 주춤하던 도적들은 재빠르게 도망치기 시작했다. 동시에 뒤쪽에서 고함 소리가 들려왔다.

"우와아아~!"

에피는 힐끔 등 뒤를 바라보았다. 마을 사람들이 몰려들고 있었다. 거의가 농기구들이었지만, 개중에는 검을 들고 있는 사람들도 있었다.

"이제야 반격이 무언지 기억해 낸 모양이군. 대견한데?"

이언은 여전히 허리를 굽힌 자세로 말했다. 튜멜은 불안한 얼굴로 힐끔 뒤를 돌아보았다. 마을 사람들의 접근을 발견한 암살자들중 하나가 작은 한숨을 쉬었다. 검은 갑옷의 기사들은 여전히 움직이지 않고 있었다.

"미련한 도적들의 일처리는 역시 시원찮군. 계획은 이쯤에서 취소해야겠는데? 당신들하고 대결하고 싶은 생각도 없고."

말이 끝나기도 전에 암살자들은 집들 사이로 재빨리 몸을 숨겼다. 검은 갑옷의 기사들은 가만히 서 있었고, 가운데 서 있던 사내가 고개를 돌리지 않은 채 물었다.

"추적을 명하시겠습니까?"

"아니, 그만둬. 다음부터 명령하기 전엔 움직이지 마."

"네."

검은 갑옷의 기사들은 검을 거두고 암살자들과 다른 방향으로 재빨리 사라졌다. 암살자들도 그렇고 검은 기사들도 너무 간단하게 사라져 버리자 이언을 제외한 일행들은 바보가 된 듯한 느낌을 받았다. 튜멜은 땀과 피에 젖은 머리를 흔들었다. 마치 낯선 꿈을 꾸는 기분이었다. 이해하지 못하는 상황은 환상처럼 맴돌았다.

"뭐가 어떻게 된 거야?"

튜멜이 힐끔 돌아보며 말했다. 그의 목소리에도 피로가 진득하게 묻어났다. 더 이상 검을 들고 서 있을 힘도 없어져 버린 그는 검끝을 바닥에 기대고 있었다. 그가 돌아보았을 때 이언은 싱긋 웃더니 단숨에 키가 작아졌다.

'키가 작아져?!'

튜멜은 화들짝 놀라며 돌아섰고, 바닥을 뒹구는 이언을 발견했다.

그는 검을 집어던지고 이언의 곁에 앉았다. 어차피 피를 뒤집어쓴 몰골이라 어디에 상처를 입었는지 확인이 불가능했다. 이언은 눈을 뜨더니 땀에 젖은 어두운 얼굴로 씨익 웃었다.

"뭐, 뭐냐? 괜찮은 거냐?"

"의미없는 바람으로 불어와 여전히 의미를 갖지 못하도다."

"뭐라고? 똑바로 말해 봐."

"내 묘비명이다. 대륙을 떠돌며 자유를 음미하던 하 이언, 향년 72세의 나이로 여기에 잠들다… 지금부터 12시간 이내에 나를 깨우는 녀석은 죽여 버린다."

그렇게 말을 마친 이언은 그대로 정신을 잃었다. 반대 편에서는 이미 레미가 기절한 상태였고, 한 손으로 레미를 받아 든 레이드는 곤란한 표정을 짓고 있었다. 그의 얼굴에는 귀족 여자의 몸에 이렇게 함부로 손을 대도 되는 건지 묻는 표정이 머물고 있었다.

"뭐, 문제는 없을 것 같습니다. 이언은 단지 탈진한 상태인 것 같고, 아낙스 양은 조금 쇼크를 받은 모양입니다. 우리 일행 중에 저런 모습에 익숙치 못한 유일한 분이니까요. 아무래도 걱정되는 것은 아낙스 양입니다. 깨어나도 쇼크가 대단할 것 같습니다. 잘은 모르겠지만."

"그럴 테지. 니가 뭘 알겠어?"

"에피! 내가 말할 때는 얌전하고, 조숙하고, 귀엽고, 고분고분한 딸이 되어주겠어?"

"그런 말은 어른스럽고, 믿음직하고, 책임감있고, 성실한 아버지가 된 다음에나 주절거려! 도무지 설득력이 없잖아!"

"내가 못해준 게 뭐지? 니가 이 나이가 되도록 머리가 어깨 위에 붙어 있게 해줬으니 된 거 아냐?"

"이 무책임한 인간!! 세상에 어떤 부모가 자식한테 그런 소릴 하냐? 뭐? 너, 지금 살아 있지? 그러니까 부모로서 할 일은 다한 거 아니겠냐? 뚫린 게 입이라고 멋대로 말하는데. 게다가 난 내 인생의 절반은 내 스스로 나를 지키며 살아왔어. 내 나이 22살에 말이야! 그것도 네놈이 아버지의 의무를 팽개치고 도박판에서 히히덕거리는 동안!"

"다 너를 먹여 살리자고 했던 일이야!"

"그 따위 헛소리는 듣기 싫어! 자식을 먹여 살리고 싶으면 용병답게 전쟁터에 나가서 상대나 푹푹 찔러! 죽는 게 무서우면 밭이나 갈던가."

튜멜 일행은 탁자에 둘러앉은 채 레이드의 말에서 필요한 말만 추려 들었다. 짧은 기간 동안 동행을 하면서 그들은 상당한 고생 끝에 그런 기술을 터득했다. '인간은 환경에 적응하는 동물이다' 라는 말을 튜멜 일행은 몸소 실천해 보이고 있었다.

에피는 틈틈히 맥주로 목을 축여가면서 아버지인 레이드에게 독설을 퍼붓고 있었고, 레이드는 말문이 막힐 때마다 에피처럼 맥주를 마시는 것으로 어물어물 넘어갔다.

그 옆에서 튜멜과 파일런은 제법 독한 술을 마시고 있었다. 밤이 찾아왔지만 여관 밖 도로는 횃불들로 환하게 밝혀져 있었다. 절반쯤은 낮에 있었던 참극을 치우는 데 투입되었고, 나머지 사람들은 혹시 있을지도 모를 도적들이나 암살자, 혹은 양쪽 모두의 재습격에 대비해 순찰을 돌고 있었다. 아직까지도 마을 사람들은 충격에서 벗어나지 못하고 있었고, 가까운 이웃들이 죽었다는 것을 실감하지 못했다.

"힘든 하루였어."

"대단하십니다, 디르거 경."

"말했잖나, 난 평생을 전장에서 보낸 사람이라고. 검을 휘두르는 것을 제외하면 나는 이 세상에 한낱 먼지보다 쓸모가 없는 존재일 거네. 쓸모없는 존재가 억지로 발버둥치는 꼴이지. 우습지 않나?"

"아닙니다. 경께서는 훌륭하신 기사이십니다. 약자를 돕고, 무엇보다 우리 일행들을 살려주신 분이십니다."

튜멜의 말에 파일런은 낡은 청동 술잔을 만지작거렸다. 그리고는 시커먼 독주를 단숨에 입 안에 털어 넣었다. 튜멜은 무심결에 그를 따라서 잔을 조금 기울이고는 곧바로 반응을 보여주었다. 그는 어깨가 들썩이도록 기침을 하면서 괴로운 표정을 지었다. 무얼로 만든 건지도 모를 술은 지독하게 쓰고 독했다.

"약자를 돕는다? 세상 사람들은 기사도라는 굉장한 농담을 만들어 냈지. 허허, 약자를 돕는다? 이런 건 어떨까? 아주 흔한 이야기라고 할 수 있지. 어떤 부랑자가 지나가던 노인을 괴롭히자, 그걸 본 기사는 대노하면서 기사도의 이름으로 부랑자의 목을 잘라 버려. 자아, 남작, 이건 약자에 대한 보호인가?"

"그, 그건……."

"부랑자는 분명 노인에 비하면 강자이고 가해자이지. 하지만 검을 든 기사에게 부랑자는 약자에 불과해. 그럼 뭐가 되는 거지? 약자를 보호하기 위해 조금 강한 약자를 죽인다? 그런 것이 사람들이 말하는 기사도인가? 그럼 그 기사는 누가 죽이지? 좀 더 강한 약자가? 그럼 약자라는 개념은 뭐지?"

"디, 디르거 경……."

튜멜은 침을 삼키며 파일런을 바라보고 있었다. 파일런은 덤덤한 얼굴로 새로운 잔을 채우면서 조용하게 말을 하고 있었다. 그의 얼굴에 깊게 새겨진 주름은 등불 속에서 어두운 그림자를 던지고 있었다. 갑자기 뜬금없이 튜멜은 그의 주름진 얼굴이 무덤 같다는 생각을 했다.

완만한 언덕에 무수하게 늘어선 묘비들이 황혼을 맞아 일제히 그림자를 던지는 모습과 그의 얼굴은 흡사해 보였다. 튜멜은 끔찍한 기분을 느끼며 생각을 털어버렸다.

"이건 그냥 간단한 예를 들어본 거였을 뿐이네. 기실 우리가 살고 있는 이 지옥에는 더 복잡하고 정교한 농담들이 많다네. 그리고 사람들은 그걸 정의, 혹은 진실이라고 생각하지. 혹은 도덕이라고 부를 수도 있겠지."

파일런은 술을 마시기 위해 잠시 말을 끊었고, 튜멜은 술잔을 들고서 가만히 있었다. 등 뒤에서 레이드 부녀가 싸우는 소리는 이미 그의 의식에서 지워진 이후였다.

"다른 예를 들어볼까? 전장에서 기사란 일개 소모품에 불과하지. 죽어 없어지면 아쉽지만, 그렇다고 전쟁을 하는 데 문제가 되는 건 아니야. 물론 한꺼번에 절반이 죽어버린다거나 하면 문제가 되겠지. 요컨대 내가 말하고자 하는 건, 전장에서 기사를 중요시하는 건 숫자로써의 개념이야. 얼마가 죽고 얼마가 살았는가? 죽은 기사 개개인의 존재로써의 개념은 아니야."

"좀 쉽게 설명해 주시겠습니까?"

튜멜은 솔직하게 못 알아듣겠다는 표정을 지으며 무심결에 술잔을 기울였고, 또다시 격렬하게 기침을 했다. 그는 붕대를 감은 왼손으로 탁자 모서리를 짚으며 컥컥거리며 기침을 했다. 파일런은 그런 튜멜을 보면서 무심하게 술잔을 비웠다.

"콜록… 죄, 죄송합니다. 이 술 무지 독하군요. 계속하십시오… 콜록……."

"예를 들어 군대에서 보고할 때 이렇게 하지. 제3중기병대 135명 전사, 220명 중상, 현재 인원……. 아무도 제3중기병대의 미겐스 하웰, 두 아이의 아버지고 아내의 보조개를 사랑하는 기사가 자신의 롱소드… 이름은 피엘이고 그 이름은 아내의 이름에서 가져왔으며, 그 검을 놓고 장렬히 전사했음. 평소에 기사는… 이렇게 말하지는 않지. 이런 대사는 보통 장례식에서나 사용하지. 그 자신이 주인공으로 참석한 장례식에서. 전장에서는 그는 그저 한 명의 기사이자 소모품에 불과해. 죽으면 아쉽고, 살아주면 다행히고. 이걸 그대로 우리 사회로 가져가 보면 어떨까?"

파일런은 스스로가 생각하기에도 자신이 유치한 화법으로 두서없는 말하고 있다고 느끼고 있었다. 그는 미소를 지었다.

'늙었어. 확실히.'

"전장은 하나의 거대한 세상이고, 우리는 그 소모품으로써 검을 쥐고 있지. 생명이라는 이름의 검을 쥐고서. 그런 소모품인 주제에 기사도라고? 정의라고? 웃기지 않는가? 어째서 그런 걸 만들었는지 아는가?"

"상상도 못하겠군요, 저로서는……."

"만약에 1,000명이나 되는 기사가 한꺼번에 죽었을 때 자네는 뭐라고 설명할 텐가?"

"예?"

"간단하지. 기사도와 국가에 충성하여 명예로운 전사. 정말 간단하지 않나? 1,000명의 죽음에 대한 설명이 겨우 대여섯 단어로 요약이 되지. 개개인의 죽음이라는 것은 그렇게 함부로 요약을 할 수 없는 것임에도 불구하고… 쉽게 말해서 소수의 사람들이 다수의 사람들에게 설명하고, 강제하고, 통제하기 쉽도록 만든 거야."

"결국 인간이란… 장기판의 말들이라는 의미시로군요……."

"맞았어. 전장이라는 이름의 거대한 시간 속에서 국가나 사회라는 갑옷을 입고, 생명이라는 검을 들고서 싸우지. 그리고 죽어버리지. 같은 갑옷을 입으면 우린 같은 민족이고, 같은 시민이고 같은 국민이야. 다른 갑옷을 입으면 죽여야 할 적이고."

"전 장기판의 말이 아닙니다. 아니, 장기판의 말이어도 상관없습니다. 하지만 저는 저 스스로 장기판 위를 움직이고 있다고 생각하며 살고 싶습니다."

튜멜은 그렇게 말하며 딱딱한 표정을 지었다. 파일런은 피곤한 표정을 지으며 손을 내저었다. 하얀 눈썹 아래로 움푹 패여진 그의 눈은 어두웠다. 시간의 침식이 그의 이마와 뺨으로 켜켜이 내려앉아 골짜기를 이루고 있었다. 에피와 레이드는 하품을 하면서 위층으로 올라가기 시작했고, 튜멜은 엉거주춤하게 일어섰다.

"내가 첫 번째 불침번을 서지. 설마 마을에서도 불침번이 필요할 줄은 몰랐지만. 피곤해지면 깨우겠네. 그동안 푹 자도록."

"그럼, 염치 불구하고 부탁드리겠습니다, 디르거 경."

"누가 말했지, 노인은 잠이 없는 법이라고."

튜멜을 마지막으로 텅 빈 식당에는 파일런만이 남게 되었다. 그는 술병과 잔을 들고 창가로 자리를 옮겼고, 자신의 클레이모어를 창틀

아래쪽 벽에 살며시 기대 놓았다. 파일런은 잔을 가볍게 비우고는 쓰게 웃었다.

"취했고, 늙었어."

파일런은 새로운 잔에 독주를 채우며 미소를 지었다. 마을 대로 쪽으로 여전히 바쁘게 횃불들이 오가고 있었다. 그는 가만히 눈을 감아 보았다. 오랜 시간 동안 쌓여온 기억의 무게가 그의 눈꺼풀을 누르고 있었다.

〈 2권으로 이어집니다 〉

설 정 자 료 집

I. 국가 및 수도 일람표

* ':' 표기 이후 표기되는 지명은 수도를 의미함.

1. 대륙 서부

대륙의 서부는 지도를 기준으로 동서 방향으로는 '중앙산맥'을, 남북으로는 '샤웬(Shawenn) 산맥'을 기준으로 서쪽 지역을 의미한다. 크게 '아메린 고지(Amerin Highland)'와 샤웬 평야가 있는 '샤웬 반도'로 구성되어 있다.

◆ 아메린(Amerin) : 에벨리나(Evelina)

2. 대륙 중부

대륙의 중부는 중앙산맥에서 녹해(Green Sea)에 이르는 지역으로 가장 넓은 지역이다. 보통 샤웬 산맥이 끝나는 퀸즈 베이(Queen Bay)를 시작으로 아피아노 반도(Apyano Peninsula)까지 이르는 해안선 위쪽을 지칭한다. 가장 많은 국가들이 모여 있는 지역이다.

◆ 크림발츠(Krimwaltz) : 하리야나(Hariyana)

◆ 아피아노(Apyano) : 아피아노아(Apyanoa)

◆ 스톨츠(Stoltz) : 레카야(Lakkaya)

◆ 베일 칸토 연합(Veil Canto Unoin) : 4개의 Canto(속주)가 모인 국가. 조세권, 외교권은 쥬트 베일이 갖고 있고, 지역 방어만을 각 칸토가 위임받고 있다. 쥬트 베일의 수도 베일라렌만을 '수도'라고 칭하며, 각 칸토들의 이름은

칸토 시(Canto-City)의 이름을 따른다. 즉, 네제브는 네제브 시를 중심으로 하는 특정 지역의 칸토를 의미한다. 대륙에서는 아직 이런 식의 지역 자치 개념이 확립되지 않았기 때문에 네제브의 수도는 네제브라는 식으로 이해하고 있다.

- 쥬트 베일(Jut-Veil) : 베일라렌(Veil-Laren)
- 네제브(Nerserv) : 네제브
- 슈비츠(Schwitz) : 슈비츠
- 칼렌(Kalen) : 칼렌

3. 대륙 북부

대륙 북구는 오직 라이어른 영토가 펼쳐져 있는 지역만을 의미한다. 대륙에서 유일하게 북해(Nord Sea)와 백해(White Sea), 두 개의 바다를 갖고 있다.

◆ 라이어른 맹약국(Reiern Confhederaziate Straaten)

6개 국가가 '피의 맹약' 이라는 맹약 아래 모인 연합 국가. 각국이 외교권을 제외한 모든 국가 권력을 갖고 있다는 점에서 칸토 연합 제도와는 다르다. '종주국' 이라는 의미는 발트하임이 대륙의 타 국가들에 대한 외교권을 대표로 행사한다는 것을 의미한다. 맹약국들은 각국의 내정에 간섭하지 않는다는 원칙을 갖고 있지만, 현실적으로는 종주국의 발언권이 암묵적으로 강한 편이다.

- 서부 3국
◇ 발트하임(Waldheim) : 아인돌프(Eindolf)

◇ 페임가르트(Peimgart) : 란트가르트(Landgart)
◇ 브레나(Brena) : 테겔(Tegel)

· 동부 3국
◇ 뤼막(Luimak) : 뤼부룩(Ruiburg)
◇ 게일(Geil) : 게일란트(Geilland)
◇ 노드 게일(Nord-Geil) : 슈렌스비 홀스탈(Schrenswig-Holstain)

4. 대륙 동부
대륙 동부라고 함은 야르 산맥(Jaar Mts.) 동쪽의 광범위한 지역 전부를 지칭한다.

◆ 폴리안(Pollian) : 상트 폴로나(Sangt-Pollona)
◆ 카민(Kamin) : 루친(Ruzyne)
◆ 슬라이브(Slaiv) : 알려진 바 없음
◆ 발헤니아(Valhenia) : 욥(Yoff)
◆ 파니온(Panion) : 알려진 바 없음

5. 북해 이북
대륙 북부 지역에서 '북해협(Nord Straits)' 너머를 의미하며, 섬인지 본토 대륙과 연결된 땅인지조차 명확하게 밝혀진 바가 없다. 본토 대륙인이 건너간 예는 극히 드물기 때문에 본토의 지도에서는 공백으로 남아 있는 지역이다.

◆ 스베린(Swerin) : 고테부룩(Goteburg)

6. 남쪽 대륙

녹해 이남의 대륙을 지칭한다. 거친 사막 지역으로 이루어져 있으며 사막 너머로 횡단할 만한 기술이 발견되지 않고 있다.

◆ 카라타고아(Khjaratagoha) : 단일 도시 국가

II. 달 력

1월 : 야헬리(Yahery), 시작하는 달
2월 : 케멜리(Kemelry), 깨어나는 달
3월 : 메르츠(Merz), 얼음이 녹는 달
4월 : 케벰토리(Kebemtory), 슬픔 속에 손을 드는 달
5월 : 이카토리(Ikatory), 새가 지저귀는 달
6월 : 사스케토리(Shasketory), 밭이 커지는 달
7월 : 하카토리(Hakatory), 빗속에 웃음 짓는 달
8월 : 케팔(Kefall), 그늘에게 감사하는 달
9월 : 노이토리(Neutory), 신께서 축복하는 달
10월 : 하페우스(Hafeus-Dekabory), 노래를 부르는 달
11월 : 아카보리(Akabory), 머리맡에 꿈이 있는 달
12월 : 엔데모니(Endemoni), 잠이 드는 달

13월:디엔데모니(DoEndemoni), 얼음 속에 얼음이 어는 달(현재 폐지됨)

　* 고대력은 지역에 따라 13개월제와 12개월제가 혼용되었기 때문에 연도상 오류가 많음.

　이후 제국을 건설한 하페우스 3세의 칙령에 의해 이 달력이 제정되었다. 제정 당시 13월은 계절 변화와 맞지 않는다는 이유로 폐지되었고, 이전에 간행된 모든 문서들도 이 달력에 맞추어 수정되었다.

　통상 이 달력을 하페우스 3세력이라고 칭하며, 기준 연도는 하페우스 3세의 출생 년도이다. 즉, 제국 원년은 하페우스 3세력 55년이다.

　* 10월은 데카보리였으나 하페우스 3세력을 만든 하페우스 3세에 의하여 하페우스로 변경. 지방에 따라서는 여전히 데카보리라고 부르는 곳도 있다. 10월은 하페우스 3세의 출생월.

　* 공식 문서에는 일자와의 혼동을 피하기 위해 숫자 표기없이 정식 표기를 사용한다.

　예) 하페우스 3세력 사스케토리(6월) 3일=Haf. 3rd. Shas. 3.

　평민들의 경우 고대력을 사용하던 습관상 '…하는 달'이라는 표현을 선호함. 공식 문서에는 사용하지 않음.

Ⅲ. 종 교

◆ 히리얼(Hyrial):신의 아들, 강림자
◆ 14천사:히리얼이 지상으로 강림할 때 함께 내려온 수호천사. 7명의 우

천사와 7명의 좌천사로 나뉘어짐.

· 신화 요약

  신의 아들 히리얼은 지상의 인간들을 사랑하여 창조신에게 간청, 지상으로 강림한다. 이때 창조신은 자신의 아들 히리얼의 보좌하도록 7명의 남성형 천사와 7명의 여성형 천사를 함께 지상으로 내려 보내게 되니, 그때 지상으로 내려온 곳이 현재 아피아노의 수도 아피아노이다. 좌천사와 우천사들은 강림자 히리얼을 도와 인간사에 중요한 항목들을 관장했다.
  강림자 히리얼은 219년 동안 지상을 치세했으나, 14천사들이 두 패로 나뉘어 전쟁을 벌이는 와중에 지상의 인간들을 보호하다가 누구인지 밝혀지지 않은 천사에 의해 죽임을 당한다. 이에 분노한 창조신에 의해 패를 갈라 싸우던 14명의 천사들은 그 권능을 상실하고 유한한 생명을 가진 인간이 되었으며, 이들은 대륙 여기저기에 흩어져 삶을 마친다.
  인간이 된 14명의 천사들은 인간을 위해 희생한 히리얼의 죽음을 후대에 남기기 위해서 22권에 달하는 성서 레비로스를 저술하고 일생을 마쳤다. 또한 지상으로 유배된 14천사들은 성서의 저술이 끝난 이후에 대륙 각지로 흩어졌으며 각자의 지역에서 결혼하여 후손을 남겼다.
  성서 연구가에 따르면 이전까지 모두 같은 외모와 언어를 사용하던 인간들이 차츰 서로 다른 피부 색과 머리 색이 나타나게 되고, 서로 다른 언어를 사용하게 된 원인이 이들 14천사들의 불화 때문이라고 말한다. 그들은 자신들의 후손이 전쟁을 벌이며 싸우던 천사들과 같은 언어를 사용하기를 원하지 않았다고 한다. 이러한 가설은 지방 방언을 제외하고 현재 연구되고 사용되는 언어들의 숫자와 일치함으로 그 신빙성을 증명한다. 많은 국가들이 자신들의 건국 시조가 특정 천사의 직계 후손이라고 주장하고 있다.

현재 대륙에서 거의 소멸되어 가고 있는 마법은 이들 천사들이 지상으로 유배되었을 때 희미하게 남겨진 '권능'이 전승되는 것이라고 하나, 마법 연구가들은 이러한 가설을 부정하고 있다.

· 14 천사

우천사(남성)

야헬(Yahel):우천사장. 태양, 빛, 신의 전령

크루엘(Cruel):전쟁, 기사, 죽음

라리엘(Rariel):바다, 어부

노바엘(Novael):마법, 계약, 정의

파엘(Fahel):사랑, 처녀, 기쁨

카미엘(Kamiel):운명, 우연, 복선

베키엘(BeKiel):예술, 의술

좌천사(여성)

에이샤린(Aeisharin):좌천사장, 달, 어둠, 신의 감시자

에멜린(Emelin):곡식, 수확, 잉태, 농부

이젤라이(Iselai):날씨, 자연, 계절, 시간

오르젤(Orsel):배반, 모함, 증오, 복수

우샤린(Usharin):대장장이, 기술자, 건축

에게린(Jhegerin):질병, 고통, 공포

우펠린(Uffelin):정욕, 탐욕, 술

· 성서

레비로스(Revyloth):제목의 의미는 해석되지 않음

창세기:제1-4권

강림기:제5-9권

치세기:제10-15권

심판기:제16-19권

예언기:제20-21권

잠언기:제22권

◆첫 번째 존재:Del Einte, 절대자이신 '신'을 의미

◆두 번째 존재:Di Affend, 신의 아들, 강림자이신 히리얼

◆세 번째 존재:Di Triselte, 14천사

◆네 번째 존재:Di Fuinte, 인간을 의미

· 교파

알레우스(Alleus) 교파

창시자는 알레우스. 검약, 청빈, 성실을 대원칙으로 삼고 있다.

373년 '교권 분립' 당시 법황을 제국의 주인으로 추대하며 '북 하이파'의 편에 섰다.

세속적인 성직자들을 인정한다. 성직자들은 속세의 인간들과 어울리며 그들의 틈에서 참된 신앙을 전파해야 한다고 주장한다.

지드(Jidd) 교파

창시자는 지드. 고행, 묵상, 정진을 지침으로 한다.

교권 분립 당시 제국 황제를 지지했으며 '서 하이파'의 편에 섰다.

세속적인 성직자들을 부정하며, 성직자들은 세속에서 벗어나 고행의 기도, 성지 순례, 묵상과 연구 활동에 전념하는 것이 참된 신앙이라고 주장한다.

폴리안 정교회

폴리안 내에서만 인정되는 종파. 알레우스와 지드파 양쪽으로부터 이단 취급을 받는다. 정교회는 폴리안의 국교이며 타국에서는 정교회 소속 교회나 성당이 존재하지 않는다. 자기 희생을 종파의 원칙으로 삼고 있으며, 유일하게 세속권과 교권을 동시에 인정한다. 즉, 정교회 교황이 왕권에 오르는 것을 인정한다.

Ⅳ. 언어

"언어란 지성의 존재 증명과도 같은 것이다. 생각없이 말을 할 수는 있으나, 언어 없이 생각할 수는 없다."

―Kehrium E. Antinger(1057-1091), [비교 언어학 입문]

(1088, Krimwaltz) 서문에서 발췌

1. 저지 미노트 어(Nieder Minot)

대륙에서 사용되던 고대어.

대륙의 대부분 주요 언어는 저지 미노트 어에 근원을 두고 있다. 미노트 어라는 명칭에 대한 정확한 정의는 내려지지 않은 상태이며 여러가지 학설이 분분하다.

그중에서도 저지 미노트 어에서 〈대지〉를 의미하는 'Nolta'와 〈크다, 거대한〉을 의미하는 강조 접두사 'Mi-'의 결합형 단어로 〈거대한 땅〉, 즉 대륙을 의미한다는 Tember 학파와 〈중요한〉이라는 의미의 형용사 'ñotta'에 접두사 Mi-가 결합된 형태로 〈대단히 소중한〉이라는 의미라고 주장하는 Kleris 학파가 그것으로, 가장 유력한 설득력을 가진다.

중앙산맥을 기준으로 대륙 각지에서 저지 미노트 어로 기록된 점토판이 발굴되고 있다는 사실에 기인하여 고대의 대륙 전체가 저지 미노트 어를 사용했을 것이라는 연구도 있지만, 각국 언어학계의 반응은 이러한 광범위한 영역에 걸쳐 단일 언어가 사용되었을 것이라는 가설에 회의적이다. 저지 미노트 어로 기술된 점토판은 현재 대륙의 불가사의 중에 하나이다.

일부 학자들은 이 언어가 이러한 형태로 대륙 전체에 걸쳐서 그 사용이 발견된 것은 지상으로 유배된 14천사들에 의해서 언어가 분화되기 이전에 사용되던 언어의 증거라는 가설을 세웠다. 하지만 이 가설은 알레우스와 지드 교파 모두에게 이단 취급을 받는다. 신의 언어는 천사들이 권능과 함께 소실되었다는 것이 정설이다.

현재 저지 미노트 어를 사용하는 곳은 종교학계와 역사 고고학뿐이고, 일부 언어학자들이 저지 미노트 어로 기술된 성서 Revyloth의 자국어 번역을 시도하고 있지만, 종교계의 절대적인 반대에 부딪히고 있다.

2. 중앙어(Mid Minot)

대륙에서 가장 보편적으로 사용하는 언어.

실제적으로 중앙어를 모국어로 사용하는 국가는 Amerin과 Krimwaltz뿐이지만, 두 나라의 국력이 가장 막강하기 때문에 중앙어를 대륙 공용어에 가깝게 사용한다. 현재 저지 미노트 어를 사용할 수 없을 경우의 외교 및 국제 언어로 중앙어가 사용되고 있다. 예를 들어 다국적 연합군인 동방 원정단의 기사들은 저지 미노트 어를 못하기 때문에 중앙어를 군대 내 공용어로 채택하고 있다. 또한 외교 석상에서도 저지 미노트 어를 사용하는 경우가 드물고 현재는 중앙어를 사용하는 경우가 가장 많다.

기본적인 어휘와 문법들은 고대어인 저지 미노트 어로 부터 파생되어 왔지만, 복잡한 문법들이 대거 생략되었고, 배우기 쉽다는 점이 특징이다. 대륙의 기본 언어였던 저지 미노트 어에서 직접적으로 파생된 언어이기 때문에 다른 국가에서도 쉽게 배울 수 있다는 점 때문에 공용어로 자리 잡은 점도 있다.

3. 북부 미노트 어(Nord Minot)

중앙어처럼 저지 미노트 어에서 파생되어 왔다. 역사로 보면 중앙어보다 훨씬 먼저 언어로써 확립되었다.

크림발츠 북부 산악 지방과 Veil 칸토 연합, 중앙산맥 너머의 Reiern 맹약국 남부 국가들(Waldheim, Geil) 일부 지역에서 한정적으로 사용한다. 크림발츠는 북부 미노트 어를 제2국어로 지정한 반면에 비슷한 비율로 사용되는 라이어른에서는 북부 미노트 어를 지방 방언으로 취급한다. 정식 국어로 사용하는 나라는 베일 칸토 연합.

기본 어휘를 중앙어와 함께 공용하기 때문에 중앙어와 북부 미노트 어 중 하나만 구사할 수 있으면 나머지 언어도 절반 정도는 이해할 수 있다.

4. 아피아노 어(Apyanosch)

저지 미노트 어 다음으로 오래된 언어. 사용 국가는 Apyano뿐이다.

그다지 보편적인 언어는 아니고, 아피아노가 종교의 발원지인 관계로 각국 성직자들 정도나 약간의 아피아노쉬를 구사할 수 있다. 문법과 철자가 까다롭기로 악명이 높고, 아피아노 인들조차도 아피아노쉬를 정확하게 구사하는 사람이 매우 드물다.

대륙 전체를 놓고 봤을 때 가장 사용 빈도가 낮은 언어인데 주로 고등 교육을 받은 성직자들과 아피아노 상류층만이 정확한 아피아노쉬를 구사한다. 언어 사용으로 인하여 계층 구분이 가장 명확한 언어 중 하나이다.

5. 동부 미노트 어(Ort Minot)

미노트 어 계열 중에서 유일하게 저지 미노트 어군이 아닌 언어.

미노트 어라고는 하지만 그 뿌리를 아피아노 어와 동부 지방 방언에 기초를 두고 있다. 까다롭고 어려운 아피아노쉬의 특징 때문에 아피아노에서조차도 실질적인 국어는 동부 미노트 어가 사용되는 실정이다. 왕실에 의해서 아피아노쉬가 국어로 지정되어 있지만 실질적으로 중하류층에서는 동부 미노트 어를 사용하고 있다.

이러한 계급적 언어 분화 때문에 공문서 및 포고문은 두 언어가 혼용되며, 군대와 관청에서는 언어적인 마찰이 야기되고 있다. 아피아노의 국력이 쇠하고 침체된 이유는 대외적인 문제보다는 국내적인 언어 문제 때문이라고 문제를 제기하는 학자도 있다.

현재 아피아노 왕실에서는 동부 미노트 어를 국어로 제정하는 문제는 전혀 고려되지 않고 있지만 군대를 중심으로 동부 미노트 어를 사용하려는 움직임이 있다.

그럼에도 불구하고 동부 미노트 어는 주로 대상단 등이 사용하기 때문에 의외로 언어의 사용 범위는 중앙어와 비슷할 정도로 광범위하다.

아피아노와 Stoltz 일부 지역, 동방제국 Valhenia의 북부 지역에서 통용된다. 대륙상단과 그들과 교역하는 교역창들은 모두 동부 미노트 어를 사용한다고 보면 된다. 중앙어와 마찬가지로 쉽게 배울 수 있고, 문법들은 대거 생략된 채 기초 문법들만이 남아 있다.

6. 라이어른 어(Reieritch)

고지 미노트 어(Hoch Minot)라고도 불리운다. 현재로써는 저지 미노트가 가장 명맥을 유지하고 있는 언어다. 사용 국가는 라이어른 맹약국들과 대륙의 수호자 Pollian에서 사용된다. 폴리안의 경우에는 원래 라이어른과 같은 나라였다가 독립했기 때문에 라이어른 어를 사용하고 있다.

문법이 방대하지만, 문법적 예외가 거의 없어서 가장 수학적인 언어라고 불리운다. 철자법과 발음 표기 면에서는 가장 쉽지만, 어렵고 분량이 많은 문법은 라이어른 어를 배우는 걸림돌이 되고 있다.

대륙어들의 철자법과 발음 표기가 거의 엇비슷하고 언어별 유사성을 보이는 것은 라이어른 어 때문이다. 대륙 최초의 통일 제국 Haifa가 현재의 라이어른 영토에서 건국되었고, 몇 세기에 걸쳐 라이어른 어가 제국어로 사용되었기 때문에 각국의 지명이나 고유 명사는 그 지역 언어와 무관하게 라이어른 어식 표기법을 따르는 경우가 많다. 각국에서는 현재 라이어른 어로 되어 있는 고유 명사와 지명들을 자국어로 바꾸려고 하지만 현재까지 상당수의 단어들이 사용되고 있는 실정이다.

7. 신족어(Gottish)

겨울 대륙의 신족 왕국 Swerin에서 사용하는 언어.

스베린이 신족 국가임에도 불구하고 종교의 시발점과 종교 언어가 아피아노이며 아피아노쉬인 것은 아이러니컬하다. 학자들은 이러한 현상이 전통적으로 뿌리 깊은, 대륙의 겨울 대륙에 대한 배타성과 적대감을 그 이유로 들고 있다. 스베린 또한 전통적으로 대륙 본토와의 교류를 전혀 인정하지 않고 있다.

물론, 스베린의 종교 예식은 신족어로 집전된다. 기본적으로는 라이어른 어, 혹은 저지 미노트 어와 유사하다고 추측되지만 서로 의사 소통이 이루어지지는 않는다.

대륙의 모든 언어 중 소수 민족어를 제외하면 가장 언어 분포가 낮은 언어이다. 대륙인들 중에서 신족어를 구사하는 인구는 극히 드물다.

8. 마족어 (Dunklrisch)

대륙의 수호자 폴리안과 양대 마족 왕국인 Kamin과 Slaiv에서 사용하는 언어.

마족 문화에 대하여 대륙에 알려진 바가 적기 때문에 아직까지 마족어의 어원에 대해서는 확실한 학설이 없다. 기본적으로 저지 미노트 어와 신족어, 동방어가 혼재된 형태를 가졌다고 추정된다. 타 민족의 입장에서는 언어 소통이 가장 어려운 언어 중 하나이다.

기초 문자는 대륙 문자와 마족 문자를 병기하여 사용하는 경향이 있으며, 대륙 문자만으로도 표기가 가능하다. 때문에 마족어 사용자는 대륙어 철자를 읽는 데 불편함이 없지만, 대륙인들은 대륙어 철자 사이에 섞여 있는 마족 문자를 읽지 못한다. 거의 비슷한 비율로 양대 문자가 혼용되고 있는 것으로 추정되며 문법에 관해서는 알려진 바가 전혀 없다.

9. 동방어(Dongjer)

동방의 양대 제국 발헤니아와 Panion에서 사용하는 언어. 대륙어와는 가장 이질적인 성격의 언어. 문법 구조와 기초 문자가 근본적으로 다르고, 발음 체계 역시 대륙의 모든 언어들과는 유사성이 희박하다. 그럼에도 불구하고 동방어 역시 대륙 문자로 병기가 가능하다는 점이 의미심장하다. 마족어처럼 혼용되는 경우는 없다.

동방제국 측에서의 대륙어에 대한 연구는 상당한 수준임에도 불구하고, 그 반대의 경우는 상당히 미미한 수준이다. 일찍부터 아피아노를 중심으로 한 대륙의 동방 교역단과 접촉이 잦았기 때문에 대륙 문화에 대한 이해가 상당히 높다. 또한 대륙인들을 상대하기 위하여 자국어를 대륙 문자로 표기하는 양식이 오래전부터 확실하게 정리되었기 때문에 동방어를 대륙 문자로 표기하는 과정에서의 혼란은 전혀 없다.

대륙 측에서 볼 때 동방 교역단을 제외하면 동방어를 구사하는 인구는 미미하지만, 동방제국의 입장에서는 자국 상인들과 군인들이 상당한 수준으로 동부 미노트 어와 중앙어 등의 대륙어를 구사할 수 있다. 전자는 동방 교역단으로부터, 후자는 동방 원정단으로부터 전파되었으리라고 추정된다. 특히 동방제국 군인들의 중앙어 수준은 상당히 높다.

5차에 걸친 동방 원정의 패배는 군사적인 열세가 아닌, 언어적인 열세라는 연구가 제기되는 상황이다.

10. 베세라 족 어(Betherha)

대륙의 방랑 민족 중 하나인 베세라 족의 전통 언어. 겨울철에는 숙영지를 세우는 다른 방랑 민족과는 달리 겨울에도 대륙을 떠도는 민족이다. 종교적 계율에 의하여 정착을 하지 않음에도 불구하고 때때로 종교계로부터 이단자들의 무리로 취급받아 학대를 당한다. 닭을 비롯한 조류와 생선을 제외한 육류 섭취는 종교적으로 금지되어 있다.

베세라 어는 같은 베세라 족끼리만 사용하는 것이 계율이며 외부인과 함께 있을 시에는 중앙어를 주로 사용한다. 때문에 외부인이 이 언어를 배우는 경우는 극히 희박하다. 민족적 기원도 불확실하고 언어를 비롯한 민족 특유의 문화가 발달했지만, 각국의 교단에서는 이단으로 왕실에서는 스파이 혐의로 자주 학살당하기 때문에 전체 민족 숫자가 급감했다.

아피아노의 중앙 대교국에서 소수 민족에 대한 학살 금지 칙령을 발표한 이후로 베세라 족에 대한 학대는 줄었지만 크림발츠와 폴리안을 중심으로 비공식적인 학살은 계속되는 것으로 알려져 있다.

11. 사막어

남쪽 대륙의 사막 국가에서 사용되는 언어. 언어 자체가 어렵다기보다는 믿을 수 없을 정도로 방대한 분파로 인하여 체계적인 집대성이 불가능한 언어. 씨족 중심의 군락 생활을 하는 남쪽 대륙의 특성에 기인하는 것인데 같은 씨족 100명 내외의 군락에서도 무려 20개 이상의 상이한 언어가 사용되는 경우도 보고되고 있다.

때문에 보통 사막어라고 말하는 것은 사막 도시 카라타고아에서 주로 쓰이는 언어를 지칭하는 경우가 일반적이다.

V. 국가 자료

1. 크림발츠(Krimwaltz)

- 수도:하리야나(Hariyana)
- 건국 년도:하페우스 3세력 516년 3월 1일
- 정치:입헌 군주국
- 인구:1,320만 추정
- 통화:1마임(Maim) / 100제임(Jaim)
- 언어:중앙어(Mid-Minot). 일부 지역 북부 미노트(Nord-Minot) 어 공용
- 건국 영웅:세나이얀 2세(Senhaiyaan 2nd), 대마법사 이트니엘(Ietniel)
- 왕성:장미여왕 1세(Rossen Knroigen)
- 행정 구역:5부 7령제(5개 중앙 행정 구역, 7개 식민지)
- 표어:"우리는 이곳에 이 깃발을 세움으로써 새로운 시간을 부여받았다 (건국 시조 세나이얀 2세 여왕)."

주요 기념일

1월 1일, 2일:새해

3월 1일:건국 기념일

3월 4일~8일:봄 축제

3월 20일:고해의 날

7월 22일, 23일:여왕의 축제(22일은 초대 여왕 탄생일)

9월 2일:신앙의 날

10월 11일, 12일:추수 감사절

12월 3일:농휴 기념일

12월 30일, 31일:연말 축제

보유 기사단

중앙 기사단:9개 연대(상시 운영 병력 3개 연대)

여왕의 창기병:3개 연대(국왕 친위대. 상시 운영 병력 1개 연대)

영광의 기사단:2개 연대(동방 원정대. 비정규 운영)

슬픔의 기사단:1개 연대(예식대. 전사자들을 위한 추모 기사단. 비정규)

왕성 근위대:1개 연대(왕성 경비 병력. 정규 기사단과 편제 다름)

비고

Amerin 이후 두 번째로 '서 Haifa' 제국에서 무장 독립.

대영지 형태로 분립해 있던 5개 지방, 크림발츠 고원, 중부 지방, 쇼앙트(Chauant) 지방, 투앙(Tooang) 지방, 루아르(Loire) 지방을 병합하고, 대마법사 Hahr Ietniel이 주도한 〈2월의 기적〉 전투에서 승리 이후, Senhaiyaan 2세 여왕은 Krimwaltz의 독립을 선언. 역사상으로 여왕에 의한 왕위 승계가 유난히 많은 국가(대륙을 통틀어 여왕의 왕위 계승을 유일하게 인정함).

전통적으로 서쪽의 Amerin과는 사이가 나빠 잦은 국경 분쟁이 생기고, 동쪽의 약소국 Veil과 Stoltz에 대한 무력 침공도 잦다. 특히 베일의 경우에는 건국 이래 몇 차례 영토 일부를 강제 병합한 전례가 있으며 그때마다 아메린의 무력 시위로 철수함.

가장 먼저 남쪽의 녹해(Green Sea)에 대한 항로 개척에 나서, 현재 녹해의 해상 항로를 장악하고 있다. 남쪽 사막 대륙에 대한 적대적 식민지 정책과 강력한 해군력을 바탕으로 700년대 이후부터 지금까지 남방 항로를 거의 독점하고 있다. 녹해를 오가는 모든 배들의 중간 보급항이라고 할 수 있는 Silis 군도는 보통 녹해의 남북방 한계선으로 인식되고 있다. 실리섬에서는 질 좋은 녹차와 대륙 3대 와인 중 하나로 평가받을 정도로 고급 와인을 생산하고 있으며 실리 군도 근해는 녹해에서 가장 좋은 어장으로 유명하다.

대륙의 단일 국가로는 가장 영토가 넓고, 가장 많은 식민지를 소유하고 있다(피와 눈물의 국왕이 처음 시작한 적대적 식민지 정책이 지금껏 기본 노선이 되고 있고, 크림발츠 자체의 국력과 부유함은 식민지 정책에 기인한다).

투앙 지방은 대륙 최고급 와인 산지들이고 풍부한 일조량과 온화한 지중해성 기후를 바탕으로 고급 과실 재배와 각종 증류주 산지로도 유명하다. 가장 면적이 넓은 루아르 지방은 비옥한 평야 지대로 대륙 최대의 밀 생산지이고 대륙 각지로 밀 수출이 될 정도이다.

북동쪽 쇼앙트 지방은 철광과 구리 등의 광물 채굴 지역과 각종 제조 공업의 근간을 이룬다. 국내에서 요구되는 대부분의 무기들은 이 지방에서 제조된다. 크림발츠 고원은 중앙산맥에서 내려오는 풍부한 수량과 방대한 산림이 있는 지역으로 종이 제조업과 인쇄 출판업으로 유명한 곳이다. 또한 고급 목재를 바탕으로 섬세하고 값비싼 가구들을 생산하고 있다. 최초의 금속 활자도 이곳에서 발명되었다. 또한 건축술은 크림발츠의 또 다른 자랑이다.

전통적으로 왕권의 권력 투쟁이 격하기로 유명하지만 내전까지 치달은 적은 없었고, 국내 치안은 대륙에서 손꼽히는 수준을 자랑한다.

2. 아메린(Amerin)

- 수도: 에벨리나(Evellina)
- 건국 년도: 하페우스 3세력 512년 7월 19일
- 정치: 입헌 군주국
- 인구: 790만 추정

- 통화:1마임(Maim) / 100페나(Pennya)
- 언어:중앙어(Mid-Minot)
- 건국 영웅:타이멜 1세(Taimell 1st, 벼락의 기사)
- 왕성:에벨리나의 빛(Evellinolite)
- 행정 구역:3부 1자치 구역
- 표어:"국가는 곧 힘이다. 그리고 삶이다(타이멜 1세)."

주요 기념일

1월 1일, 2일:새해

2월 10일:기사단 창건일

3월 4일~8일:봄 축제

3월 20일:고해의 날

6월 1일:입헌 기념일

6월 29일:교육 기념일

7월 19일:건국 기념일

8월 14일:승전 기념일

9월 2일:신앙의 날

10월 11일, 12일:추수 감사절

12월 3일:농휴 기념일

12월 30일, 31일:연말 축제

보유 기사단

아메린 국경 수비대:13개 연대(2연대 영구 해체, 중앙 기사단, 상비 2연대)

국왕 친위대:3개 연대(939년 7월 〈자정의 전투〉에서 전멸)

청기사단: 6개 연대(국경 수비대 2연대 후신, 신규 창설 국왕 친위대, 상비 3연대)

태양기사단: 11개 연대(Shawenn 평야 주둔 자치 기사단, 4연대)

비고

대륙 최초의 통일 제국인 Haifa 제국이 북·서 하이파 제국으로 분열한 이후, 서 하이파 제국에서 무장 독립. 건국 영웅 Taimell 1세가 〈3년 전쟁〉 끝에 독립 국가 건설. 이후 전통적으로 대륙 최고의 군사 강국. 사회 전반으로 군사 문화적인 성격이 강함.

동쪽으로 크림발츠와는 건국 이래 현재까지 지속적인 영토 분쟁을 일으키며 마찰하고 있음. 타국 출신에 비하여 크림발츠 출신에 대한 차별이 강함. 영토의 4할을 차지하는 샤웬 평야 지역과도 잦은 마찰이 있음.

건국 영웅 타이멜 1세가 강제 병합한 샤웬 지방은 전통적으로 독립국이었고, 보수적이고 폐쇄적인 지방색을 갖고 있음. 전반적으로 지형이 험하고 평야가 부족한 아메린의 특성상 넓은 곡창 지대를 가진 샤웬 평야는 국가 전략적인 측면에서 절대적 비중을 차지하기 때문에 역사적으로 샤웬 독립주의자들에 대한 가혹한 진압과 처벌이 반복되고 있음.

샤웬 평야 지역에서 가장 유력한 가문인 Namutt 공작 가문이 왕실의 묵인 하에 사병 〈태양기사단〉을 창설, 독립을 주장하는 군소 귀족들을 무력 진압, 현재까지 대대적인 무장 봉기는 더 이상 발생하지 않고 있음.

샤웬 지방인들은 같은 샤웬 지방 출신인 나무트 공작 가문의 지배를 납득하고 있지만 여전히 왕실과의 관계 단절, 무장 독립 주장이 제기되고 있음. 왕실의 관리와 군대가 파견되지 못하는 지역이기 때문에 공국의 성격이 강하지만 왕실과의 밀접한 연대를 이루고 있는 공작 가문의 방침으로 미루어 독립국으로 분류하기는 어려움.

아메린 내전의 종식했던 수도 함락 전투였던 〈자정의 전투〉 종결을 기점으로, 태양기사단은 귀족 사병에서 청기사단과 함께 아메린 양대 기사단으로 승격.

군비 증강의 노하우로 인하여 철강 산업과 측량학, 지리학이 발달. 특히 아메린산 강철과 강철의 제련술은 대륙에서 손꼽히는 품질을 자랑한다. 크림발츠와 함께 정교한 건축술로 유명하다. 전체적인 민족성은 호전성이 강하다기보다는 민족 개개인의 독립심이 강하기 때문에 지방별로 독립주의가 확고하고, 타국에 대해서 상당히 배타적인 입장을 고수하고 있다. 강대한 군사력을 갖고도 대륙을 상대로 영토 확장을 못하는 이유는 이러한 지방별 독립주의 때문이라는 것이 정설이다.

개성이 강하고 타인의 명령받는 것을 싫어하는 것은 아메린인들의 오랜 전통이다.

Amerin

Krimwaltz

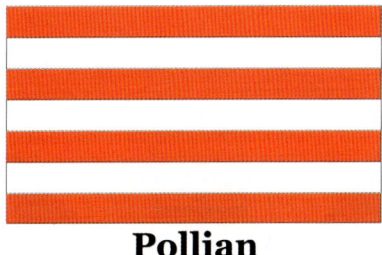
Pollian

Swerin

Kamin

Slaiv

Reiern C. S.
(라이어른 6개국)

Waldheim

Peimgart

Brena

Luimak

Geil

Nord Geil

Veil C. U.
(베일 칸트연합)

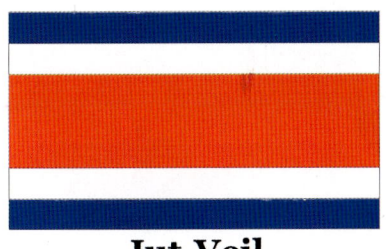

Jut-Veil

Nerserv

Kalen

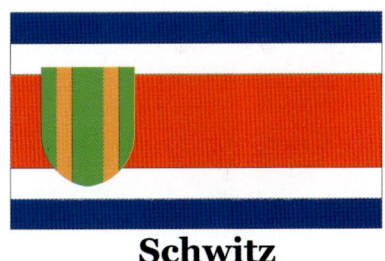

Schwitz

Valhenia

Panion

Arms (각국 왕실문장—약식)

Amerin

Krimwaltz

Pollian

Stoltz

Jut-Veil

Apyano

Swerin

Kamin

Slaiv

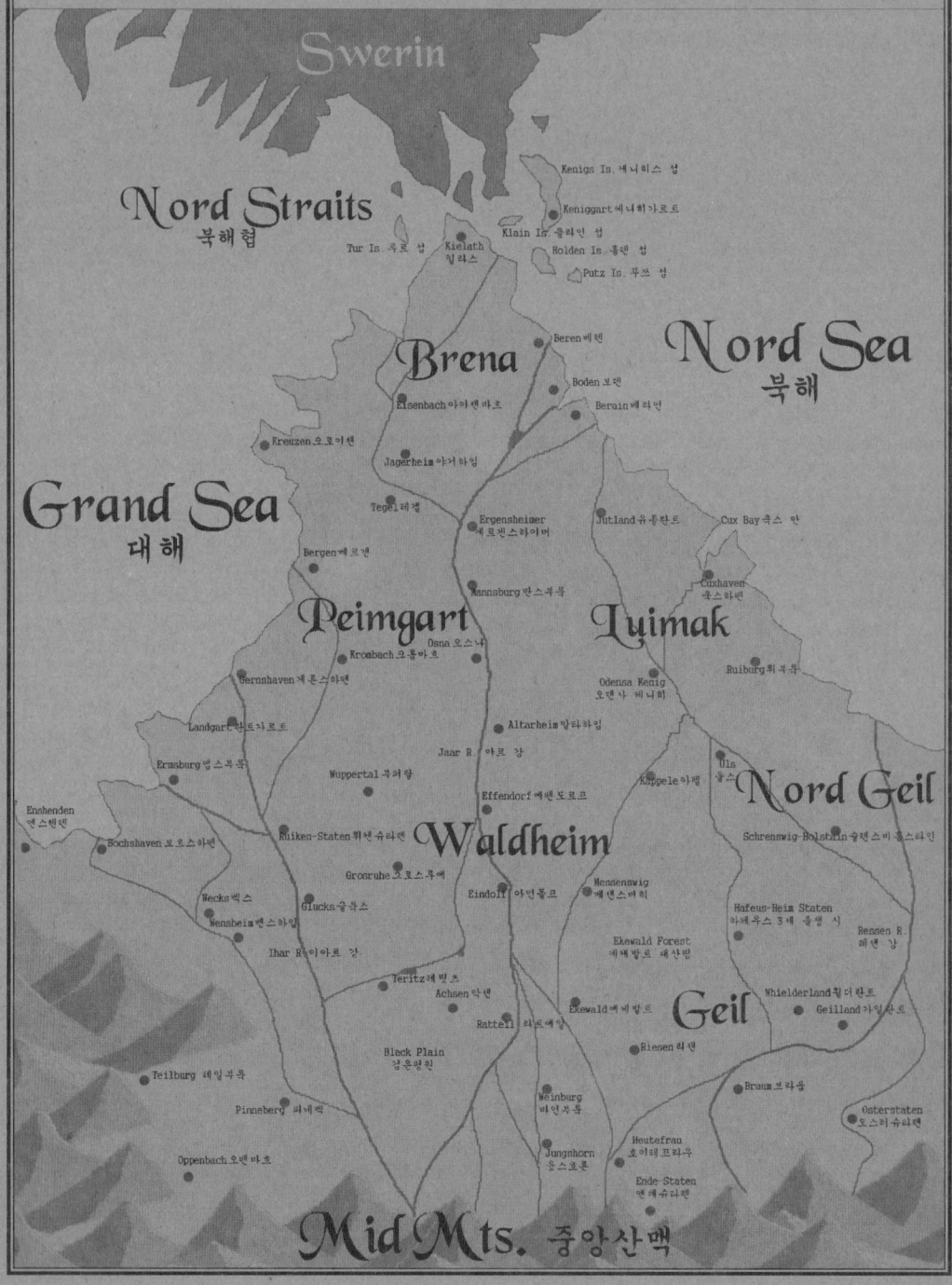

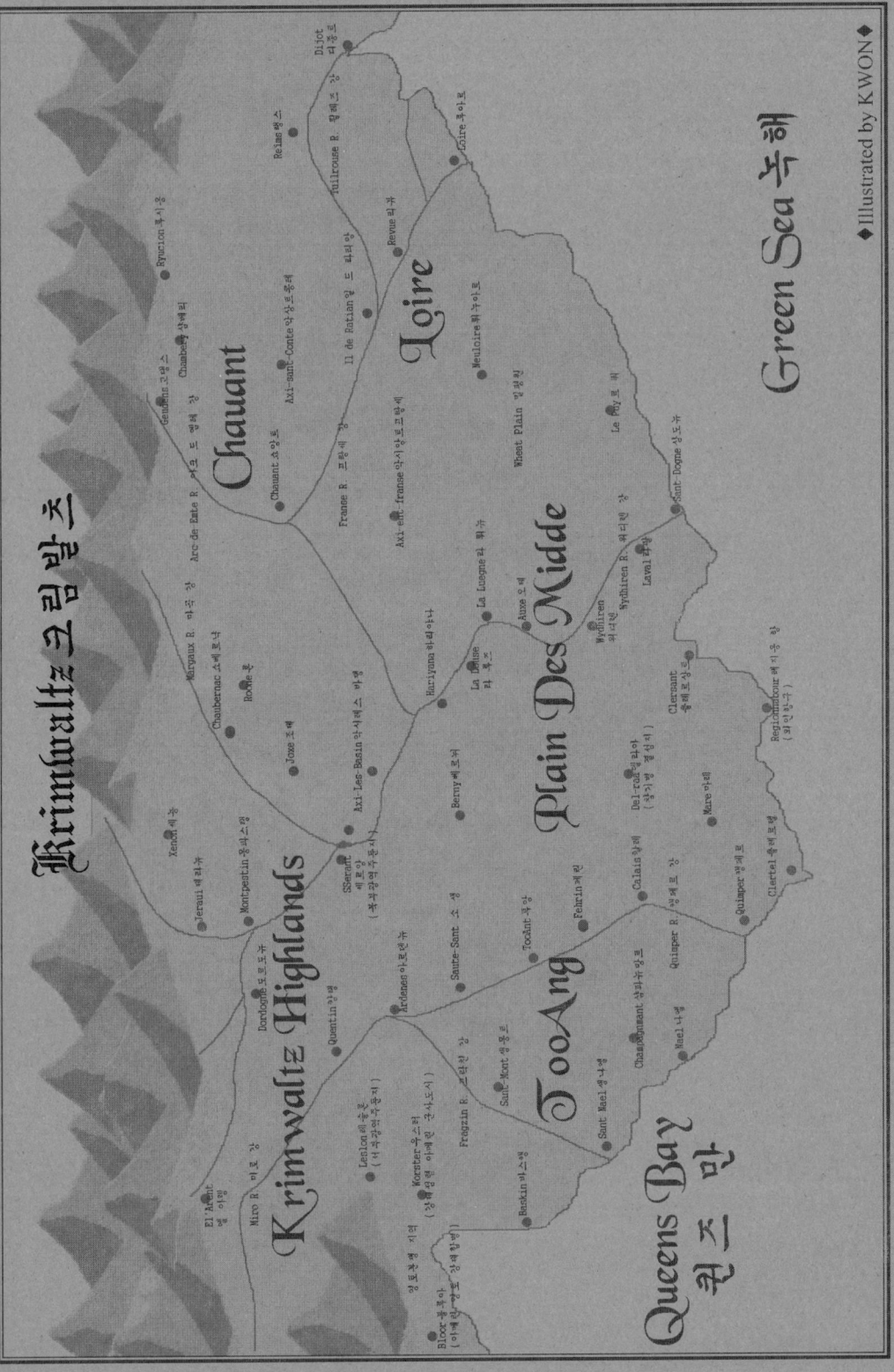